SAS

LA LISTE HARIRI

SAS : Je souhaite recevoir :

- le catalogue général
- les volumes cochés ci-dessous au prix de 6,99 € l'unité, soit :

N°...

....livres à 6,99 € =..............€

+ frais de port =..............€

(1 vol. : 1,60 €, 1 à 3 vol. : 3,50 €, 4 vol. et plus : 5,00 €)

TOTAL................(ajouter à TOTAL abonnements)................ =..............€

DU MÊME AUTEUR

(* titres épuisés)

*N° 1 S.A.S. A ISTANBUL
N° 2 S.A.S. CONTRE C.I.A.
*N° 3 S.A.S. OPÉRATION APOCALYPSE
N° 4 SAMBA POUR S.A.S.
*N° 5 S.A.S. RENDEZ-VOUS A SAN FRANCISCO
*N° 6 S.A.S. DOSSIER KENNEDY
N° 7 S.A.S. BROIE DU NOIR
*N° 8 S.A.S. AUX CARAÏBES
*N° 9 S.A.S. A L'OUEST DE JÉRUSALEM
*N° 10 S.A.S. L'OR DE LA RIVIÈRE KWAÏ
*N° 11 S.A.S. MAGIE NOIRE A NEW YORK
N° 12 S.A.S. LES TR OIS VEUVES DE HONG KONG
*N° 13 S.A.S. L'ABOMINABLE SIRÈNE
N° 14 S.A.S. LES PENDUS DE BAGDAD
N° 15 S.A.S. LA PANTHÈRE D'HOLLYWOOD
N° 16 S.A.S. ESCALE A PAGO-PAGO
N° 17 S.A.S. AMOK A BALI
N° 18 S.A.S. QUE VIVA GUEVARA
N° 19 S.A.S. CYCLONE A L'ONU
N° 20 S.A.S. MISSION A SAIGON
N° 21 S.A.S. LE BAL DE LA COMTESSE ADLER
N° 22 S.A.S. LES PARIAS DE CEYLAN
N° 23 S.A.S. MASSACRE A AMMAN
N° 24 S.A.S. REQUIEM POUR TONTONS MACOUTES
N° 25 S.A.S. L'HOMME DE KABUL
N° 26 S.A.S. MORT A BEYROUTH
N° 27 S.A.S. SAFARI A LA PAZ
N° 28 S.A.S. L'HÉROÏNE DE VIENTIANE
N° 29 S.A.S. BERLIN CHECK POINT CHARLIE
N° 30 S.A.S. MOURIR POUR ZANZIBAR
N° 31 S.A.S. L'ANGE DE MONTEVIDEO
*N° 32 S.A.S. MURDER INC. LAS VEGAS
N° 33 S.A.S. RENDEZ-VOUS A BORIS GLEB
N° 34 S.A.S. KILL HENRY KISSINGER !
N° 35 S.A.S. ROULETTE CAMBODGIENNE
N° 36 S.A.S. FURIE A BELFAST
N° 37 S.A.S. GUÊPIER EN ANGOLA
N° 38 S.A.S. LES OTAGES DE TOKYO
N° 39 S.A.S. L'ORDRE RÈGNE A SANTIAGO
N° 40 S.A.S. LES SORCIERS DU TAGE
N° 41 S.A.S. EMBARGO
N° 42 S.A.S. LE DISPARU DE SINGAPOUR
N° 43 S.A.S. COMPTE A REBOURS EN RHODÉSIE
N° 44 S.A.S. MEURTRE A ATHÈNES
N° 45 S.A.S. LE TRÉSOR DU NÉGUS
N° 46 S.A.S. PROTECTION POUR TEDDY BEAR
N° 47 S.A.S. MISSION IMPOSSIBLE EN SOMALIE
N° 48 S.A.S. MARATHON A SPANISH HARLEM
*N° 49 S.A.S. NAUFRAGE AUX SEYCHELLES
N° 50 S.A.S. LE PRINTEMPS DE VARSOVIE
N° 51 S.A.S. LE GARDIEN D'ISRAËL
N° 52 S.A.S. PANIQUE AU ZAÏRE
N° 53 S.A.S. CROISADE A MANAGUA
*N° 54 S.A.S. VOIR MALTE ET MOURIR
N° 55 S.A.S. SHANGHAÏ EXPRESS
*N° 56 S.A.S. OPÉRATION MATADOR
N° 57 S.A.S. DUEL A BARRANQUILLA
N° 58 S.A.S. PIÈGE A BUDAPEST
N° 59 S.A.S. CARNAGE A ABU DHABI
N° 60 S.A.S. TERREUR AU SAN SALVADOR
*N° 61 S.A.S. LE COMPLOT DU CAIRE
N° 62 S.A.S. VENGEANCE ROMAINE
N° 63 S.A.S. DES ARMES POUR KHARTOUM
N° 64 S.A.S. TORNADE SUR MANILLE
*N° 65 S.A.S. LE FUGITIF DE HAMBOURG
*N° 66 S.A.S. OBJECTIF REAGAN
*N° 67 S.A.S. ROUGE GRENADE
*N° 68 S.A.S. COMMANDO SUR TUNIS
N° 69 S.A.S. LE TUEUR DE MIAMI
*N° 70 S.A.S. LA FILIÈRE BULGARE
*N° 71 S.A.S. AVENTURE AU SURINAM
*N° 72 S.A.S. EMBUSCADE A LA KHYBER PASS
*N° 73 S.A.S. LE VOL 007 NE RÉPOND PLUS
N° 74 S.A.S. LES FOUS DE BAALBEK
N° 75 S.A.S. LES ENRAGÉS D'AMSTERDAM
*N° 76 S.A.S. PUTSCH A OUAGADOUGOU
N° 77 S.A.S. LA BLONDE DE PRÉTORIA

N° 78 S.A.S. LA VEUVE DE L AYATOLLAH
N° 79 S.A.S. CHASSE A L'HOMME AU PÉROU
N° 80 S.A.S. L AFFAIRE KIRSANOV
N° 81 S.A.S. MORT A GANDHI
N° 82 S.A.S. DANSE MACABRE A BELGRADE
*N° 83 S.A.S. COUP D'ÉTAT AU YEMEN
*N° 84 S.A.S. LE PLAN NASSER
*N° 85 S.A.S. EMBROUILLES A PANAMA
*N° 86 S.A.S. LA MADONE DE STOCKHOLM
N° 87 S.A.S. L'OTAGE D'OMAN
N° 88 S.A.S. ESCALE A GIBRALTAR
N° 89 S.A.S. AVENTURE EN SIERRA LEONE
N° 90 S.A.S. LA TAUPE DE LANGLEY
N° 91 S.A.S. LES AMAZONES DE PYONGYANG
N° 92 S.A.S. LES TUEURS DE BRUXELLES
N° 93 S.A.S. VISA POUR CUBA
*N° 94 S.A.S. ARNAQUE A BRUNEI
*N° 95 S.A.S. LOI MARTIALE A KABOUL
*N° 96 S.A.S. L'INCONNU DE LENINGRAD
N° 97 S.A.S. CAUCHEMAR EN COLOMBIE
N° 98 S.A.S. CROISADE EN BIRMANIE
N° 99 S.A.S. MISSION A MOSCOU
N° 100 S.A.S. LES CANONS DE BAGDAD
*N° 101 S.A.S. LA PISTE DE BRAZZAVILLE
*N° 102 S.A.S. LA SOLUTION ROUGE
N° 103 S.A.S. LA VENGEANCE DE SADDAM HUSSEIN
N° 104 S.A.S. MANIP A ZAGREB
N° 105 S.A.S. KGB CONTRE KGB
N° 106 S.A.S. LE DISPARU DES CANARIES
*N° 107 S.A.S. ALERTE AU PLUTONIUM
N° 108 S.A.S. COUP D'ÉTAT A TRIPOLI
N° 109 S.A.S. MISSION SARAJEVO
N° 110 S.A.S. TUEZ RIGOBERTA MENCHU
N° 111 S.A.S. AU NOM D'ALLAH
*N° 112 S.A.S. VENGEANCE A BEYROUTH
*N° 113 S.A.S. LES TROMPETTES DE JÉRICHO
N° 114 S.A.S. L'OR DE MOSCOU
N° 115 S.A.S. LES CROISÉS DE L APARTHEID
N° 116 S.A.S. LA TRAQUE CARLOS
N° 117 S.A.S. TUERIE A MARRAKECH
*N° 118 S.A.S. L'OTAGE DU TRIANGLE D'OR
N° 119 S.A.S. LE CARTEL DE SÉBASTOPOL
N° 120 S.A.S. RAMENEZ-MOI LA TÊTE D'EL COYOTE
*N° 121 S.A.S. LA RÉSOLUTION 687
N° 122 S.A.S. OPÉRATION LUCIFER
N° 123 S.A.S. VENGEANCE TCHÉTCHÈNE
N° 124 S.A.S. TU TUERAS TON PROCHAIN
N° 125 S.A.S. VENGEZ LE VOL 800
*N° 126 S.A.S. UNE LETTRE POUR LA MAISON-BLANCHE
N° 127 S.A.S. HONG KONG EXPRESS
N° 128 S.A.S. ZAÏRE ADIEU

AUX ÉDITIONS GÉRARD DE VILLIERS

N° 129 S.A.S. LA MANIPULATION YGGDRASIL
*N° 130 S.A.S. MORTELLE JAMAÏQUE
N° 131 S.A.S. LA PESTE NOIRE DE BAGDAD
*N° 132 S.A.S. L'ESPION DU VATICAN
N° 133 S.A.S. ALBANIE MISSION IMPOSSIBLE
*N° 134 S.A.S. LA SOURCE YAHALOM
N° 135 S.A.S. CONTRE P.K.K.
N° 136 S.A.S. BOMBES SUR BELGRADE
N° 137 S.A.S. LA PISTE DU KREMIIN
N° 138 S.A.S. L AMOUR FOU DU COLONEL CHANG
*N° 139 S.A.S. DJIHAD
*N° 140 S.A.S. ENQUÊTE SUR UN GÉNOCIDE
*N° 141 S.A.S. L'OTAGE DE JOLO
N° 142 S.A.S. TUEZ LE PAPE
*N° 143 S.A.S. ARMAGEDDON
N° 144 S.A.S. LI SHA-TIN DOIT MOURIR
*N° 145 S.A.S. LE ROI FOU DU NÉPAL
N° 146 S.A.S. LE SABRE DE BIN LADEN
*N° 147 S.A.S. LA MANIP DU « KARIN A »
N° 148 S.A.S. BIN LADEN. LA TRAQUE
N° 149 S.A.S. LE PARRAIN DU « 17-NOVEMBRE »
N° 150 S.A.S. BAGDAD EXPRESS
*N° 151 S.A.S. L'OR D'AL-QUAIDA
N° 152 S.A.S. PACTE AVEC LE DIABLE
N° 153 S.A.S. RAMENEZ-LES VIVANTS
N° 154 S.A.S. LE RÉSEAU ISTANBUL
*N° 155 S.A.S. LE JOUR DE LA TCHÉKA
*N° 156 S.A.S. LA CONNEXION SAOUDIENNE
N° 157 S.A.S. OTAGE EN IRAK
*N° 158 S.A.S. TUEZ IOUCHTCHENKO
*N° 159 S.A.S. MISSION CUBA
*N° 160 S.A.S. AURORE NOIRE
*N° 161 S.A.S. LE PROGRAMME 111
*N° 162 S.A.S. QUE LA BÊTE MEURE
*N° 163 S.A.S. LE TRÉSOR DE SADDAM Tome I
N° 164 S.A.S. LE TRÉSOR DE SADDAM Tome II
N° 165 S.A.S. LE DOSSIER K.
*N° 166 S.A.S. ROUGE LIBAN
*N° 167 POLONIUM 210
N° 168 LE DÉFECTEUR DE PYONGYANG Tome I
N° 169 LE DÉFECTEUR DE PYONGYANG Tome II
N° 170 OTAGE DES TALIBAN
*N° 171 L AGENDA KOSOVO
N° 172 RETOUR À SHANGRI-LA
N° 173 S.A.S. AL QAIDA ATTAQUE Tome I
N° 174 S.A.S. AL QAIDA ATTAQUE Tome II
N° 175 TUEZ LE DALAÏ-LAMA
N° 176 LE PRINTEMPS DE TBILISSI
N° 177 PIRATES
N° 178 LA BATAILLE DES S300 Tome I
N° 179 LA BATAILLE DES S300 Tome II

COMPILATIONS DE 5 SAS

LA GUERRE FROIDE Tome 1 (20 €)
*LA GUERRE FROIDE Tome 2 (20 €)
LE CONFLIT ISRAËLO-PALESTINIEN (20 €)
LA TERREUR ISLAMISTE (20 €)
*GUERRE EN YOUGOSLAVIE (20 €)
GUERRES TRIBALES EN AFRIQUE (20 €)
L ASIE EN FEU (20 €)
LA GUERRE FROIDE Tome 3 (20 €)
LES GUERRES SECRÈTES DE PÉKIN (20 €)
RÉVOLUTIONNAIRES LATINOS (20 €)
RUSSIE ET CIA (20 €)
LA GUERRE FROIDE Tome 4 (20 €)
TUMULTUEUSE AFRIQUE (20 €)
LA GUERRE FROIDE Tome 5 (20 €)
CONFLITS LATINOS (20 €)
VIOLENCES AU MOYEN-ORIENT (20 €)

GÉRARD DE VILLIERS

SAS

LA LISTE HARIRI

Éditions Gérard de Villiers

COUVERTURE
Photographe : Christophe MOURTHÉ
Mannequin : Aria GIOVANNI

ISBN 978-2-84267-977-4

PROLOGUE

Le soleil brillait sur Beyrouth, ce 14 février 2005, comme pour fêter la Saint-Valentin. Il inondait déjà la chambre de Rafic Hariri, lorsque Adnan Baba, son secrétaire depuis vingt-huit ans, pénétra dans la pièce après avoir frappé, pour réveiller son patron.

Ce dernier avait déjà ouvert les yeux. Depuis quelque temps, il dormait mal ; le stress de son combat politique contre les Syriens. Justement, ce jour-là, il devait se rendre au Parlement libanais pour y retrouver quelques membres de l'opposition anti-syrienne, afin de finaliser la constitution d'un front d'opposition anti-syrien dont il prendrait la tête.

À 51 ans, Rafic Hariri n'était pas un fragile. Fils d'un paysan pauvre du sud Liban, de confession sunnite, il avait fait fortune en Arabie Saoudite, comme entrepreneur de travaux publics, y construisant mosquées, routes et palais. Le roi Fahd, touché par son charisme, lui avait même donné la nationalité saoudienne, avant que Rafic Harari ne retourne dans son pays natal, le Liban.

Où il s'était lancé dans la politique, y réussissant brillamment et prenant la tête de l'opposition à la Syrie, puissance occupante depuis trente ans, aussi bien par son armée que par ses innombrables réseaux et affidés, qui allaient des Chiites à certains Chrétiens, en passant par les Palestiniens.

Ce qui n'avait pas empêché Rafic Hariri d'être deux fois Premier Ministre, d'abord de 1992 à 1998, puis de 2000 à 2004. Démissionnant de son poste en octobre pour rejoindre les rangs de l'opposition anti-syrienne, juste après le vote du 2 septembre aux Nations Unies, de la Résolution 1559 ordonnant à la Syrie d'évacuer le Liban, occupé depuis 1976 et, au Hezbollah, de désarmer sa milice.

Le vote de cette résolution avait mis les Syriens en fureur et ils étaient persuadés que la 1559 était l'œuvre de Jacques Chirac et de Rafic Hariri, les deux hommes étant très liés.

En sus de la politique, Rafic Hariri se concentrait sur la reconstruction de Beyrouth, qui en avait bien besoin, après quinze ans de guerre civile. Sous son impulsion, l'ancien quartier de la Place des Canons, qui n'était plus qu'un magma de ruines informes, était en train de renaître grâce à un partenariat entre anciens propriétaires et nouveaux investisseurs, sous la houlette de « Solidere », une structure pilotée par Rafic Hariri.

En lui lançant « Il est 7 h 15 », Adnan Baba remarqua que la moustache de Rafic Hariri, jadis noire, avait blanchi depuis quelques semaines.

Ce dernier s'étira et regarda vers l'extérieur : du septième étage de sa résidence du quartier Koreitem, il ne voyait que le ciel. Cinq minutes plus tard, il attaquait son petit déjeuner : d'abord un épais yoghourt, mélangé à une certaine huile d'olive appelée *labneh* au Liban, un toast, une salade de concombres et de tomates et, pour finir, un double expresso.

Le secrétaire lui apporta une chemise blanche et un costume bleu et le laissa s'habiller.

Dès que ce fut fait, Rafic Hariri appela Amir Shehadi, le chef de ses gardes du corps. Il avait décidé que ce serait lui qui conduirait, ce jour-là, la Mercedes de tête de son convoi officiel. Rafic Hariri avait pleinement confiance en lui et pourtant il ne lui communiquait l'itinéraire et sa destination qu'à la dernière seconde. Car, pour le milliardaire, la vie n'était pas un long fleuve tranquille.

Quelques jours plus tôt, le 6 février, son ami Jacques Chirac, alors Président de la République française, lui avait glissé, lors d'une rencontre :« Rafic, fais attention. J'ai entendu dire qu'un attentat contre toi est en préparation ».

Rafic Hariri s'était contenté de sourire. C'était un homme pieux qui finançait la construction d'une énorme mosquée dans le centre de Beyrouth, qui serait la plus belle de la ville.

Il ne se fiait pourtant pas qu'à la protection divine. C'était sûrement l'homme le mieux protégé du Liban. Même si, en novembre 2004, trois mois plus tôt, le général Ali Al Hadj, commandant les Forces de Sécurité Intérieures, et responsable de la sienne, avait réduit sa protection officielle de quarante à huit hommes. Arguant du fait que n'étant plus Premier ministre, Rafic Hariri n'y avait plus droit. Ce dernier connaissait la vraie raison de cette « brimade ». Le général Al Al Hadj obéissait aux ordres du président libanais Émile Lahoud, imposé par les Syriens et son ennemi mortel.

Cette mesure ne l'étonnait d'ailleurs pas. Quelques mois plus tôt, il s'était aperçu que les Syriens connaissaient tous ses faits et gestes ! Même ses conversations les plus privées. Une rapide enquête lui avait permis de découvrir que son garde du corps préféré, un certain Ali Haj, était une « taupe » syrienne. D'ailleurs, remercié par

Rafic Hariri, il avait rejoint, au camp de Anjar, près de la frontière syrienne, le proconsul syrien au Liban, le colonel Assef Shahab.

Échaudé, Rafic Hariri avait alors organisé lui-même sa protection. Grâce à sa fortune, cela ne lui posait pas trop de problèmes. Sa Mercedes 600 noire, protégée par un blindage B6/B7 – le meilleur possible – pouvait résister à des tirs d'armes de guerre, grâce à son blindage acier-fibre de verre. Son système de brouillage, destiné à éviter les bombes télécommandées, était le même que celui du président Obama.

C'est donc, à peine habillé, l'esprit relativement tranquille, qu'il passa ses premiers coups de fil de la journée.

***

Il était 8 heures 45 lorsque Carole Farhat, la secrétaire de Fadi El Khoury, propriétaire de l'hôtel Saint-Georges, arriva à son bureau.

Du Saint-Georges, érigé au bord de la mer, face à la marina de Beyrouth, il ne restait plus que la carcasse. Pendant la guerre civile, les belligérants s'étaient acharnés sur ce qui avait été le plus bel hôtel du Moyen-Orient : cinq étages de luxe raffiné, avec le « Beach Club » en contrebas, rendez-vous des plus belles femmes de Beyrouth. Avec les quelques traces de peinture rose de sa façade, c'est tout ce qui surnageait de sa grandeur passée. Peu à peu, on reconstruisait le Saint-Georges, mais cela prenait du temps.

Pour cette Saint-Valentin, Carole Farhat avait organisé un « brunch » au « Beach Club » et elle venait vérifier que tout était en ordre, installée dans un des bureaux rénovés, au second étage. Face à elle, la majestueuse silhouette de l'hôtel Phoenicia, jadis numéro 2, se dressait, de l'autre côté de la rue Minet El Hosn, comme pour la narguer.

***

Rafic Hariri quitta sa chambre vers 9 h 15, pour gagner le cinquième étage où l'attendaient une quinzaine de personnes, afin de discuter de la session spéciale du Parlement, ouvert pour trois jours. Environ une heure plus tard, il demanda à Amir Shehadi de préparer sa voiture pour un départ prochain.

Le chef des gardes du corps alla faire fouiller la Mercedes 600, la scanna, à l'intérieur, comme à l'extérieur, avec un détecteur d'explosifs.

Précaution routinière.

Dix minutes plus tard, le convoi de l'ex-premier ministre quittait la résidence de Koraitem.

En tête, une Toyota Land-Cruiser avec quatre policiers à bord, suivie d'une Mercedes 600 noire semblable à celle de Rafic Hariri, conduite par Amir Shehadi.

Celle de Rafic Hariri était juste derrière, suivie par deux autres Mercedes contenant chacune trois gardes de sécurité armés de pistolets mitrailleurs MP 5, de fusils d'assaut M.16 et de pistolets automatiques.

Une Chevrolet équipée en ambulance fermait la marche.

Rafic Hariri arriva au Parlement, situé dans le quartier de Nejmeh, tout près de la zone reconstruite par « Solidere », à onze heures. Pour y retrouver un vieil ami, Marwan Hamadeh, un député druze. Ce dernier marchait encore avec une canne. Quatre mois plus tôt, le 1er octobre 2004, vers neuf heures du matin, une charge explosive avait explosé au passage de son véhicule, sur la corniche Maazra. Trente kilos de penthrite. Elle était placée dans une voiture en stationnement, juste en face d'un ralentisseur, ce qui avait sauvé la vie de Marwan Hamadeh. Le député ne ralentissant jamais pour franchir un ralentisseur... Or, l'homme qui devait déclencher la charge à son passage, grâce à un téléphone portable, s'attendait à ce qu'il ralentisse. Surpris, le tueur avait déclenché l'explosion quelques fractions de seconde trop tard. Le garde du corps de Marwan Hamadeh avait été tué, mais le député avait survécu et était sorti de l'hôpital un mois plus tôt.

Sûrement pure coïncidence, cet attentat avait eu lieu quelques jours après que Marwan Hamadeh avait signé une motion anti-syrienne.

***

Il était 12 h 30 lorsque Rafic Hariri émergea du Parlement sur la petite place Nejmeh et gagna le café de l'Étoile qui tenait son nom des six rues partant de la place. Il s'attabla avec un Tunisien, membre de l'ONU, Neijib Freiji, et quelques journalistes. Préoccupé, il ne cessait de faire rouler entre ses doigts les perles d'ambre de son *mashaba* [1].

Ils bavardèrent un moment des mauvaises relations entre le Liban et la Syrie. Puis Rafic Hariri, à 12 heures 53, donna le signal du départ et se mit au volant de sa Mercedes. Le convoi fit le tour de la place et s'engagea dans la rue Al del Hamid Karameh, passant devant l'ambassade d'Italie, et ensuite dans Ahmad Ed Daduk afin

1. Sorte de chapelet, sans signification religieuse qui sert de passe-temps en Orient.

de rejoindre la corniche du bord de mer où on pouvait rouler rapidement vers l'est.

Il était 12 heures 53.

***

Sur cette même corniche, un fourgon blanc Mitsubishi « Canter » roulait très lentement en direction de l'hôtel Saint-Georges. Pas plus de 8kms/h, sur la file de droite.

Il passa devant l'entrée du « Beach Club » et s'arrêta en double file.

***

À 12 heures 55, Carole Farhat quitta le « Beach Club » après avoir vérifié que tout était en place pour le « brunch ». Elle leva la tête et remarqua le fourgon blanc, étonnée qu'il se gare en double file devant l'unique voiture parquée là, alors qu'il disposait de toute la place possible.

D'abord, Carole Farhat pensa qu'il s'agissait d'une livraison tardive pour son « brunch », mais réalisa qu'elle n'attendait plus rien, et pensa à autre chose.

Elle se trouvait encore en contrebas de la corniche lorsque la Land-Cruiser ouvrant la voie au convoi de Rafic Hariri déboula en face du Saint-Georges, suivie par une des caméras de surveillance de la banque HSBC située juste en face.

***

Le fourgon Mitsubishi Canter déboîta au moment précis où la Mercedes conduite par Amir Shehadi passait devant lui. Son conducteur donna un coup de volant brusque qui le projeta sur la Mercedes 600 blindée de Rafic Hariri.

Au moment où les deux véhicules se touchaient, le conducteur du fourgon appuya sur le déclencheur de la charge explosive de plus d'une tonne dissimulée sous une toile sur le plateau du pick-up.

À 12 heures 57 une explosion d'une violence inouïe secoua Beyrouth, détruisant la Mercedes blindée de Rafic Hariri, soufflant l'hôtel Saint-Georges et l'immeuble de la banque HSBC, creusant un cratère de trois mètres dans la chaussée. Lorsque la fumée commença à se dissiper, Rafic Hariri était mort, ainsi que vingt-trois autres personnes, 223 étaient blessées et l'histoire du Liban venait de changer.

CHAPITRE PREMIER

Louis Carlotti courait à petites foulées sur le trottoir de la rue Minet El Hosn, en bordure de mer, surnommée depuis toujours, « la corniche ». Il n'était pas le seul jogger, en ce matin de septembre, car le temps était magnifique et les sportifs adoraient courir de *Asram beach* jusqu'à la pointe de *Ras Beirut*.

Avec sa tignasse noire et sa grosse moustache, il ressemblait furieusement à un Oriental, pourtant, Louis Carlotti était américain. Et même, agent de la Central Intelligence Agency ! Il lui avait fallu des trésors de patience et d'enthousiasme pour obtenir l'autorisation de sortir du compound de la colline d'Akwar, à la sortie est de Beyrouth, en plein quartier chrétien, où se tenait l'ambassade américaine ainsi que les logements de ses diplomates. Face à la mer, surplombant l'autoroute de Tripoli, établis sur quatre hectares, les Américains vivaient en vase clos, sous la protection d'un bataillon de « Marines », entourés d'un véritable mur électronique, renforcé de multiples caméras, de plaques d'acier escamotables à chacun des trois « check-points » qu'il fallait franchir avant d'atteindre la cour de la Chancellerie. Des filets d'acier tendus à l'horizontale étaient censés protéger d'éventuels obus ou missiles.

L'hélipad était dissimulé aux regards par d'immenses bâches vertes tendues verticalement.

Les interdictions étaient draconiennes pour les diplomates, sauf pour les obligations officielles, et encore, celles-ci étaient limitées au strict minimum.

On ne sortait qu'en convoi dans d'énormes 4 × 4 blindés aux vitres fumées, bourrés d'officiers de sécurité armés jusqu'aux dents.

Pour les agents de la CIA en poste, les consignes étaient un peu moins strictes : ils devaient bien parler à leurs « sources ». Cependant, certains quartiers comme la banlieue sud étaient strictement « off limits ».

Trois ans plus tôt, durant la guerre israélo-libanaise, toute la Station avait été héliportée à Chypre et ses membres n'étaient revenus qu'au compte-gouttes. Washington craignait que le Hezbollah ne se livre à des attentats contre ses ressortissants.

Trois ans après, les consignes ne s'étaient pas beaucoup assouplies.

Chaque « field-officer » de la CIA, obligé de se rendre en ville, devait obtenir du chef de Station une autorisation écrite et ne se déplaçait qu'entouré d'un dispositif aussi lourd que voyant.

Évidemment, cela forçait l'Agence à sous-traiter avec leurs homologues libanais garantis anti-syriens, comme les FSI[1].

Le traitement des « sources » locales étant réservé à quelques agents NOC[2], possédant de solides couvertures.

Cette paranoïa avait des excuses : le 12 mai 1982, un kamikaze au volant d'un camion bourré d'explosifs,

1. Forces de Sécurité Intérieures.
2. Non Official Cover.

avait fait sauter l'ambassade américaine, alors située en plein centre de Beyrouth, justement le jour où s'y réunissaient tous les responsables de la CIA au Moyen-Orient. Avait suivi le kidnapping de William Buckley, chef de Station à Beyrouth, torturé puis assassiné, puis l'attentat qui avait détruit la base des « Marines », en tuant 223 et quelques actions mineures.

Même si, depuis quelque temps, le Hezbollah jurait qu'il ne toucherait pas à un seul cheveu d'un agent américain, les responsables de la CIA se méfiaient. Côté attentats à l'explosif, les Libanais auraient remporté toutes les olympiades, les doigts dans le nez...

Aussi, Louis Carlotti, lancé dans son jogging modéré, se disait qu'il avait de la chance.

Pour obtenir le droit de pratiquer son sport favori, il avait mis en avant un argument sacro-saint : l'entraînement pour le marathon de New-York d'octobre 2009 où il courrait pour la CIA ! Aux États-Unis, le sport, c'est sacré.

Ensuite, son coefficient personnel : Louis Carlotti ressemblait à n'importe quel Arabe avec son physique de beau ténébreux et passait donc totalement inaperçu dans les rues de Beyrouth. De plus, parlant arabe couramment, il pouvait *vraiment* passer pour un autochtone.

Enfin, dernier argument : le chef de Station de la CIA à Beyrouth, Ray Syracuse, un barbu jovial haut comme trois pommes et malin comme un singe, avait *besoin* de Louis Carlotti, pour accomplir la mission fixée par Washington : déjouer les éventuels projets du Hezbollah, devenu la bête noire de Langley. Le mouvement chiite libanais était implanté aux États-Unis, à Dearborn, dans le Michigan, et surtout dans le New Jersey. La hantise des Américains était que ce mouvement, soutenu par l'Iran et la Syrie, ne prenne la suite d'Al Qaida pour commettre des attentats spectaculaires sur le territoire sacré des États-Unis.

Bien sûr, les Services israéliens, Mossad ou Aman[1], avaient infiltré le Hezbollah, mais leurs résultats étaient maigres : leurs agents, avant qu'ils ne soient découverts et « suicidés » par défenestration, ne rapportaient que quelques informations militaires sur les activités locales du Hezbollah, surtout dans le sud du Liban. La direction de la branche militaire – la tête du serpent – demeurait impénétrable aux Services étrangers.

Or, Louis Carlotti était un des rares à obtenir des tuyaux valables, grâce à sa connaissance de l'arabe et à ses contacts.

Alors, Ray Syracuse avait cédé à sa demande. Par note écrite, approuvée par le responsable de la division Middle East, à Langley, Louis Carlotti avait le droit de se rendre trois fois par semaine à Beyrouth en tenue de jogging. Son absence ne devait pas durer plus de deux heures et il était suivi grâce à un GPS miniaturisé, dissimulé dans une de ses baskets, qui se déclenchait automatiquement si Louis Carlotti sortait du périmètre de l'avenue de Paris.

En plus, une équipe de « baby-sitters » se tenait prête à intervenir, arpentant la corniche dans les deux sens, dans un véhicule banalisé, muni d'une plaque libanaise.

Louis Carlotti avait refusé de porter une arme pour ses escapades et il gagnait le centre dans la voiture qui lui servait à prendre ses « contacts », une Hyundai blanche en plaques libanaises. Il se garait dans le parking souterrain du Holiday Inn, toujours à l'état de carcasse, juste derrière l'hôtel Phoenicia, et partait ensuite à petites foulées vers la Corniche, passant devant ce qui

1. Service de renseignements militaires.

restait de l'hôtel Saint-Georges puis continuait vers l'ouest, sur le trottoir de l'avenue de Paris, longeant la mer. Personne ne prêtait attention à lui, d'autant qu'il jetait toujours un mot gentil en arabe aux gardiens du parking.

***

Arrivé à la hauteur de Ahram street, perpendiculaire à l'avenue de Paris, Louis Carlotti bifurqua brusquement pour traverser les deux voies séparées par un terre-plein. À 7 heures 45 du matin, il n'y avait pas encore beaucoup de circulation.

L'Américain s'enfonça entre deux rangées d'immeubles modernes, plutôt élégants. Jadis, ce quartier était entièrement chrétien, mais les Maronites, ruinés par la guerre, avaient laissé la place à des investisseurs saoudiens qui louaient à des musulmans.

Louis Carlotti s'arrêta devant un immeuble moderne blanc, de trois étages, et appuya sur un des interphones. Le battant s'ouvrit quelques instants plus tard et il s'engouffra dans l'escalier. Une porte était entr'ouverte sur le palier du premier. Louis Carlotti s'y glissa, accueilli par un parfum très oriental, diffusé par une bougie odorante.

– *Mehraba*[1] ! Tu veux du café ?

Louis Carlotti s'immobilisa, dévorant des yeux la brune de petite taille qui l'accueillait. Pourtant, très chaste avec son abaya blanche, descendant jusqu'aux chevilles. Seul, son regard brûlant démentait son allure pleine de chasteté. En dépit de l'heure matinale, la jeune femme était maquillée comme la Reine de Saba, ses yeux magnifiques soulignés lourdement de mascara.

1. Bonjour.

– *Choukran*[1], remercia Louis Carlotti en s'asseyant sur un petit canapé, face à une table basse.

Il suivit des yeux la jeune femme qui gagna la cuisine, essayant de deviner les contours de son corps à travers l'abaya, ébloui… À cinquante-deux ans, il ne croisait pas souvent de filles de vingt-sept…

Lorsqu'il avait rencontré Samira Toufic pour la première fois, c'était au Club des Officiers de Kaslik, à l'est de Beyrouth, où il avait rendez-vous avec une de ses « sources ». Celui qu'il avait surnommé « l'homme aux dix-sept oreilles »… Le général Mourad Trabulsi, qui dirigeait aux Forces de Sécurité Intérieures, le département chargé de la surveillance des ambassades, avait jadis commandé une unité de la police et semblait connaître tout le monde à Beyrouth.

Son patronyme, qui aurait pu être celui d'un musulman et sa connaissance encyclopédique du Coran, l'aidaient dans ses contacts avec les autres communautés libanaises. Bien que chrétien maronite, il avait des antennes partout, ayant, au cours de sa longue carrière, ménagé tout le monde.

C'était un très ancien « asset » de la CIA à Beyrouth. Lorsqu'il n'était encore que colonel, il avait pratiqué un jeu de balance dangereux, mais efficace, entre le Hezbollah et la CIA, qui lui avait valu la reconnaissance des deux parties. Modeste, jovial, toujours souriant et d'une politesse exquise, il avait des goûts simples. Un stage de six mois aux États-Unis, tous frais payés, trois ans plus tôt, l'avait rempli de bonheur[2]. Une bouteille de Chivas Regal lui mettait les larmes aux yeux.

Cependant, sous son apparence bonhomme, il était

1. Merci.
2. Voir : Rouge Liban – SAS n° 166.

prudent comme un serpent, retors et mesurait ses paroles au millimètre.

Ce jour-là, lorsque Louis Carlotti l'avait rejoint dans un des salons toujours vides du club de Kaslik, il était en compagnie d'une petite brune « bâchée[1] » au visage ravissant et au regard brûlant, enveloppée jusqu'aux chevilles dans une abaya noire.

Inattendu.

Devant la surprise manifeste de l'Américain, il s'était précipité à sa rencontre, murmurant à son oreille.

– Mon cher ami, j'ai pris la liberté de vous amener une de mes amies, Samira Toufic, qui a un petit problème de visa. Elle voudrait se rendre aux États-Unis voir une cousine qui vit à Chicago, pendant que son mari, un major de l'armée libanaise, forme les Forces Spéciales du Koweit. On lui a refusé son visa. Peut-être pourriez-vous l'aider... Elle parle très bien l'anglais. Venez, je vais vous présenter.

Samira Toufic avait jeté un regard appuyé à Louis Carlotti, mais ne lui avait pas serré la main, se contentant de la poser contre sa poitrine et de la frotter légèrement contre l'abaya.

L'Américain était fasciné par ses yeux, qui exprimaient à la fois une violente sensualité et une volonté sans faille. Il se dit, à quelques petits riens, qu'elle avait dû avoir une aventure avec le général Trabulsi, grand amateur de femmes... Pourtant, la jeune Libanaise semblait sage comme une image.

Pour un Libanais, l'obtention d'un visa américain n'était pas évidente. Sauf, évidemment, si la CIA donnait son feu vert.

– Il faut qu'elle vienne me voir à l'ambassade,

1. Tête recouverte d'un hijab.

avait-il proposé aussitôt, tandis que Mourad Trabulsi commandait des cafés, qu'il buvait à la chaîne. Je la présenterai à mes collègues du consulat. Où puis-je lui faire parvenir les formulaires de demande de visa ?

– Vous me les donnerez, avait aussitôt proposé le général Trabulsi.

À leur rencontre suivante, comme promis, Louis Carlotti avait remis à l'officier libanais les formulaires nécessaires, conseillant à Samira Toufic de les porter au consulat américain en se recommandant de lui.

Quinze jours plus tard, étonné de ne pas avoir de nouvelles, il avait demandé au général si la ravissante Samira Toufic avait abandonné son projet. Le général avait explosé d'un des fous rires habituels qui ponctuaient sa conversation et baissé la voix.

– Mon cher ami, elle n'ose pas se rendre à votre ambassade ! C'est trop loin et elle a peur de tous les contrôles.

– Qu'elle vous les remette, dans ce cas… avait proposé Louis Carlotti.

Nouveau rire.

– Elle voudrait que vous l'aidiez à compléter le dossier, avait expliqué Mourad Trabulsi, lui glissant un bout de papier dans la main. Voilà son adresse : 5, rue Ahram. Elle donne dans l'avenue de Paris. Elle préfère que vous passiez chez elle. Le matin, elle ne bouge pas. Il faut appuyer sur l'interphone n° 1.

Louis Carlotti avait accepté. Intrigué et excité à l'idée de se retrouver dans l'intimité de cette jolie femme apparemment seule. Justement, deux jours plus tard, il avait un contact à prendre non loin de là, à l'hôtel Vendôme. Il ferait d'une pierre deux coups. Bien entendu, il n'en avait pas soufflé mot au chef de Station. Après son rendez-vous au Vendôme, avec un probable escroc au renseignement qui lui avait proposé de lui vendre une cellule Hezbollah établie à New-York, il avait gagné à pieds la rue Ahram. Le numéro 5 était un bâtiment moderne de cinq étages. Le général Trabulsi, toujours un peu parano, avait recommandé de ne pas téléphoner à la jeune femme. Le Hezbollah et les Syriens écoutaient tout. Louis Carlotti avait appuyé sur l'interphone n° 1 et, presque immédiatement, une voix de femme avait demandé en arabe qui était son visiteur.

– Louis, l'ami du général Trabulsi, avait annoncé l'Américain.

– Au premier, avait répondu Samira Toufic, sans marquer la moindre surprise.

Elle l'attendait dans l'entrebâillement de sa porte lorsqu'il avait atteint le palier.

Comme au Club de Kaslik, elle ne lui avait pas serré la main, se contentant de poser la sienne sur sa poitrine, puis l'avait installé sur un petit canapé avant de partir à la cuisine préparer une cafetière de café turc.

Elle portait une djellaba blanche très chaste, mais, en dépit de l'heure matinale, était maquillée soigneusement. Lorsqu'elle l'avait rejoint, avec le plateau et les formulaires de visa, elle s'était assise assez loin de lui.

Toute son attitude respirait la sagesse, à l'exception de ses yeux au regard brûlant, vrillant, incisif. Louis Carlotti avait aussi du mal à détacher les yeux de la grosse bouche rouge et avait ressenti quelques picotements dans le bas-ventre sans qu'il y ait eu le moindre geste équivoque de la part de Samira Toufic. Ils avaient un peu bavardé et il lui avait parlé de son jogging...

Lorsqu'il avait pris congé, la jeune Libanaise lui avait adressé un regard à faire fondre un iceberg, en laissant tomber d'une voix égale.

– Quand vous faites votre jogging, si vous voulez

prendre un café, je suis là tous les matins. Même très tôt. Je suis debout pour la première prière. À six heures…

***

Samira Toufic revint s'asseoir sur le petit canapé et versa le café dans les tasses. Ils burent en silence. Comme à chaque visite, Louis Carlotti était nerveux, sachant qu'il ne pourrait pas disparaître longtemps, sinon ses « baby-sitters » s'alarmeraient. Il but l'amer café turc, se tourna vers la jeune femme et murmura d'une voix altérée par le désir.

– Tu es très belle.

– *Choukran*, fit Samira Toufic en baissant les yeux.

Son corps glissa vers lui et elle posa la tête sur son épaule, comme pour dormir.

Louis Carlotti essaya de ne pas être trop brusque en posant la main sur la djellaba, à la hauteur du cœur. Mais, dès qu'il sentit sous ses doigts le contour ferme d'un sein, il eut l'impression qu'on lui mettait un lance-flammes entre les jambes.

Fiévreusement, il se mit à pétrir la poitrine de la jeune Libanaise et commença à relever le bas de son abaya.

Samira Toufic se leva aussitôt, comme mue par un ressort et souffla.

– Pas ici.

Louis Carlotti la suivit jusqu'à la chambre plongée dans la pénombre. La jeune femme était déjà en train de faire passer sa djellaba par-dessus sa tête. Dessous, elle était entièrement nue. Sans même ôter son jogging, Louis Carlotti la bouscula jusqu'au lit où elle tomba sous lui, jambes ouvertes. C'est elle qui tira vers le bas la ceinture élastique du jogging, pour dégager le sexe dressé de l'Américain.

Avant même de l'embrasser, Louis Carlotti était enfoncé dans son ventre jusqu'à la garde. Il resta quelques secondes immobile puis commença à bouger lentement, en imprimant un mouvement circulaire à son membre. Comme pour agrandir le sexe qui l'accueillait. Au bout de quelques minutes de ce manège, la respiration de Samira Toufic s'accéléra. Louis sentit son bassin frémir sous lui et les bras de la jeune femme se refermèrent dans son dos, tandis qu'elle gémissait.

– *Aiwa! Aiwa*[1] !

Louis Carlotti s'appliqua, s'efforçant de frotter son membre contre le clitoris durci. La bouche ouverte, Samira Toufic respirait de plus en plus vite. Puis son bassin se souleva d'un coup et elle émit un cri inarticulé.

Avant de retomber.

Louis Carlotti respecta cette pause, puis se déchaîna à nouveau, vidant dans le ventre de sa maîtresse une semaine de semence. Enfin, il bascula sur le dos et admira le corps de la jeune femme, ébloui. Il avait oublié qu'une femme pouvait être aussi belle.

Samira Toufic ne bougeait plus, les yeux clos, une poupée cassée. Comme la première fois où ils avaient fait l'amour. Louis Carlotti avait débarqué chez elle un matin, avec sa demande de visa acceptée et une bouteille de whisky. Le regard de Samira Toufic avait flamboyé de bonheur en voyant les papiers mais elle avait repoussé la bouteille de Chivas Regal.

– Je ne bois pas, avait-elle expliqué. C'est interdit par la religion. Je vais faire du café.

1. Oui ! Oui !

Quand ils avaient fini de boire leur café, Louis Carlotti n'avait pu s'empêcher de demander.

– Que voulez-vous faire aux États-Unis ? À part voir votre cousine.

Elle l'avait regardé bien en face avec un sourire un peu honteux.

– Je voudrais trouver un homme.

Il avait sursauté.

– Mais Mourad m'a dit que vous étiez mariée…

– C'est vrai, mais je ne suis pas heureuse.

Sans le regarder, la tête appuyée sur le dos du canapé, elle avait commencé à parler comme sur le divan d'un psy, d'une voix monocorde et douce.

– Mon mari n'est pas gentil. Il me bat parfois, je crois qu'il a une autre femme. Il ne m'appelle jamais du Koweit. Il me reproche de n'avoir pas encore eu d'enfant, mais je crois que je ne peux pas en avoir.

Peu à peu son corps s'était incliné et sa tête s'était retrouvée sur l'épaule de Louis Carlotti qui était demeuré strictement immobile, le regard glué à la poitrine qui se soulevait rapidement sous la djellaba. N'osant pas rompre le charme. Puis il avait croisé le regard de Samira Toufic et y avait lu une expression trouble, inhabituelle. Elle s'était cambrée et Louis Carlotti avait aperçu les pointes dressées de ses seins, moulés par le tissu léger de la djellaba. Cela avait été plus fort que lui : il avait posé sa main, à plat, sur le sein droit et le contact de la pointe durcie lui avait envoyé un flot d'adrénaline dans les artères.

Il était demeuré immobile, retenant son souffle, s'attendant à ce que Samira Toufic sursaute ou proteste.

Rien.

Comme si cette main posée sur son sein n'avait pas existé… Alors, Louis Carlotti s'était enhardi, faisant courir ses doigts d'un sein à l'autre. La jeune femme avait levé la tête vers lui et il l'avait embrassée, sentant aussitôt les lèvres épaisses s'ouvrir sous la pression des siennes. Maladroitement, mais avec fougue, Samira lui rendait son baiser. Dans l'état d'un singe en rut, ayant presque honte de son érection, lorsqu'il avait effleuré le ventre de la jeune femme. Samira s'était levée d'un coup. Il s'attendait à ce qu'elle le mette à la porte, mais elle l'avait seulement pris par la main, l'entraînant jusqu'à la chambre plongée dans la pénombre. Là, d'un geste normal, naturel, elle avait fait passer son vêtement par-dessus sa tête et s'était retournée, se collant à lui de tout son corps.

Louis Carlotti avait rajeuni de vingt ans en un clin d'œil. Débarrassé de son jogging en un éclair, il s'était littéralement rué sur la jeune femme.

S'enfonçant d'un trait dans un pot de miel brûlant.

Les premiers moments passés, elle avait collé son bassin au sien, se frottant comme une chatte, et murmuré :

– Doucement, *ayété*[1]. Frotte bien devant.

Il avait compris et s'était efforcé d'exciter son clitoris. Avec un résultat presque immédiat. Samira Toufic avait eu un orgasme violent, accompagné d'un cri bref.

C'est après cette étreinte qu'ils avaient vraiment fait connaissance. Dans le noir, la jeune femme lui avait raconté que son mari la prenait comme une chienne, par derrière, parce que cela l'excitait plus. Qu'il était brutal et, surtout ne l'avait jamais fait jouir.

Tout simplement, il s'en moquait.

– Tu n'as jamais joui ? n'avait pu s'empêcher de demander Louis Carlotti.

1. Chéri.

– Si, en me caressant, avait répondu Samira d'une voix imperceptible. Tu es le premier homme qui m'a donné du plaisir.

Elle lui avait pris la main pour la serrer très fort en ajoutant « je ne l'oublierai jamais ».

Louis Carlotti était le roi du pétrole. Non seulement il venait de faire l'amour à une fille qui avait vingt ans de moins que lui, mais elle était satisfaite ! C'était trop beau. Il avait quand même eu l'affreux courage de se rhabiller, se disant que les miracles arrivaient parfois.

Sur le pas de la porte, Samira Toufic lui avait lancé un long regard qui l'avait de nouveau embrasé, en disant à voix basse.

– Reviens quand tu veux.

***

Il était revenu, après une semaine d'hésitation coupable. Mais l'attrait de ce jeune corps était irrésistible. C'est à ce moment qu'était née sa passion pour le Marathon de New York...

Depuis, trois fois par semaine, il était le plus heureux des hommes. Par prudence, il avait décidé de ne rien dire au général Trabulsi, bien qu'il continue à le rencontrer régulièrement comme « source ». Le cloisonnement.

Louis Carlotti regarda les aiguilles lumineuses de sa Navitimer Breitling qui luisaient dans la pénombre comme les oreilles du Diable. Cela faisait presque quarante-cinq minutes qu'il était là. Samira Toufic était déjà debout et remettait son abaya. En dehors de cette pénombre, il ne l'avait jamais vue nue. Il se dit qu'il faudrait qu'un jour il ose la prendre par-derrière, comme les chiens, disait-elle. Pendant quelques secondes, le sang afflua à son ventre, en l'imaginant prosternée, sa croupe ronde et ferme offerte.

Mais, déjà, il était en train de remonter son jogging. La récréation était finie.

– À vendredi, dit-il.

Elle inclina la tête affirmativement.

Même le jour de la Prière, le jour sacré des musulmans, elle faisait l'amour avec lui. Par contre, elle avait toujours refusé de boire une goutte d'alcool.

Le cœur léger, Louis Carlotti descendit la rue Ahram, déserte. Il n'y avait guère plus de circulation sur l'avenue de Paris. Il traversa et repartit au petit trot en direction de Ras Beyrouth.

Il avait parcouru une centaine de mètres lorsqu'il remarqua une grosse moto qui avançait à la même allure que lui, sur la voix de gauche. Son pouls bondit et il tourna la tête, sans cesser de courir. Deux hommes chevauchaient la machine, une Kawasaki. Soudain, Louis Carlotti vit le passager de la moto, la tête recouverte d'un casque intégral, ce qui était assez rare à Beyrouth, plonger la main dans son blouson de cuir. Lorsqu'il la ressortit, il tenait un gros pistolet.

Calmement, le bras tendu, il visa Louis Carlotti.

Les trois détonations claquèrent à quelques dixièmes de seconde d'intervalle.

Louis Carlotti cessa d'abord de courir, puis s'effondra d'un coup, de tout son long. Déjà, la moto accélérait en direction de Ras Beyrouth.

Personne n'avait rien remarqué.

CHAPITRE II

Une énorme banderole était déployée en travers de la façade de l'hôtel Saint-Georges, arborant, en son centre, un gigantesque signe « STOP », sous l'inscription : Stop SOLIDERE. La structure montée par feu Rafic Hariri pour reconstruire le centre de Beyrouth. Pour d'obscures raisons financières, Fadi El Khouri, le propriétaire du Saint-Georges, avait toujours détesté Rafic Hariri et le poursuivait de sa haine jusque dans l'au-delà... Ironie du sort, l'explosion qui avait envoyé ad patres le milliardaire avait aussi considérablement abîmé le Saint-Georges, en pleine reconstruction. El Khouri lui-même avait failli être tué dans la déflagration...

Le regard de Malko glissa jusqu'à la statue de bronze érigée au milieu d'un square triangulaire, juste face au Saint-Georges. Du 22e étage de l'hôtel Phoenicia, elle semblait minuscule. C'était le lieu de l'attentat qui avait tué l'ex-premier ministre libanais et 23 autres personnes, quatre ans et demi plus tôt.

Depuis le dernier séjour de Malko à Beyrouth, cette statue était la seule nouveauté, avec la reconstruction du building d'HSBC, détruit par l'explosion.

L'immeuble voisin, lui, n'avait pas été restauré, rejoignant la cohorte des immeubles détruits par quinze ans de guerre civile, qui parsemaient Beyrouth, abandonnés pour de mystérieuses raisons, isolés au milieu des buildings flambant neufs. Ainsi, rue Omar El Daduk, juste derrière le Phoenicia, un vieil immeuble aux volets de bois et à la façade encore criblée d'impacts arborait toujours l'enseigne de la « Droguerie du Danube » qui ne rouvrirait jamais ses portes. Beyrouth était ainsi semé de petits cailloux noirs rappelant une période sombre qui avait fait cent mille morts, toutes religions confondues.

Pourtant, à leur habitude, les Libanais rebondissaient ! C'était bien le seul pays, en cette période de crise, où les restaurants et les hôtels étaient pleins et où régnait une évidente joie de vivre... Incorrigiblement optimistes, les Libanais voulaient croire en l'avenir... Évidemment, il y avait quelques signes d'angoisse sournoise : les vigiles qui auscultaient avec leur petit détecteur d'explosif chaque voiture entrant dans un parking... Les plots escamotables devant le Phoenicia, l'interdiction de stationner ailleurs que devant la façade aveugle d'un immeuble déjà détruit.

L'Orient-Le Jour, le grand quotidien en langue française libanais, titrait sur huit colonnes : « On craint une reprise des attentats ». La hantise de tous les Beyroutins. Les attentats « ciblés » frappaient avec une précision chirurgicale les ennemis de la Syrie, les voitures piégées explosant aux quatre coins de la ville.

La moindre rixe intercommunautaire faisait monter le thermomètre. À quelques carrefours stratégiques, les blindés M.113 de l'armée libanaise montaient une garde nonchalante et peu efficace. Si vieux qu'on se demandait s'ils pourraient jamais redémarrer.

Malko posa son regard sur la marina, en face du Saint-Georges. Un petit yacht était en train d'y entrer d'une allure majestueuse. En ce début septembre, il faisait encore très chaud et le « Beach Club » du Saint-Georges refusait du monde à tous les déjeuners.

Depuis sa dernière mission à Beyrouth, trois ans plus tôt, après la courte guerre israélo-libanaise, les destructions avaient été réparées, les femmes étaient encore plus sexy et élégantes. Beyrouth était vraiment le paradis des salopes et commençait à ressembler à un petit New-York, avec ses gratte-ciel flambant neufs. Pourtant, derrière l'hôtel Phoenicia, la carcasse du Holiday Inn n'avait pas été touchée : seul, le sous-sol était utilisé comme parking.

La sonnerie du téléphone fixe de sa chambre fit sursauter Malko. Une voix anonyme annonça en anglais :

– La voiture sera là dans dix minutes : NISSAN X-TRAIL blanche 53171.

Il n'y avait plus qu'à descendre.

Le lobby grouillait de *dichdachas*[1] d'un blanc éblouissant et de putes, russes ou libanaises, toutes plus bandantes les unes que les autres. C'était le ramadan et tout le Golfe s'était déversé sur Beyrouth, fuyant l'austérité wahabite… Des cheikhs à la barbe bien taillée, au regard aigu ou endormi selon la dose de hashich qu'ils avaient avalé, après avoir « garé » leur encombrante famille « bâchée » dans la cafeteria, suivaient d'un regard avide et concupiscent les putes qui tournaient en rond entre la réception et le café occupant tout le lobby.

Malko passa derrière l'une d'entre elles. Une Russe, probablement, une magnifique poitrine et un jean qui semblait peint sur sa croupe, le regard dissimulé derrière des lunettes noires. Elle se retourna lentement, le dévisagea et glissa jusqu'à la vitrine suivante. Seuls les

1. Longue robe blanche portée par les gens du Golfe.

Saoudiens payaient cinq mille dollars pour une nuit de câlins. Un peu plus tôt, à la piscine, il avait repéré deux Russes dans le jacuzzi, dont seules les têtes dépassaient de la surface de l'eau, comme des crocodiles à l'affût.

À l'entrée de l'escalier mécanique menant au rez-de-chaussée, il croisa une brune au regard incandescent, maquillée comme la Reine de Saba, qui lui décocha un regard à provoquer une érection immédiate chez un centenaire... Il se retourna et découvrit une croupe si incroyablement cambrée qu'elle faillit lui faire oublier son rendez-vous avec Ray Syracuse, le chef de Station de la CIA à Beyrouth.

***

« Samy », à Jounieh, était le « must », le meilleur restaurant de poissons du Liban. À l'entrée, ceux-ci attendaient sagement sur leur lit de glace, d'être choisis. Lorsque Malko descendit de l'énorme Nissan X-Trail blanche et blindée, conduite par un jeune « marine » au crâne rasé, il réalisa qu'il ne savait même pas *pourquoi* il était au Liban.

On lui avait simplement demandé de se rendre à Beyrouth, depuis Washington.

Un homme de petite taille, avec un collier de barbe, les cheveux gris courts, le regard pétillant d'intelligence derrière ses lunettes, l'attendait devant les poissons froids. Il s'avança et lui tendit la main, avec un sourire en coin.

– Ray Syracuse ! Nous ne nous sommes encore jamais rencontrés, mais je savais à quoi vous ressembliez ! Vous avez fait bon voyage ?

– Excellent, assura Malko. D'ailleurs, je suis toujours content de revenir au Liban.

L'Américain eut un sourire en coin.

– Si j'en juge d'après votre dossier, vous êtes venu souvent.

Ils traversèrent une salle immense et bruyante, une sorte de brasserie où les femmes « bâchées » cotoyaient des beautés au maquillage agressif, pour gagner une table dominant la plage. Deux hommes s'y trouvaient déjà, qui saluèrent d'un signe de tête déférent.

– Mes « baby-sitters », annonça Ray Syracuse.

Ceux-ci occupaient le bout de la table, laissant deux places libres entre eux et celles occupées par Malko et le chef de Station de la CIA.

– Un peu d'arak ? proposa celui-ci.

C'était ce qu'il fallait boire au Liban, les vins pouvant déclencher des effets secondaires fâcheux, allant jusqu'à la mort subite. Ils trinquèrent, commençant à attaquer les mézés qui arrivaient par rafales.

– Je vous ai fait venir ici parce qu'ensuite, nous avons rendez-vous à Kislik, tout à côté, expliqua l'Américain.

– À propos, demanda Malko, les mézés épuisés, pourquoi suis-je au Liban ?

Ils venaient de bavarder des derniers événements mondiaux, de Barak Obama et de l'Artict Sea, une affaire qui ne l'étonnait pas.

Un des « baby sitters » avait été choisir une énorme dorade et quelques poissons à frire. On pouvait commencer à travailler. Le visage de Ray Syracuse s'assombrit.

– Nous avons eu un coup dur il y a cinq jours. Un de nos meilleurs « field officers », Louis Carlotti, a été abattu en pleine ville, alors qu'il faisait du jogging.

Il raconta succinctement à Malko les circonstances de la mort de l'agent de la CIA.

– Bien entendu, on n'a arrêté personne ? remarqua celui-ci

Ray Syracuse eut un sourire teinté d'amertume.

– Je vois que vous connaissez le pays... Non, personne. Aucune piste, sauf trois douilles de 9 mm trouvées sur la chaussée, qui ne mènent nulle part... Personne n'a relevé le numéro de la moto, sûrement faux, et encore moins le signalement des tueurs, dissimulés sous leurs casques intégraux.

Malko hocha la tête

– Il y a deux ans, je ne sais pas si vous étiez déjà là, le fils d'Amin Gemayel, un des anciens présidents du Liban, a été abattu en plein quartier chrétien par trois hommes, le visage découvert, en plein jour, qui se sont ensuite enfuis en voiture. On ne les a jamais retrouvés.

– J'étais là ! fit sobrement Ray Syracuse. Et on ne sait toujours pas qui a commandité ce meurtre.

Le départ de l'armée syrienne, le 26 août 2005, n'avait pas arrêté les assassinats ciblés. Quatorze en tout, de la présentatrice de télévision May Chidiac, au journaliste Gibran Tweni.

Les tueurs utilisaient toujours le même *modus operandi*. Soit une voiture ou une moto piégée en stationnement, dont l'explosion se déclenchait au passage de la victime, soit une charge explosive placée sous son véhicule.

Dans les deux cas, l'explosion était déclenchée à distance par un complice grâce à un téléphone portable. Chaque meurtre exigeait une logistique sophistiquée, des surveillances et des spécialistes en explosifs.

Et pourtant, personne n'avait jamais été arrêté. Ni même soupçonné... Comme si les assassins arrivaient d'une autre planète et y retournaient ensuite...

Toutes les victimes avaient un point commun : c'étaient des opposants à la Syrie.

Bien entendu, les pro-syriens accusaient l'« ennemi sioniste », Israël, tandis que les anti-syriens désignaient Damas, qui niait avec indignation.

– Cela faisait un an qu'il n'y avait pas eu d'attentat, remarqua Ray Syracuse, au moment où on apportait une énorme dorade ouverte en deux.

Un ange passa et s'enfuit vers la mer…

– Qui est chargé de l'enquête ? demanda Malko.

– Les FSI.

– Le général Ashraf Rifi ?

– Oui.

– Je le connais, c'est un bon type, remarqua Malko. Et il est motivé…

Le général Rifi, un musulman sunnite de Tripoli, avait été nommé par le fils de Rafic Hariri, après le départ des Syriens, en remplacement du général Ali Al Hadj, expédié en prison. Sa loyauté ne pouvait pas être mise en doute.

– Il n'a pourtant rien trouvé, laissa tomber tristement Ray Syracuse. Même s'il se donne beaucoup de mal. Il se heurte à de multiples résistances et à une organisation invisible, mais toute-puissante, d'une férocité inégalée.Les Syriens sont partis mais leur présence invisible continue à terroriser les gens. Je me trouvais l'autre jour chez un très haut fonctionnaire libanais. Il m'a avoué que lorsqu'il recevait un coup de téléphone de Damas, il était liquéfié de peur.

Au Liban, si on veut vivre vieux, il ne faut pas toucher aux Syriens.

– En quatre ans, leur organisation ne s'est pas affaiblie ? s'étonna Malko.

Ray Syracuse secoua la tête.

– Leurs affidés sont toujours là, invisibles, organisés, tapis un peu partout, prêts à frapper sur l'ordre de leurs maîtres de Damas. Des Chiites du Hezbollah, des Chrétiens du PPS pro-syriens et certains groupes palestiniens. Demain, ils peuvent déclencher une nouvelle vague d'assassinats et personne ne pourra les arrêter.

L'ange repassa, battant tristement de ses belles ailes blanches. Les deux hommes avaient bien entamé leur dorade et Malko se risqua à demander.

– Même si vous ignorez qui a tué Louis Carlotti, vous savez peut-être pourquoi ?

L'Américain inclina la tête et laissa tomber.

– Oui, à 99 %. Vous vous souvenez du meurtre de Rafic Hariri ?

– Évidemment. A-t-on avancé sur l'identification des coupables ?

Ray Syracuse posa sa fourchette et annonça d'une voix grave.

– Tout le monde soupçonne les Syriens, mais à ce jour, après trois commissions d'enquête successives nommées par les Nations Unies, des centaines d'interrogatoires, la constitution d'un tribunal pénal international régi par le Chapitre VII des Nations Unies, il n'y a aucune certitude. Le procureur du Tribunal Special pour le Liban, le Canadien Daniel Bellemare, aurait dû déjà publier son acte d'accusation. Il ne l'a pas fait, car son dossier est vide. En tout cas, de preuve concrète, ce que nous appelons en anglais « hard evidences », liant le gouvernement syrien au meurtre de Rafic Hariri.

– Pourquoi ?

Sourire amer de Ray Syracuse.

– Les Syriens ont verrouillé. En liquidant tous ceux qui auraient pu les charger. Le kamikaze qui conduisait le pick-up chargé d'explosifs n'a jamais pu être identifié. Il reste de lui 27 morceaux conservés à la morgue, mais impossible de comparer les ADN. On ne connaît même pas la nature exacte de l'explosif utilisé, ni sa provenance. Les officiels libanais ont systématiquement freiné les enquêtes des spécialistes nommés par l'ONU. On n'a même pas fait de prélèvements de traces d'explosifs sur les façades des immeubles atteints par l'explosion. On ne sait pas comment le pick-up Mitsubishi « Canter », volé au Japon, s'est retrouvé à Tripoli, dans le nord du Liban. On l'a identifié grâce à son moteur retrouvé dans la piscine du « Beach Club ». L'homme qui a revendiqué l'attentat, Abu Adhass, deux jours plus tard, avait été enlevé à son domicile, en janvier 2005 et on ne l'a jamais revu.

» Le journaliste Samir Kafir, qui voulait coopérer avec la commission d'enquête Mehlis, a été assassiné le 2 juin 2005. Le ministre de la Défense, Elias Murr, lui aussi volontaire pour aider à l'enquête, a été tué un mois plus tard, avec une voiture piégée.

» En décembre 2005, Gibran Tweni, journaliste antisyrien du journal Al Nahar, qui était allé fouiller du côté du Aanjar, l'ancienne base syrienne au Liban, a sauté dans sa voiture.

» Le 12 octobre 2007, un homme qui savait sûrement tout sur le meurtre de Hariri, Rhazi Canaan, pro-consul au Liban pendant vingt ans, s'est « suicidé » à Damas. Il était en bisbille avec le président syrien Bachar El Assad et aurait pu parler. Deux mois plus tard, le général syrien Amos Sleimane, qui dirigeait la cellule secrète rattachée à la présidence syrienne chargée d'éliminer les ennemis du régime, a été tué dans des circonstances bizarres. Lui ne s'apprêtait pas à trahir, mais il représentait un « risque de sécurité », alors que les Nations Unies mettaient la pression sur la Syrie.

– C'est tout ? demanda Malko, impressionné par cette sinistre énumération.

– Non. Les FSI avaient mis sur pied un département technique pour étudier les communications de certains portables, durant la période qui a précédé le meurtre de Rafic Hariri et le jour de l'attentat. Utilisant un logiciel fourni par les Français. Grâce à ce dernier, ils avaient isolé dix numéros de portables, des cartes *prepaid* anonymes, vraisemblablement utilisés par les complices dans la préparation de l'attentat. Eh bien, en octobre 2007, le responsable de ce service, le général Samir Chehadeh, a été victime d'un attentat – une moto piégée – dont il a réchappé par miracle ; son chef, le général Rifi, a été obligé de l'envoyer au Canada pour le mettre à l'abri.

» Alors, le 25 janvier 2008, le capitaine Wissam Eid, celui qui avait isolé les dix numéros de portable, a été assassiné. Voiture piégée.

– Pourquoi ces deux derniers attentats ? demanda Malko. Les FSI sont un service officiel. On sait bien que les morts seront remplaçés.

Ray Syracuse sourit. Amèrement.

– Bien sûr. C'est un avertissement. Pour dire de laisser tomber l'enquête. Sinon, les successeurs seront *aussi* assassinés…

» C'est la méthode syrienne.

» Ils ne reculent devant rien.

» En avril 2008, un juriste libanais, Ralph Riachy, qui avait été sélectionné pour siéger au Tribunal Spécial, a échappé de justesse à la mort : son appartement a sauté… Vous comprenez la charge de terreur qui pèse sur cette enquête, et qui explique le peu de résultats.

» Ceux qui parlent ou menacent de parler sont assassinés. Avant ou après.

» C'était une tradition du régime d'Hafez El Assad, qu'a continué son fils, Bachar, l'assassinat politique comme une méthode de gouvernement.

Ce sont des féroces.

– Il y a une explication à cette férocité ? demanda Malko.

– Oui, admit Ray Syracuse. Les El Assad sont des Alaouites, une sorte de secte dérivée du chiisme et plutôt mal vue des Sunnites, qui ne représentent que 8 % de la population syrienne. Autant dire qu'ils sont assis sur un volcan. Alors, ils font en sorte qu'il ne se réveille pas. Comme ils ne sont pas doués pour le dialogue, ils tuent.

– Je savais qu'ils assassinaient leurs adversaires politiques, remarqua Malko, mais Rafic Hariri avait été deux fois Premier ministre du Liban, protégé de l'Arabie Saoudite, largement soutenu par la communauté internationale.

L'Américain prit une datte fourrée sur un plateau qu'on venait d'apporter et dit en souriant.

– Mon cher Malko, j'admire votre fraîcheur d'âme… Si ce sont bien les Syriens qui ont tué Rafic Hariri, ce ne serait jamais que le troisième homme d'État libanais qu'ils assassinent. Le premier, c'était le Président Bechir Gemayel, qui s'apprêtait à signer une paix séparée avec Israël. Un malveillant a déposé une charge de cinquante kilos d'explosifs au-dessus de la pièce où Bechir Gemayel tenait une réunion. C'est la seule et unique fois qu'on a arrêté le coupable : un membre du parti prosyrien PPS…

» C'était en 1982.

» Le suivant, c'était en novembre 1989, le président René Mowad, anti-syrien notoire, il venait juste d'être élu… Une voiture piégée avec 60 kilos d'explosifs a explosé sur le passage de son convoi officiel, devant la pharmacie Boustros, rue de Rome.

» Exactement comme pour Rafic Hariri…

» Avant ces deux faits d'éclat, les Syriens s'étaient fait la main, si on peut dire, sur le chef des Druzes du Liban, Kamal Joumblatt, abattu par des inconnus.

» À son fils, Walid, qu'il recevait à Damas, le président syrien Hafez El Assad, avait remarqué avec une tristesse de crocodile : « Quand je pense qu'il y a quelques mois, c'était votre père qui était assis là, à votre place… J'espère que vous serez plus modéré. »

» À l'époque Kamal Joumblatt venait de se déclarer en faveur du départ des Syriens du Liban…

Ray Syracuse acheva de mastiquer sa datte et laissa tomber :

– Je vous épargne la liste des assassinés moins connus. Ce serait trop long. Il faut reconnaître que, sur le plan intérieur, le clan Assad n'est pas moins féroce : en Syrie, il n'y a plus vraiment de problème islamiste. Ceux-ci ont été massacrés au cours d'une répression féroce.

– Je sais tout cela, coupa Malko, mais, dans le cas de Rafic Hariri, la piste mène-t-elle vraiment à Damas ?

Ray Syracuse hocha la tête.

– Sauf si on est aveugle, oui. Laissez-moi vous rappeler le contexte : en 2005, Rafic Hariri était devenu l'ennemi n° 1 des Syriens et du Hezbollah. Pour trois raisons. D'abord la résolution 1559 demandant la fin de l'occupation syrienne, ensuite son refus de prolonger le mandat d'Émile Lahoud, le président libanais pro-syrien. Et enfin, il s'apprêtait à prendre la tête de l'opposition parlementaire anti-syrienne. Enfin, le Hezbollah considérait qu'il était derrière la résolution de l'ONU 1559 réclamant le désarmement de leur milice.

» Le 26 août, le président Bachar El Assad avait convoqué Rafic Hariri à Damas pour une entrevue brève et orageuse. Dix minutes, au cours desquelles Bachar El Assad annonça à Rafic Hariri que si ce dernier n'appuyait pas la prolongation du mandat d'Émile Lahoud, il lui briserait le Liban sur la tête…

» Congédié brutalement, Rafic Hariri croisa alors à la présidence le général Ghazi Canaan, qui le menaça aussi directement en lui jetant :

« Ton Liban, je peux l'anéantir avec dix voitures piégées ! »

» Comme si cela ne suffisait pas, Rafic Hariri fut intercepté à la frontière par des militaires syriens qui le conduisirent au camp d'Aanjar, où l'attendait le colonel Assef Shaab, le « proconsul » syrien qui mettait le pays du cèdre en coupe réglée. Ce dernier jeta à Rafic Hariri.

– Tu as intérêt à faire ce que t'a ordonné le *Rais*[1]. Sinon, tu mourras comme un chien…

» Lorsqu'il revint à Beyrouth, Rafic Hariri avoua à ses amis qu'il venait de passer la plus mauvaise journée de sa vie. Jamais il n'aurait pensé que Bachar Al Assad le traiterait de cette façon.

– Comment savez-vous tout cela ? demanda Malko à l'Américain.

– Par des « sources » dans l'entourage de Rafic Hariri, qui n'en revenait pas d'être traité comme un chien. Lui, le protégé du roi d'Arabie Saoudite, la plus grosse fortune libanaise, l'ancien et futur premier ministre…

– Il ne s'est pas plaint aux Saoudiens ? s'étonna Malko.

Ray Syracuse haussa les épaules.

1. Chef.

– Si, mais le roi Abdullah lui a conseillé de ne pas prêter attention à un moment de colère de Bachar Al Assad… Les Saoudiens *aussi*, ont peur des Syriens. Tout le monde, dans la région, a peur des Syriens.

» Parce qu'ils tuent comme ils respirent, sans le moindre état d'âme.

Un ange passa, volant lourdement, à cause de son blindage. Malko connaissait la réputation syrienne, mais était quand même estomaqué.

– Et puis, Bachar Al Assad a considéré le vote de la Résolution 1559 comme un véritable crime de lèse-majesté… continua l'Américain. C'était le premier clou dans le cercueil de Rafic Hariri. Les Syriens ne pouvaient pas laisser passer cela.

– Pourquoi l'a-t-il fait ? demanda Malko.

L'Américain haussa les épaules.

– C'était un authentique nationaliste. Il voulait *vraiment* débarrasser son pays des Syriens. D'ailleurs, il y est arrivé. À titre posthume… Le 26 avril 2005, un peu plus de deux mois après son assassinat, l'armée syrienne a évacué le Liban, à la suite de la réprobation internationale déclenchée par le meurtre de Rafic Hariri.

– Ils devaient s'y attendre, remarqua Malko. Cela pouvait les dédouaner. Ils ne se seraient pas tiré une balle dans le pied…

Ray Syracuse hocha pensivement la tête.

– Moi aussi, j'ai pensé cela à un moment, mais je pense que Bachar Al Assad a simplement commis une erreur de jugement… Personne n'avait jamais protesté contre les assassinats ciblés de personnalités anti-syriennes. Il a cru que, huit jours après, on n'en parlerait plus. Mais avec Rafic Hariri, la ligne rouge avait été franchie… Même le pacifique Kofi Annan prit, pour la première fois de sa vie, une position courageuse… Ce qui n'a pas changé la façon d'être des Syriens. Même après avoir quitté le Liban, ils ont continué leur « nettoyage ». Depuis juillet 2005, dix opposants libanais ont été transformés en chaleur et en lumière, à Beyrouth...

Malko reprit un peu de café. Ébranlé.

Comme pour accompagner ce long défilé de cadavres, le temps s'était mis à l'unisson : de grosses vagues montaient à l'assaut de la minuscule plage en contrebas du restaurant qui commençait à se vider. Il réalisa soudain que le récit de Ray Syracuse ne l'éclairait pas sur le meurtre du « field-officer » Louis Carlotti.

– Je croyais que l'enquête sur l'assassinat de Rafic Hariri était close, remarqua-t-il. Qu'après trois commissions d'enquêtes internationales, le procureur du Tribunal Spécial pour le Liban, allait publier son acte d'accusation.

– Vous avez raison, reconnut Ray Syracuse, les Libanais n'enquêtent plus. Seulement, il s'est produit un fait nouveau : Louis Carlotti a reçu une information qui, si elle se concrétise, permettrait, enfin, quatre ans et demi après les faits, de réunir des preuves matérielles contre le gouvernement syrien.

– Et Louis Carlotti a été assassiné, comme tous ceux qui ont tenté de découvrir les responsables de l'attentat qui a tué Rafic Hariri. Ce serait donc la dernière victime de cette interminable enquête ?

– J'en suis à peu près certain, reconnut le chef de Station de la CIA.

– Donc, j'ai été envoyé à Beyrouth pour reprendre son enquête ?

– Oui, fit simplement Ray Syracuse.

CHAPITRE III

Malko laissa errer son regard quelques instants sur les rafales de pluie qui fouettaient les vitres du restaurant, puis fixa à nouveau Ray Syracuse. L'Américain était impassible, comme un joueur de poker qui vient de faire une grosse relance.

En fait de relance, c'était plutôt une place au cimetière d'Arlington qu'il offrait à Malko. Ce dernier remarqua calmement.

– Vous me faites beaucoup d'honneur, si trois enquêtes successives menées sous l'égide de l'ONU, s'appuyant sur le gouvernement libanais, disposant de beaucoup d'hommes et d'un budget illimité, n'ont pas réussi à trouver des preuves contre la Syrie, comment voulez-vous que j'y parvienne ?

L'Américain ne se troubla pas devant cette remarque pleine de bon sens.

– Il ne s'agit pas de reprendre une enquête officielle, précisa-t-il, mais de suivre une piste dangereuse, mais extrêmement prometteuse. Louis Carlotti, non plus, n'était pas particulièrement qualifié pour reprendre cette enquête, mais il a bénéficié de l'information d'une « source ». Je ne voudrais pas qu'il soit mort pour rien, mais je comprendrais très bien que vous refusiez.

Malko ne répondit pas. Sa vie se résumait à une série de coups de poker où il jouait sa vie. Par besoin matériel – son château lui coûtait une fortune – mais aussi parce que depuis longtemps, il était drogué à l'adrénaline.

Ray Syracuse considéra son silence comme un acquiescement. Le restaurant était presque vide et un des « baby-sitters » avait réglé l'addition. L'Américain se leva et ils gagnèrent la sortie.

La grosse Nissan X-Trail blanche était devant la porte de « Chez Samy ».

– Où allons-nous ? demanda Malko.

– Rencontrer la « source » de Louis Carlotti, annonça Ray Syracuse. Le général Mourad Trabulsi.

Malko sourit.

– Il n'était que colonel il y a trois ans. Mais je me souviens de lui. Ses hommes m'ont sauvé la vie.

– C'est exact, confirma Ray Syracuse, comme la Nissan démarrait. D'ailleurs, depuis, il nous a rendu pas mal de services. C'était Louis Carlotti qui le traitait. Il va sûrement être heureux de vous retrouver.

***

– Mon cher ami ! s'exclama Mourad Trabulsi d'une voix chaleureuse, c'est un très grand plaisir de vous revoir à Beyrouth.

On aurait dit qu'ils s'étaient quittés la veille ! L'officier libanais les avait accueillis sur le perron du club des officiers de Kaslik, un endroit paradisiaque au bord de la mer, entouré de jardins et de piscines, pour les mener jusqu'à un immense salon vide dont les baies donnaient sur la mer. Des lunettes noires enveloppantes lui donnait vaguement l'air d'un gangster. Il était vêtu d'un blouson de toile et d'un pantalon sans forme et, toujours aussi prolixe, baissant la voix et se retournant fréquemment comme s'il craignait d'être espionné dans ce lieu pourtant sécurisé…

Ils prirent place sur un immense canapé et Ray Syracuse dit en souriant.

– J'ai surnommé notre ami Mourad « l'homme aux dix-sept oreilles ». Il sait tout ce qui se passe au Liban.

– Mon cher ami, protesta le général libanais, je traîne dans beaucoup d'endroits et j'ai de nombreux amis, mais je ne sais pas tout. Ce sont juste des rumeurs. Café ? arak ?

Ils choisirent tous le café.

– Malko va reprendre l'opération suivie par Louis Carlotti, annonça le chef de Station de la CIA.

Le général Mourad Trabulsi balaya la pièce du regard et remarqua avec un petit rire.

– J'aime bien venir ici parce qu'il n'y a personne. Sinon, j'ai toujours l'impression qu'on me surveille.

Malko observait le Libanais. Il savait que c'était un Chrétien, qu'il appartenait aux FSI et qu'il savait effectivement beaucoup de choses mais détestait se mettre en avant.

Saine prudence…

Quand ils eurent bu leur café, il monta à l'assaut.

– Vous enquêtez donc sur l'affaire Hariri. Il y a du nouveau ?

– Non, non, je n'enquête pas, je m'occupe des ambassades. C'est *Al Maaloumat*, notre division C.E.[1] qui le fait. Ce sont des gens très courageux. Pas comme moi.

Il eut une sorte de fou rire nerveux et alluma une enième cigarette.

1. Contre-espionnage.

– Dites à Malko ce qui s'est passé, insista Ray Syracuse, placide.

Mourad Trabulsi balaya la salle une nouvelle fois, c'est tout juste s'il ne regarda pas sous le canapé. Puis dit à voix basse.

– Quelqu'un m'a téléphoné, il y a une quinzaine de jours. Un homme qui n'a pas voulu donner son nom, mais qui parlait avec l'accent du sud, probablement un Chiite. Il m'a demandé si je m'intéressais à l'affaire Hariri. Je me suis méfié et j'ai dit « non ». Alors, il m'a lancé : « Je sais que tu connais des Américains. Dis-leur que je sais beaucoup de choses sur l'affaire Hariri ».

– Quoi ?

– Il a hésité un peu et a dit : je connais les identités de ceux qui ont utilisé les dix portables. Ensuite, il a raccroché…

Ray Syracuse et Malko étaient suspendus à ses lèvres. Il prit un peu de café et continua.

– Bien entendu, continua-t-il, j'ai tenté d'identifier cet inconnu. Il a utilisé pour m'appeler une carte « pre-paid » intraçable, puisqu'anonyme. Notre Division technique a interrogé MC Touch, l'opérateur des portables et on a pu savoir que cet appel avait activé un relais proche de l'hôtel Summerland, dans la banlieue sud. C'est tout.

– Que signifie cette référence aux « dix portables » ? interrogea Malko.

C'est Ray Syracuse qui répondit.

– Dès que Saad Hariri nomma le général Ashraf Rifi à la tête des FSI, en remplacement du général Ali Al Hadj, expédié en prison par Detlev Mehlis, en juin 2005, pour complicité probable avec les Syriens dans l'attentat contre Hariri, celui-ci commença une véritable enquête. Celle-ci fut confiée au capitaine Wissam Eid, de la Division Technique des FSI. Grâce à un logiciel fourni par les Français permettant de déceler les anomalies dans l'usage d'un portable, il fit une découverte très intéressante.

– Que signifie « anomalies » ? interrogea Malko.

– Par exemple, si un appareil n'est utilisé qu'à certains moments, ou s'il ne communique qu'avec un seul numéro, expliqua Mourad Trabulsi.

» Ce que découvrit le capitaine Wissam Eid représentait un pas de géant dans l'enquête. Grâce à ce logiciel, il découvrit que dix numéros de portables avaient été utilisés dans les trois semaines précédant l'assassinat de Rafic Hariri et le jour de l'attentat.

» Ces portables ne communiquaient qu'entre eux. Grâce à l'analyse des relais activés, le capitaine Eid put déterminer qu'ils avaient été utilisés pour suivre à la trace le convoi de Rafic Hariri, le 14 février 2005, leurs utilisateurs participant donc activement à cet attentat. Depuis le 14 février, à treize heures, aucun n'a plus été activé…

On n'a rien pu savoir de plus ? interrogea Malko, fasciné par ce récit.

Mourad Trabulsi secoua la tête.

– Non. Toutes les cartes « pre-paid » avaient été achetées à Tripoli, sous un faux nom et on ne sait rien des téléphones utilisés, qui ont pu être achetés n'importe où. Jusqu'à ce jour, nous n'avons jamais pu mettre un nom sur les utilisateurs de ces portables, puisqu'ils ont fonctionné en circuit fermé.

Intrigué, Malko demanda aussitôt.

– Général, lorsque vous avez reçu ce coup de fil, vous en avez parlé au capitaine Eid ?

Mourad Trabulsi eut son fou rire nerveux.

– Non. Il a été assassiné le 25 janvier 2008.

Un ange passa, battant tristement l'air de ses belles ailes blanches.

La vie au Liban n'était pas un long fleuve tranquille.

Ray Syracuse enchaîna.

– Dès que Louis m'a parlé de cette histoire, je lui ai attribué un numéro de portable « vierge », à communiquer au général Trabulsi, au cas où son correspondant inconnu rappellerait.

– Il a rappelé ? demanda Malko, tourné vers le général libanais.

– Trois jours après, confirma ce dernier. Je lui ai communiqué le numéro donné par Louis Carlotti et je lui ai demandé de ne pas me rappeler.

– Pourquoi ?

– Par prudence, concéda Mourad Trabulsi. Ce pouvait être un escroc, mais aussi, autre chose. Je n'aime pas me mêler des affaires des autres.

Sage précaution, vu ce qui était arrivé au capitaine Eid.

Ray Syracuse se pencha vers Malko.

– Ce type, que nous appellerons Mister X, a bien rappelé Louis Carlotti, au numéro communiqué par notre ami Mourad. Une semaine plus tard, il a répété qu'il était prêt à communiquer des informations inédites sur l'affaire Hariri, impliquant les Syriens. Quand Louis Carlotti lui a demandé s'il voulait de l'argent, il a dit « non ». Qu'il était mû par une autre motivation, sans préciser.

» Bien entendu, Louis et moi étions extrêmement méfiants. Les Syriens sont coutumiers de ce genre de provocation. Louis a donc demandé une preuve concrète de sa volonté de faire des révélations. Le mieux était un rendez-vous. Mr X lui en a fixé un, deux jours plus tard devant la pharmacie du village de Taanayel, dans la vallée de la Bekaa. À midi.

Il s'est rendu à ce rendez-vous ?

– Oui, confirma Ray Syracuse. Après avoir pesé le pour et le contre, nous avons décidé qu'on ne pouvait pas refuser ce contact. J'avais mis en place un dispositif important de protection, à Chtaura, et juste avant la frontière syrienne. Ce pouvait être un piège, un kidnapping. J'ai du mobiliser huit « field-officers » et demander l'autorisation à Langley. Déjà qu'ils n'aiment pas que nous sortions dans Beyrouth... Bref, Louis a été au rendez-vous.

– Et alors ?

– Rien. Il a attendu deux heures. Personne n'est venu, ni a téléphoné.

– C'était bidon ?

– J'aurais pu le croire, si Louis Carlotti n'avait pas été abattu trois jours plus tard.

– Il ne travaillait sur aucun autre dossier ?

– Si, bien sûr, le Hezbollah, comme nous tous. Mais, dans le contexte actuel, le Hezbollah ne se risquerait pas à abattre un type de chez nous. Ils sont assoiffés de respectabilité. Ils s'embourgeoisent.

– Qui, alors ?

– Comme vous le savez, les Syriens deviennent très méchants lorsqu'ils se sentent attaqués, laissa tomber l'Américain. Pour moi, ce meurtre est un « message » : ne vous occupez pas de cette affaire.

– Cela implique que l'opération ait été « pénétrée », remarqua aussitôt Malko.

– Évidemment.

– Mr X a-t-il rappelé depuis ?

– Non.

L'ange repassa avec un brassard noir sur l'aile droite.

– Il a probablement été liquidé, conclut Malko. Mais la question reste posée : si ce sont les Syriens, comment ont-ils été au courant de ce contact potentiellement dangereux pour eux ?

Il n'osait pas regarder le général Mourad Trabulsi.

Celui-ci but d'un trait son quatrième café et souffla à voix basse.

– J'ai peut-être une idée. Que j'ai déjà communiquée à Mr Syracuse. Savez-vous pourquoi Louis Carlotti s'est mis soudainement à aimer le jogging ?

– Non, je ne vois pas, reconnut Malko, ne comprenant pas où il voulait en venir.

– C'est un peu à cause de moi. Il pouffa. Ou plutôt d'une très jolie femme qui se nomme Samira Toufic, que j'ai eu l'imprudence de lui présenter et dont il est tombé très amoureux.

Ray Syracuse demeura muet, le visage fermé, tandis que le général libanais racontait l'idylle entre Samira Toufic et Louis Carlotti.

– Louis m'avait dissimulé cette histoire, fit-il enfin d'une voix blanche. Sinon, il serait peut-être encore vivant.

Mourad Trabulsi secoua la tête.

– Oui, si cette jeune femme est mêlée à son assassinat, mais, dans le cas contraire, cela n'aurait pas changé grand-chose... Il se rendait en ville, ne serait-ce que pour me rencontrer.

– Si cette Samira Toufic n'est pas impliquée dans son meurtre, d'où peut venir la fuite ? Apparemment, très peu de gens étaient au courant.

En réalité, une seule personne, en dehors de la CIA : le général Mourad Trabulsi.

Après un silence bref mais pesant, le général libanais avança d'une voix calme.

– Cela ne peut venir que du côté de Mr X. Nous ignorons tout de lui. L'hypothèse la plus probable est qu'il a été imprudent et qu'on l'a liquidé, lui d'abord, avant de s'attaquer à Mr Carlotti. Nous ne saurons peut-être jamais la vérité...

Malko échangea un regard avec le chef de Station de la CIA qui reconnut.

– C'est plausible.

– Que suis-je censé faire, à part attendre un coup de téléphone qui ne viendra probablement jamais ? demanda Malko.

– Ne serait-ce que par respect pour Louis, répliqua Ray Syracuse, nous devons en avoir le cœur net en ce qui concerne Samira Toufic.

– Comment ? demanda aussitôt Malko.

L'Américain se tourna vers le général libanais.

– Avez-vous eu un contact avec elle depuis la mort de Louis ?

– Non, fit immédiatement Mourad Trabulsi.

– Donc, conclut Ray Syracuse, tourné vers Malko, il faut monter à l'assaut. En étant extrêmement prudent. Si elle est dans le coup, cela peut être dangereux de l'approcher.

Son regard insistant arracha un sourire à Malko.

– Vous souhaitez quand même que j'y aille... OK, mais comment ?

L'Américain parut soulagé de son accord implicite.

– De la façon la plus simple, conseilla-t-il. En lui rendant visite.

– Sous quel prétexte ?

– Aucun prétexte. Juste la vérité. Vous êtes un ami proche de Louis Carlotti. Vous cherchez à savoir pourquoi il a été tué.

– Elle risque de me claquer la porte au nez, objecta Malko

– Peut-être, mais essayez quand même.

Mourad Trabulsi semblait accablé.

– C'est très dangereux, remarqua-t-il. Et elle ne parlera sûrement pas... si elle est dans le coup.

Ray Syracuse jouait avec ses lunettes, visiblement agacé.

– Je crois, Malko, que vous devez effectuer cette démarche. D'après Mourad, elle est chez elle tous les matins. Interphone N° 1. Bien entendu, je vous assurerai une protection rapprochée et discrète.

» Mais je ne vous cache pas que cela va vous faire courir un risque...

C'était de l'humour noir libanais.

Ray Syracuse se tourna vers Mourad Trabulsi.

– Mourad, vous restez ?

– Oui, oui, j'ai d'autres rendez-vous assura le Libanais.

Il tendit sa carte à Malko.

– Voilà comment me joindre...

Malko empocha la carte et se dirigea vers la sortie du club avec Ray Syracuse.

Tandis qu'ils attendaient la Nissan, l'Américain prit dans sa poche un Nokia noir et le lui tendit.

– C'était l'appareil utilisé par Louis. Peut-être qu'il ne sonnera plus jamais, mais prenez-le.

Lorsque Malko eut empoché le portable, l'Américain lança avec un sourire un peu crispé :

– *Now, we are in business*[1]...

***

Mourad Trabulsi venait d'avaler, coup sur coup, deux Chivas Regal sans eau et sans glace, son « poison »

1. Désormais, l'affaire est lancée.

favori. Tassé dans le coin du canapé, il réfléchissait et le fruit de ses réflexions lui donnait envie de commander un troisième Scotch…

Pour la première fois de sa vie, il avait été imprudent et n'avait pas respecté le proverbe qui dit : « La parole que tu ne prononces pas est ton esclave, celle que tu prononces, devient ton maître. »

Pour conserver ses bonnes relations avec le Hezbollah, il avait commis ce qu'il pensait être une très petite entorse au cloisonnement de règle dans son métier. Il fallait bien conserver des amis de tous les bords.

L'assassinat de Louis Carlotti l'avait frappé comme un coup de massue.

Bien entendu, il n'avait fait part à personne de ses certitudes, espérant que les choses allaient se tasser.

Hélas, elles ne s'étaient pas tassées.

Bien au contraire…

Il regarda le ciel en train de se couvrir et se dit que c'était le reflet de son avenir proche.

***

Malko regarda le ciel immaculé. L'orage s'était éloigné. La veille, il avait passé la soirée avec Tamara Terzian, une de ses anciennes conquêtes beyroutines. Hélas, elle était flanquée de son nouvel amant, un moustachu musculeux au regard méfiant, qui s'était toujours assis entre la jeune femme et Malko, qui n'avait pas réussi à l'amadouer avec une bouteille de Taittinger Comtes de Champagne. Il avait dû se contenter, sur la piste minuscule du Grey, d'une danse qui lui avait mis l'eau à la bouche et le feu au ventre, sous le regard inquisiteur du illégitime propriétaire provisoire de la volcanique

Tamara. Qui avait juré de se glisser un soir au Phoenicia.

Il regarda sa Breitling Bentley : huit heures moins dix. C'était l'heure. Il descendit et gagna à pied le parking du Holiday Inn. La veille, il était revenu en ville au volant d'une Hyundai blanche, en tous points semblable à celle utilisée par Louis Carlotti.

Une fois au volant, il posa le Sig-Sauer remis par Ray Syracuse, sur le plancher et s'engagea dans la rue Minet El Hosn, prolongement de l'avenue de Paris. Un agent de la TD[1] l'avait « sonorisé » et il portait un micro qui retransmettait en temps réel ce qu'il disait et ce qu'on lui dirait.

Tandis qu'il suivait l'avenue de Paris, il chercha en vain à repérer ses « baby-sitters », pourtant, ils étaient là, l'ayant pris en charge depuis sa sortie du Phoenicia. Il revint sur ses pas, et s'engagea dans la rue Ahram, repérant immédiatement l'immeuble blanc, sur la gauche, où demeurait la maîtresse de feu Louis Carlotti.

Il attendit quelques minutes devant, espérant que quelqu'un en sortirait et qu'il pourrait y pénétrer sans avoir besoin de l'interphone, mais son espoir fut déçu.

Il se décida alors à appuyer sur l'interphone N° 1 et attendit, le coeur battant.

Quelques instants plus tard, une voix féminine posa une question en arabe et il répondit en anglais :

– Je suis un ami de Louis Carlotti.

Il y eut un bref silence, puis le « buzz » de l'interphone le prit presque par surprise.

Il pénétra dans le hall et s'engagea dans l'escalier. Une femme brune se tenait dans l'embrasure d'une porte entr'ouverte. On avait eu beau lui décrire la maîtresse

1. Technical Division.

de Louis Carlotti, il fut frappé par l'extraordinaire éclat de son regard. Elle était enveloppée d'une djellaba beige, moulant un corps de Tanagra, et maquillée en dépit de l'heure matinale, la bouche très rouge, les yeux soulignés de noir.

Elle lui jeta un regard intrigué et demanda à voix basse, en anglais.

– Qui êtes-vous ?

– Je vous l'ai dit. Un ami de Louis Carlotti.

Elle s'effaça, ouvrant tout grand le battant.

– Entrez.

CHAPITRE IV

Samira Toufic se comportait comme s'ils s'étaient toujours connus. Malko la suivit dans un petit living qui donnait sur la mer. Tout était si bien rangé qu'on aurait dit un appartement témoin.

– Vous voulez du café ? proposa la jeune femme.

Elle s'exprimait en anglais sans problème. Plantée devant Malko, drapée dans son abaya, elle le fixait d'un regard intense. Les pointes de ses seins se dessinaient sous le tissu léger comme un clin d'œil.

– Volontiers, accepta Malko.

Elle disparut dans la cuisine et revint quelques instants plus tard, avec une cafetière de café turc et deux tasses sur un plateau de cuivre repoussé.

– Comment voulez-vous le café ? demanda-t-elle.

Malko sourit.

– *Masbout*[1].

Samira lui jeta un regard vif.

– Vous vivez au Liban ?

– Non, mais je suis souvent venu.

– Vous parlez arabe ?

1. Normal.

– Non, hélas. Mais vous vous débrouillez bien en anglais…

– Merci.

Le café était brûlant et amer. Malko reposa sa tasse et aussitôt Samira Toufic demanda d'une voix imperceptible.

– Qu'est-il arrivé à Louis ?

– Vous savez qu'il a été assassiné en sortant de chez vous. C'est pour cela que je suis ici.

– Qui l'a tué ?

– On n'en sait rien. Il travaillait pour la Central Intelligence Agency.

– Je sais, dit-elle.

– Mourad Trabulsi ne vous a pas parlé des circonstances de sa mort ?

Elle secoua la tête.

– Je ne vois plus Mourad.

– Qu'en pensez-vous ?

Le visage de la jeune Libanaise se crispa.

– Moi ? Rien. À un moment, j'ai cru que…

Elle s'arrêta brusquement et Malko, tourné vers elle, insista.

– Qu'avez-vous cru ?

– Que c'était mon mari, souffla-t-elle. Mais c'est idiot… Il m'aurait égorgée moi, d'abord, avant de s'attaquer à lui.

Il y eut un court silence et Malko arriva à boire un peu de sa potion noirâtre.

– Samira, enchaîna-t-il, vous étiez la maîtresse de Louis Carlotti. Il semblait très amoureux de vous. Il avait menti à ses supérieurs pour pouvoir venir vous voir, régulièrement. Il ne vous a jamais parlé de rien…

– De quoi ?

– De ce qu'il faisait. Qui pourrait expliquer sa mort.

Samira Toufic secoua la tête.

– Non, jamais. Nous parlions peu, il ne restait pas longtemps

Autrement dit, ils baisaient et l'Américain repartait. Malko était déçu, son instinct lui disait que Samira Toufic disait la vérité : elle n'était pour rien dans le meurtre de Louis Carlotti... Il reposa sa tasse et sourit à la jeune Libanaise.

– Tant pis. Je suis chargé de retrouver ses assassins. J'espérais que vous pourriez m'aider.

C'est lui qui se leva le premier. Samira Toufic l'accompagna jusqu'à la porte et s'arrêta, le regard soudain plein d'angoisse.

– J'ai peur ! fit-elle à voix basse.

– De quoi ?

– Je ne sais pas. Peut-être que ceux qui l'ont tué savaient qu'il venait me voir...

Malko eut un sourire plein de tristesse.

– Je crains que sa mort n'ait rien à voir avec sa vie amoureuse. Louis Carlotti était un espion. Il faisait des choses dangereuses... Avec vous, il se détendait.

– Il était très gentil, dit-elle, la voix brisée. J'ai été contente de parler de lui. Comment vous appelez-vous ?

– Malko. Malko Linge.

Il prit une carte et la lui tendit.

– Si vous vous souvenez de quelque chose, appelez-moi. Et si vous voulez vous changer les idées, je peux vous emmener dîner.

Samira Toufic se rétracta.

– Oh, non ! Je ne peux pas sortir avec un homme ; si mon mari l'apprenait, il me tuerait...

– Alors, je viendrai prendre un café avec vous, conclut Malko.

On était dans un drôle de monde. Samira Toufic avait

un amant mais ne pouvait pas se montrer avec un homme.

Elle posa la main à plat sur sa poitrine et dit à voix basse.

– À bientôt, *Inch Allah.*

***

Ray Syracuse ne semblait pas optimiste :

– C'était un coup d'épée dans l'eau, soupira-t-il. Elle ne sait rien. J'ai entendu votre conversation enregistrée, ou c'est une bonne comédienne.

– Qu'est-ce que je fais maintenant ?

Le chef de Station semblait désarçonné.

– Profitez de Beyrouth, je vais prévenir Langley.

– Vous êtes certain que le général Traboulsi ne peut pas être utile ?

– Il est très prudent, mais on peut toujours essayer. Il adore la bonne chère. Invitez-le à déjeuner. Ça le changera de son club de merde où on ne bouffe que des keftas et du Hommouz.

Malko regarda à travers la baie vitrée la mer bleue comme un tableau de Klein. Un hélico venait de décoller pour Chypre, soulevant un nuage de poussière. Dans cette ambassade coupée de la ville, on éprouvait une curieuse impression de détachement. La perspective d'une inaction prolongée l'agaçait

– En dehors de la piste de Mr X, il n'y a rien à se mettre sous la dent ? Je croyais que quatre généraux avaient été arrêtés en 2005 : le chef du Deuxième Bureau, celui de la Sûreté Générale, celui qui commandait les FSI et le chef de la Garde Présidentielle. Il n'y a rien à tirer de ce côté-là ?

– Rien ! laissa tomber Ray Syracuse. Des rumeurs et

le fait qu'ils étaient nommés par les Syriens, comme tous les officiers supérieurs depuis trente ans. Lorsqu'on a demandé à Ali Al Hadj, le patron des FSI, pourquoi il avait fait dégager le lieu de l'attentat, détruisant tous les indices possibles, il a expliqué que c'était une des voies les plus animées de Beyrouth et qu'il ne pouvait pas la bloquer indéfiniment.

» Bien sûr, on pense qu'il avait des instructions de Damas. Même si c'est vrai, les Syriens ne sont pas assez fous pour avoir laissé des traces.

» Ce sont des assassins professionnels depuis trente ans. Ils ont un peu d'expérience.

– Je comprends pourquoi vous espériez tant de Louis Carlotti, conclut Malko.

L'Américain soupira.

– Si seulement on pouvait trouver un témoin, un seul qui ait été directement en contact avec des Syriens et qui accepte de témoigner…

» Les quatre généraux dont vous parliez viennent d'être libérés, sur ordre du Tribunal Spécial pour le Liban, car, inculpés, ils relèvent désormais de la loi hollandaise. Eh bien, depuis quatre ans, ils n'ont pas dit un mot.

» Ils tiennent à profiter de leur retraite.

» OK, restez en *stand by*. Et voyez Mourad.

***

Installé dans un fauteuil dominant la réception, au milieu des *dichdachas*, Malko broyait du noir. Trois jours à se tourner les pouces, en attendant un coup de téléphone qui ne viendrait probablement jamais…

Mourad Trabulsi était dans le nord et ne reviendrait que le lendemain. Tamara Terzian n'arrivait pas à échapper aux griffes de son amant moustachu.

C'était le marasme.

De son observatoire, il regardait les putes russes et libanaises tourner comme des vautours autour des *dich-dachas* blanches des Arabes du Golfe.

Soudain, le bruit d'une altercation lui fit tourner la tête vers le bar.

Une femme se débattait entre deux malabars, des gardes de sécurité de l'hôtel. Une brune de haute taille, avec un chemisier mauve déboutonné, un jean et des bottes à talons aiguilles. Et aussi une voix puissante.

Comme ils s'invectivaient en arabe, impossible pour lui de comprendre ce qui se passait.

Probablement une pute qui avait fait du zèle.

Les deux gardes l'entraînèrent et le groupe passa devant lui. Quelque chose le frappa aussitôt : la brune aux traits déformés par la fureur ne ressemblait pas aux putes qui traînaient dans le hall. En plus, elle était couverte de bijoux !

Un énorme collier de perles, une montre Breitling Calistino qui devait valoir une fortune, des bracelets partout. Une poitrine magnifique jaillissait du chemisier déboutonné ; l'inconnue avait les narines découpées, frémissantes, et quand elle fut passée, Malko put constater que le jean moulait une chute de reins somptueuse. Déjà le groupe s'engageait dans l'escalator menant au rez de chaussée. Sans réfléchir, Malko se leva et leur emboîta le pas.

Il arriva en bas au moment où les deux malabars venaient de projeter l'inconnue dans la porte tournante.

Si brutalement que son sac tomba à terre et répandit son contenu sur le sol, devant les clients effarés qui attendaient leur voiture.

Instinctivement, Malko ramassa le sac, y remettant un lingot d'or déguisé en poudrier, une énorme liasse de billets, des dollars, et, étrangement, un petit pistolet automatique plaqué or ! Étant donné la sévérité des contrôles à l'entrée du Phoenicia, c'était étrange qu'on l'ait laissée pénétrer dans l'hôtel avec cette arme...

Il lui tendit le sac et dit simplement en anglais.

– Vous avez laissé tomber ceci.

Encore folle de rage, l'inconnue brune dont le rimmel avait coulé, lui arracha presque le sac des mains, le prenant pour un membre du personnel. Il allait s'éloigner, furieux, lorsque le regard étincelant de fureur de la brune se posa sur lui.

Réalisant probablement qu'il ne faisait pas partie du personnel de l'hôtel, elle lança d'une voix calme.

– *Thank you.*

Elle tremblait encore de rage. Elle apostropha le groom en arabe et Malko comprit le mot « taxi »... L'autre secoua la tête, désolé : aucun en vue. Malko crut que l'inconnue allait lui arracher les yeux et le garçon recula instinctivement.

– Puis-je vous aider, Madame, demanda Malko.

– Vous avez une voiture ? jappa l'inconnue brune.

– Oui, un peu plus loin.

Il s'était garé le long de la façade aveugle du Holiday Inn.

– Je vous suis, lança-t-elle.

Ils n'échangèrent pas un mot jusqu'à la Hyundai que l'inconnue considéra avec un dégoût non dissimulé. Malko lui ouvrit la portière et elle se glissa à l'avant, les narines encore frémissantes de fureur. Malko remarqua qu'elle dégageait une forte odeur d'alcool... À peine assise, elle se tourna vers lui et lança d'une voix glaciale.

– Je suis la princesse Gamra Al Shaalan Bin Saoud. Je suis Saoudienne.

Elle s'attendait visiblement à ce qu'il se prosterne. Il se contenta de lui prendre la main et de la baiser.

– Prince Malko Linge.

Elle lui jeta un regard intrigué.

– De quel pays venez-vous ?

– D'Autriche.

Visiblement, elle n'aurait pas pu situer l'Autriche sur une carte...

– Vous pouvez me raccompagner chez moi ? demanda la princesse saoudienne.

– Bien sûr.

– C'est assez loin. Il faut prendre la route du bord de mer vers Jounieh...

– Je connais, fit simplement Malko.

Il monta l'avenue Kafr El Dinh longeant les buildings en construction, qui étaient en train de donner à Beyrouth un air de New-York. En passant devant le plus haut, la princesse montra la façade du doigt.

– Bientôt, j'habiterai là ! J'ai acheté le dernier étage. Mais ce chien de décorateur est lent comme un chameau...

– C'est grand ?

– Trois mille mètres, fit-elle sans ostentation. Il y a une belle vue.

On devait pouvoir faire atterrir un petit hélicoptère dans le salon... Ou elle bluffait, ou elle était *très* riche... Curieux personnage. Malko ne comprenait pas comment on avait pu la traiter d'une façon aussi cavalière. Soudain la Saoudienne se tourna vers lui et dit.

– Je vous remercie.

C'étaient visiblement des mots qu'elle n'avait pas l'habitude de prononcer.

– Vous êtes une très jolie femme, c'est un plaisir de vous raccompagner, répondit-il, galant.

Elle ne répondit pas, prit une cigarette dans son sac, l'alluma avec un briquet en or massif et souffla la fumée. Visiblement, elle avait beaucoup bu...

Pendant vingt minutes, ils n'échangèrent pas un mot... Ils longeaient la route du bord de mer, bordée de buildings datant des années 80, quand le quartier chrétien s'était étendu vers l'est, jusqu'à Byblos.

La princesse saoudienne lança soudain.

– C'est là, à gauche.

Il s'arrêta devant un immeuble en bord de mer, assez quelconque. La princesse jeta sa cigarette, hésita puis lança.

– Venez boire un verre !

C'était plus un ordre qu'une invitation. Malko la suivit. Elle le fit entrer dans un appartement au troisème étage. Un immense living dont toutes les baies donnaient sur la mer. Meublé à l'arabe : des tapis, peu de meubles, de grands canapés noirs tranchant sur la moquette blanche et des murs nus.

Gamra Al Shaalan Bin Saoud alluma des spots, activa un lecteur de CD de la pointe de sa botte et se dirigea vers un bar laqué noir.

– Whisky ? Gin ? Champagne ?

Visiblement, elle n'avait pas de vodka.

– Champagne ! choisit Malko.

Elle lui jeta presque une bouteille de Taittinger Comtes de Champagne et revint vers le canapé avec deux flûtes. Elle avançait avec un balancement sensuel et il se dit qu'elle était véritablement superbe. Surtout, avec son chemisier déboutonné.

Guère plus de trente ans.

Elle se laissa tomber à côté de Malko qui remplit sa flûte. Les bulles pétillantes semblèrent la radoucir un peu.

– Bienvenue chez moi ! dit-elle en levant sa flûte.

Une musique orientale très rythmée s'élevait des baffles et elle commença à s'agiter sur le canapé, puis sauta brusquement sur ses pieds et se mit à onduler au rythme de la musique, juste en face de Malko.

Une vraie danseuse orientale.

Après une pirouette, elle soupira.

– Il faut absolument que je me calme, sinon, je vais retourner là-bas et je vais les piétiner !

Lui se dit que si elle continuait à balancer ses hanches en amphore sous son nez, il allait la violer.

Elle ne lui laissa pas le temps de développer ses mauvaises pensées et demanda brusquement.

– Vous aimez le cinéma ?

– À l'occasion, fit prudemment Malko.

– On va regarder un film ! lança-t-elle.

Elle manipula quelques télécommandes et un grand écran descendit du plafond en face d'eux. Encore quelques manips et des images apparurent. Des jeunes gens, très jeunes, très beaux. Très nus aussi.

Des éphèbes évoluant dans un jardin… Un film X homo… C'était totalement inattendu. Pourtant, la Saoudienne ne semblait pas lesbienne.

Celle-ci se détendait à vue d'œil, enfoncée dans le canapé, les jambes étendues devant elle. Sur l'écran, la scène s'animait : un des jeunes gens, à genoux, administrait une fellation délicate à son copain, adossé à un arbre. Soudain, un troisième apparut sur l'écran, tenant à pleines mains un sexe à l'horizontale d'une longueur incroyable. Il s'approcha par derrière le fellateur, et d'un geste précis, le sodomisa d'un seul coup de reins.

Malko tourna la tête vers sa voisine. La princesse Gamra avait posé la main droite sur son jean à l'entrecuisse et se massait lentement. Ses narines découpées palpitaient, elle semblait en transe. Tournée soudain vers Malko, elle lâcha :

– Celui qui est debout, c'est Mahmoud... Le jour où je l'ai essayé, j'ai cru que sa queue allait me ressortir par la gorge... Il est très beau.

Malko commençait à être mal à l'aise. Il se pencha vers la princesse saoudienne.

– Gamra, dit-il, je crois que je vais vous laisser avec vos amis.

Elle lui jeta un regard furibond.

– Vous n'allez pas me laisser.

– Vous êtes en bonne compagnie, ironisa Malko.

– Ce sont des images. Vous, vous êtes là. J'ai besoin d'un homme. Maintenant.

Sur l'écran, les trois jeunes gens continuaient leur ballet. Brusquement, Gamra sauta sur ses pieds. En un clin d'œil, elle se fut débarrassée de ses bottes, puis de son jean, ne gardant qu'un string rouge.

Rassise, d'un geste décidé, elle prit la main de Malko et la plaqua entre ses cuisses.

– Caressez-moi, ordonna-t-elle. Généralement, j'aime les hommes très jeunes, mais, ce soir, j'ai besoin de baiser et puis, vous me plaisez assez.

C'était flatteur.

Elle ouvrit un peu les jambes et il commença à la caresser. Sans quitter l'écran des yeux, Gamra partit à tâtons vers le sexe de Malko. Elle le sortit et commença à le masturber.

Obtenant très vite une érection d'enfer. Alors, avec une douceur contrastant avec sa brutalité précédente, sa bouche s'abaissa et le goba avec délicatesse. Du coup, Malko acheva de déboutonner le chemisier mauve, découvrant un soutien-gorge de dentelle noire très échancré, qu'il écarta impatiemment.

Maintenant, il avait vraiment envie de baiser cette créature de feu.

Il écarta la bouche qui le suçait, se leva, arracha le string, geste que Gamra sembla apprécier, la retourna, agenouillée, tournant le dos à l'écran et s'enfonça dans son ventre par-derrière aussi brutalement qu'il le put. Juste au moment où, sur l'écran, le jeune éphèbe jouissait dans la bouche de son ami.

La princesse poussa un cri rauque, clouée au dossier du canapé.

Les mains crochées dans ses hanches, Malko se mit à la défoncer de toutes ses forces. Soudain, la Saoudienne se dégagea et se laissa tomber sur le canapé, les jambes grandes ouvertes, face à Malko.

– Baise-moi comme ça ! ordonna-t-elle. Fort.

Malko se laissa tomber sur elle, presque à la verticale et elle poussa un rugissement heureux, recroquevillée comme une grenouille. Aplatie sur le cuir noir, Gamra couinait de bonheur.

Lorsqu'il explosa au fond de son ventre, elle lança quelques mots arabes, puis ses jambes retombèrent et elle murmura.

– J'aime le sexe. Je ne vis que pour le sexe.

***

Ils avaient baisé dans toutes les positions et Malko avait amplement profité de tous les orifices de la princesse saoudienne. Finissant, entre deux étreintes, la bouteille de Taittinger Comtes de Champagne Blanc de Blancs.

Allongée sur la moquette, à plat ventre, les bras en croix, elle cuvait ses orgasmes. Sa profession de foi s'était vérifiée. Quel que soit l'orifice choisi, elle mettait une sorte de rage sacrée à satisfaire l'organe masculin qui s'introduisait en elle.

Évidemment, Gamra Al Shaalan Bin Saoud ne correspondait pas au cliché de la Saoudienne classique couverte de bijoux des pieds à la tête, n'ayant pas le droit de conduire une voiture et encore moins, celui d'effleurer un homme qui ne serait ni son frère ni son mari.

Malko se remit debout. Sa Breitling « Bentley » indiquait deux heures trente du matin et il était légèrement fourbu... La Saoudienne relevait plus de la tempête tropicale que de l'amour courtois. Il regarda sa croupe offerte, mais la logistique ne suivait plus : il comprenait mieux désormais pourquoi elle aimait les *très* jeunes gens. Dont elle devait accélérer le vieillissement...

Il s'habilla, se pencha sur elle et s'aperçut à un très léger et charmant ronflement que le Champagne Taittinger combiné au sexe avait eu raison de cette force de la nature.

Il ne saurait donc pas pourquoi on l'avait si mal traitée au Phoenicia. Au moment de partir, il vit son sac ouvert et l'examina rapidement, y trouvant un passeport vert, aux armes de l'Arabie Saoudite, dont il nota le numéro.

À tout hasard, il posa sur la table basse sa carte avec le numéro de sa chambre au Phoenicia.

Il n'y avait pas un chat sur l'autoroute de Tripoli et, vingt minutes plus tard, il était au Phoenicia. Il allait se déshabiller lorsque son portable couina : il avait un message. Arrivé pendant sa cavalcade effrénée avec la brûlante Saoudienne.

C'était un SMS très court :

« Tuesday, 4 PM, Taanayel Pharmacy ».

Malko fixa l'écran du Nokia, tandis que son pouls s'envolait.

C'était le lieu de rendez-vous où s'était rendu Louis Carlotti sans voir personne.

Rendez-vous fixé par le mystérieux Mr X. Donc, contrairement à ce que pensait Ray Syracuse, celui-ci n'avait pas été liquidé. Sauf si ce message ne venait pas de lui et n'était qu'un piège.

Destiné à liquider celui qui avait pris la suite de Louis Carlotti.

CHAPITRE V

– C'est exactement le rendez-vous qui avait été fixé à Louis Carlotti, conclut pensivement Ray Syracuse. Voilà où cela se trouve.

Il emmena Malko devant une grande carte du Liban occupant tout un mur de son bureau et montra un point dans la vallée de la Bekaa, entre le bourg chrétien de Chtaura et la frontière syrienne.

Le village de Taanayel.

– Il faut aller à ce rendez-vous, assura Malko. Celui qui m'a envoyé le SMS hier soir est vraisemblablement le même que l'homme qui a donné rendez-vous à Louis Carlotti.

L'Américain tordit sa bouche en un sourire plein d'ironie.

– Je vous trouve bien optimiste. Entre les deux rendez-vous, Louis a été assassiné et personne ne s'était présenté. Ce qui, pour moi, signifie que celui qui avait donné le rendez-vous a été liquidé.

– Dans ce cas, qui a envoyé ce SMS ?

– Ceux qui ont liquidé Mr X et ensuite Louis. Qui cherchent à vous attirer dans un piège. Pour vous liquider aussi, ou pour vous kidnapper, la frontière syrienne n'étant qu'à quelques kilomètres…

– Me kidnapper ? Pourquoi ?

– Pour savoir ce que nous savons…

Les Services syriens étant experts en interrogatoires, le chef de Station n'était pas vraiment encourageant.

– Donc, répliqua Malko, votre avis c'est d'ignorer ce message.

– Je le pense. C'est trop risqué.

– Vous allez me donner des « baby-sitters ».

– Bien sûr, mais je connais le coin, c'est plat comme la main et on repère tout de suite les étrangers. Pas question d'envoyer des gens de chez nous. Il faut que je demande aux FSI, une équipe d'agents locaux qui se fondront mieux dans le paysage. Mais, même comme cela, c'est risqué.

Un ange traversa la pièce en se tordant de rire. C'était vraiment un « understatement ».

– J'ai une autre lecture de ce rebondissement, répliqua Malko. Si Mr X a été liquidé, Louis Carlotti ayant aussi été assassiné, pourquoi voulez-vous que l'on nous relance ?

» S'il s'agit d'envoyer un « message », c'est déjà fait avec le meurtre de Louis Carlotti. Donc je crois que Mr X est toujours vivant, mais qu'il y a eu une fuite qui ne venait pas de lui, ce qui expliquerait qu'il soit toujours en vie.

– D'où viendrait la fuite ?

– La liste est courte. Soit le général Trabulsi…

– Vous n'y pensez pas !

– Si, parce que je ne crois pas au miracle. La seule autre suspecte est Samira Toufic. Nous ignorons si Louis s'est confiée à elle. Même si elle prétend le contraire. Ce sont les deux seules personnes qui peuvent être responsables de la mort de Louis Carlotti.

» Si c'est le cas, c'est parfaitement normal que Mr X

revienne à la charge, en appelant sur le portable de Louis. Il se doute bien qu'il est toujours actif.

Ray Syracuse hocha la tête.

– *You made a point*[1]. Mais pourquoi Mourad Trabulsi trahirait-il ? Il nous a déjà rendu beaucoup de services.

Malko sourit.

– Ray, nous sommes au Liban... Les gens ne sont jamais tout à fait noirs ou tout à fait blancs. Mourad Trabulsi, de son propre aveu, a des amis dans tous les camps, il a pu être imprudent.

» D'ailleurs, ce second rendez-vous nous donne l'opportunité de faire le tri parmi nos deux suspects.

– Laquelle ?

– Nous sommes lundi. Le rendez-vous proposé est demain, à 4 heures. Je propose qu'on ne dise rien à Mourad Trabulsi, mais que je le mentionne à Samira Toufic.

– Pourquoi ?

– Si c'est elle qui a balancé le premier, elle va récidiver pour le second. Me faire tendre un piège.

Le chef de Station sursauta.

– Vous êtes suicidaire !

– Non, un homme prévenu en vaut deux. Bien sûr, cela me fait courir un risque supplémentaire, mais, au moins, nous en aurons le cœur net.

Ray Syracuse secoua lentement la tête.

– *You are fucking crazy*[2]. Si je proposais un truc semblable à un de mes « case-officers », il m'enverrait promener.

Malko sourit.

– Ce sont des fonctionnaires. Alors ?

1. Vous marquez un point.
2. Vous êtes complétement fou.

– Nous allons tenter le coup et je vais beaucoup prier pour vous.

– Pensez aussi à m'organiser une bonne protection avec les FSI. Et, pour vous faire plaisir, je mettrai un gilet pare-balles.

– Merci, fit ironiquement l'Américain, mais c'est *votre* peau, pas la mienne.

– OK, conclut Malko, je vais rendre visite demain matin à Samira, soi-disant pour lui demander si elle n'a pas eu de nouvelles et je la mettrai au courant du rendez-vous. Par contre, je décale mon déjeuner avec Mourad Trabulsi à après-demain.

» À mon avis, ceux qui ont liquidé Louis Carlotti ignorent ce rendez-vous. Si quelque chose se passe, ce sera parce que Samira Toufic a parlé.

***

Cette fois, Malko appuya sans hésitation sur le bouton de l'interphone N° 1. Une heure plus tôt, il avait appelé Samira Toufic pour la prévenir de sa visite. Sans en préciser la raison.

À tout hasard, un 4×4 de la CIA aux vitres fumées stationnait en haut de la rue, surveillant l'entrée.

La porte s'ouvrit et il s'engouffra dans l'immeuble.

***

Samira Toufic sentit les battements de son cœur s'accélérer en entendant l'interphone. Depuis le coup de fil de l'ami de Louis Carlotti, elle se sentait étrangement énervée.

Pourquoi venait-il la voir ?

Sans se l'avouer, cet inconnu blond la troublait. Du coup, elle avait troqué sa sage djellaba pour un pull très fin qui moulait sa poitrine aiguë et un jean ajusté. Une tenue qu'elle arborait pour séduire son mari avant qu'il ne commence à la battre.

Elle s'était aussi un peu parfumée et elle en avait honte. Le Coran interdisait qu'on séduise un autre homme que son mari et elle était très religieuse. Cependant, depuis qu'elle avait découvert le plaisir, d'abord avec le général Mourad Trabulsi et, ensuite avec son amant « mécréant », elle avait un peu changé d'attitude mentale… le soir, elle s'allongeait sur son lit et se caressait, en pensant aux deux hommes qui l'avaient fait jouir. Elle avait eut beau chercher dans le Coran, rien n'interdisait la masturbation.

Elle jeta un coup d'œil dans la glace de son entrée et se trouva séduisante.

***

Malko nota immédiatement le changement de Samira Toufic. D'abord, la tenue, puis le regard plus assuré, mais toujours aussi intense. Il se retrouva sur le petit canapé, tandis qu'elle allait préparer le café à la cuisine.

Lorsqu'elle revint s'installer à côté de lui, il ne put s'empêcher de remarquer les pointes dressées de ses seins sous le pull.

– Je voulais savoir si vous aviez eu du nouveau, demanda-t-il.

Elle sembla surprise.

– Du nouveau ? Que voulez-vous dire ?

– Je ne sais pas, un message, un coup de téléphone pour Louis.

Elle le toisa, visiblement stupéfaite.

– Mais qui pourrait m'envoyer quoi que ce soit ? Personne ne savait que je voyais Louis. Non, je n'ai rien eu. Pourquoi ?

– Moi, j'ai eu des nouvelles, expliqua Malko. Je voulais vérifier si on ne vous avait pas aussi prévenue… .

Il la mit au courant du SMS. De toute évidence, elle tombait des nues… Si elle mentait, c'était une très grande comédienne.

– Bien, conclut-il, je suis donc venu pour rien. Sauf le plaisir de vous revoir.

– Merci, fit la jeune femme d'une voix troublée. Moi aussi, je suis contente.

Elle s'arrêta brusquement, comme si elle avait peur d'en dire trop. Malko était déjà debout.

Il lut la déception dans le regard de Samira Toufic et précisa aussitôt.

– Je reviendrai vous dire ce qui s'est passé.

Elle secoua la tête.

– Non, non.

Il sourit.

– Alors, je ne reviendrai pas.

Samira Toufic s'empourpra d'un coup.

– Non, non, ce n'est pas ce que je voulais dire ! Je serai contente de vous revoir, mais je ne veux rien savoir de toutes ces histoires. Cela me fait peur.

La tête levée vers lui, elle semblait complètement déstabilisée. Et prête à se laisser séduire. Il se dit qu'elle était très probablement innocente, mais que son islamisme vertueux était à géométrie variable. Certes, elle se levait à six heures du matin pour la première prière, mais elle avait déjà eu deux amants, et, visiblement, la perspective d'en avoir un troisième ne lui faisait pas craindre les flammes de l'enfer…

***

La route sinuait entre les parois pelées des djebels séparant la côte libanaise de la vallée de la Bekaa. Après avoir traversé Baabda, siège de la présidence libanaise, elle continuait vers la Syrie, bordée d'innombrables villages chrétiens. Malko était parti à midi de Beyrouth, au volant de sa Hyundai et se frayait un chemin dans une circulation intense. Beaucoup de camions dans les deux sens : c'était l'unique route pour la Syrie et l'Irak. Ils se traînaient à quarante à l'heure, ralentissant le flot des voitures, des taxis et des voitures particulières.

Au loin, on apercevait un peu de neige sur les sommets. Il traversa une nappe de brouillard. C'était le col de Sofar. On était en pleine montagne. Juste avant d'arriver au col, il franchit un barrage de l'armée libanaise qui ne semblait pas contrôler grand-chose.

La vue était magnifique, avec, surplombant la route sur la droite, le grand pont suspendu en partie détruit par les Israéliens, trois ans plus tôt, et en voie de réparation. Sur le bord de la route, les marchands ambulants étaient emmitouflés.

Le froid.

Le col franchi, Malko commença à descendre vers Chtaura, une interminable descente en lacets, entre deux précipices, des a-pics rocheux et les camions qui se traînaient.

Chtaura grouillait d'animation, des haut-parleurs hurlaient partout, des gosses se faisaient photographier sur un M.113… La ville s'arrêta d'un coup, faisant place à une grande plaine barrée à l'horizon par les montagnes séparant la Syrie du Liban. Les villages s'enchaînaient les uns aux autres, tantôt chrétiens, tantôt musulmans…

Malko ralentit : il n'y avait aucun signe indicateur. Soudain, il aperçut un panneau indiquant « frontière syrienne, cinq kilomètres ».

Il avait été trop loin et fit demi-tour. D'après sa carte, Tanayel, le village qu'il cherchait, devait se trouver une douzaine de kilomètres plus à l'ouest.

Il roulait doucement, se faisant klaxonner quand, soudain, il aperçut l'enseigne d'une pharmacie. Il ralentit encore plus et lut l'enseigne : « Taanayel Pharmacy ».

Il avait trouvé le lieu du rendez-vous.

Il parcourut encore quelques kilomètres avant de revenir sur ses pas et de stopper en face de la pharmacie, sur le bas-côté poussiéreux. Aucun véhicule arrêté, personne en vue. Il jeta un coup d'œil au papier scotché à son tableau de bord avec un numéro de téléphone et un nom : capitaine Ezzedine, le chef de l'équipe des FSI qui veillait sur lui.

Invisibles jusque-là. Il eut la tentation de les appeler pour vérifier leur présence mais se raisonna. C'est Ray Syracuse qui avait tout organisé et l'Américain ne tenait pas à ce que Malko reparte dans un cercueil plombé. Après Louis Carlotti, cela ferait beaucoup...

Il vérifia le Sig-Sauer coincé entre les deux sièges, une balle dans le canon, et jeta un coup d'œil dans le rétroviseur. Il se sentait totalement exposé, arrêté au bord de cette route droite comme un i, qui filait vers la Syrie, distante d'une douzaine de kilomètres. La circulation intense le forçait à rester sur ses gardes. N'importe quel véhicule pouvait, en passant devant lui, lâcher une rafale de Kalach ou une roquette de RPG 7.

Les camions qui le frôlaient à toute vitesse provoquaient un déplacement d'air qui faisait trembler la petite voiture. Un pick-up s'arrêta devant la pharmacie et deux hommes y entrèrent. Puis, ressortirent et repartirent.

Malko baissa les yeux sur sa Breitling : 4 h 20. Toujours personne. Bien que la vue soit dégagée, il se sentait cerné. Une vieille voiture ralentit et son pouls s'envola. Elle stoppa quelques secondes pour déposer un homme qui s'éloigna à pied dans un chemin de traverse qui se perdait dans la plaine.

Il avait l'impression de se trouver dans un western, avec la poussière, la plaine. Ou dans « Death Crossing ». La mort pouvait surgir du ciel ; la Syrie était à un jet de pierres et sa voiture arrêtée, une cible facile pour un hélicoptère de combat... Il n'osait pas bouger de peur de rater le rendez-vous.

Où pouvaient se trouver les agents des FSI ?

Il se dit qu'à cinq heures, si rien ne s'était passé, il reprendrait la route de Beyrouth.

Un gosse apparut, marchant sur le bas-côté, un fagot de bois en équilibre sur la tête. Pour se distraire, Malko le suivit des yeux, tout en continuant à surveiller la route. Le gosse arriva à sa hauteur.

Soudain, il posa son fagot, avança vers la voiture et ouvrit la portière !

Le pouls à 200, Malko posa la main pour saisir le Sig-Sauer.

Dans la plupart des pays, un enfant ne pouvait représenter une menace.

Au Liban, si.

Il n'eut pas le temps de réagir. L'enfant, qui devait avoir une douzaine d'années, s'était installé sur le siège et lança :

– *Yallah*[1] !

C'était lui, le rendez-vous.

1. On y va.

CHAPITRE VI

Stupéfait, Malko démarra. Devant lui, la route rectiligne filait vers la frontière syrienne. En arrivant au village de Barr Elias, il ralentit, mais son passager lui fit un geste de la main, signifiant de continuer tout droit. De plus en plus intrigué, Malko traversa le village, derrière un gros semi-remorque, en proie à des sentiments contradictoires.

Où le gosse qui fixait la route sans la regarder l'entraînait-il ? Ses « baby-sitters » des FSI avaient-ils pu le suivre ? Il se tourna vers le jeune passager.

– You speak english ?

Pas de réponse. Une statue. Ses petites mains sales posées sur ses genoux, il semblait très sûr de lui. Le Sig-Sauer posé à côté de lui ne semblait pas l'intimider.

Ils continuèrent ainsi une dizaine de kilomètres, sans traverser aucun village. Encore trois kilomètres, et ils arriveraient à Masnaa, le dernier village avant la frontière.

Malko aperçut un écriteau sur la gauche, à l'entrée d'une route secondaire, indiquant Aanjar, 3 kms.

Le gosse leva la main gauche, lui faisant signe de quitter la route principale. Malko obtempéra. Pas vraiment rassuré. Aanjar, c'était un village arménien, tout proche de la frontière syrienne, où l'armée syrienne avait installé une base permanente d'où elle contrôlait le Liban, sous les ordres du « pro-consul » le colonel syrien Assef Shahab. L'armée syrienne était partie depuis 2005, mais comptait encore de nombreux partisans dans ce village. Les casernes syriennes, installées dans l'ancienne forteresse du village, étaient désormais occupées par un détachement de l'armée libanaise.

La route tournait, puis montait tout droit vers une église arménienne, dominant le village s'étalant à flanc de colline de part et d'autre de cette artère principale.

Malko se sentait de plus en plus nerveux. Ici, il se trouvait en territoire hostile, avec la frontière syrienne à deux kilomètres. On pouvait le tuer ou le kidnapper et ses « baby-sitters » des FSI n'auraient pas le temps et peut-être pas l'envie d'intervenir... D'ailleurs, ils continuaient à être invisibles. Tendu, prêt à saisir son arme, il s'engagea dans la montée. Le village semblait désert. À mi-côte, le gosse lui fit signe de tourner à droite. Une rue déserte, bordée de petites maisons. Il parcourut un kilomètre, de moins en moins rassuré, et aperçut devant lui l'entrée de ce qui semblait être un camp militaire avec deux sentinelles en uniforme de l'armée libanaise. Vraisemblablement l'ancien camp syrien.

La rue se scindait en deux pour le contourner. De nouveau, son passager muet lui fit signe de prendre l'embranchement de gauche.

Les deux sentinelles suivirent la voiture des yeux. Depuis le départ des Syriens, peu de gens se risquaient dans le coin, comme si leur ombre maléfique et invisible planait encore sur les lieux. Le mur cernant la caserne fit place à une sorte de parc en jachère, de grands arbres, des herbes hautes. Le gosse baissa la main droite pour lui signifier de s'arrêter. Malko obéit et regarda le sous-bois sur sa droite. Un vrai coupe-gorge. Pas un chat, pas une habitation. On pouvait l'attendre et l'abattre sans problème. Il n'eut pas le temps de réfléchir : le gosse avait ouvert la portière, avait mis pied à terre et s'enfonçait dans le parc aussi vite que le lui permettaient ses petites jambes... Malko arracha du siège le Sig-Sauer, le glissa dans sa ceinture et lui emboîta le pas, pas vraiment rassuré. Bien sûr, il avait son gilet pare-balles mais contre une Kalach, c'était un peu léger.

Le gosse marchait à une dizaine de mètres devant lui, sachant visiblement très bien où il allait, d'après sa démarche assurée. Malko se retourna : il ne voyait déjà plus sa voiture ! Une boule dans la gorge, il continua, l'estomac noué.

Le gosse s'arrêta soudain au milieu d'une sorte de clairière, au centre de laquelle était planté un bâton d'un mètre de haut.

Il pointa la main dans sa direction, regarda Malko et fila comme une flèche à travers le bois.

Malko réfréna son envie de le poursuivre. À quoi bon ? D'abord, il pouvait l'entraîner dans un piège, ensuite, il n'était pas là pour cela.

Intrigué, il regarda le bâton planté dans le sol : visiblement, le but de cet étrange rendez-vous. Cela pouvait signaler quelque chose, mais quoi ? Il regarda sa Breitling : 4 heures 43. Il disposait encore de deux heures de jour maximum. Donc, il devait réagir vite. Il revint à sa Hyundai, en se retournant fréquemment, mais, à part quelques écureuils, le parc semblait désert...

Revenu au volant, il composa sur son portable le numéro du capitaine Ezzedine, le chef des « baby-sitters » des FSI chargé de le protéger.

Une voix répondit aussitôt en parfait anglais.

– Mister Malko, capitaine Ezzedine, que puis-je pour vous ?

– Vous savez où je suis ?

– À Aanjar. Vous avez un problème ?

– J'ai besoin de vous.

Il expliqua où il se trouvait exactement et l'officier libanais répondit simplement.

– Je suis là dans dix minutes.

***

La vieille Toyota semblait ne tenir que par la peinture. Il en sortit quatre hommes en civil, moustachus, costauds et Malko aperçut dans la ceinture de l'un d'eux, la crosse d'un pistolet. Le premier lui tendit la main.

– Je suis le capitaine Ezzedine. Dites-moi ce qui se passe.

– Vous avez vu l'enfant qui est monté dans ma voiture ? Vous savez d'où il venait ?

– Une voiture l'a déposé là, un peu plus tôt.

– Il m'a emmené ici puis a disparu. Vous ne l'avez pas vu ?

– Non, il n'a rien dit ?

– Non, il m'a conduit à une clairière, à une centaine de mètres, en plein bois.

– Allons voir, conseilla le capitaine Ezzedine.

Laissant un homme près des deux véhicules, ils s'engagèrent tous les quatre dans le sentier. Arrivés dans la clairière, le capitaine Ezzedine s'approcha du bâton planté au milieu de la clairière, l'examina puis se retourna vers Malko.

– Vous savez où nous sommes ?

– Non.

– C'était l'ancien parc de la forteresse. Pendant les

trente ans qu'ils occupaient le Liban, les Syriens l'ont utilisé comme charnier pour y enterrer les corps des gens qu'ils liquidaient... Personne n'osait y venir, car il fallait passer devant leur poste de garde pour y accéder...

Malko fronça les sourcils.

– Les Syriens sont partis depuis bientôt quatre ans, remarqua-t-il. Personne n'a songé à effectuer des fouilles ?

L'officier des FSI eut un sourire ambigu sous sa grosse moustache bien taillée.

– Si, en 2006, le journaliste du quotidien Al Nahar, Gibran Tweni a commençé une série d'articles, disant de déterrer les corps enfouis ici pour réunir des preuves des crimes syriens.

– Et alors ?

– Quinze jours plus tard, une voiture piégée a explosé sur son passage. Il est mort et on n'a plus reparlé de ce charnier. Les Libanais n'aiment pas exhumer les vieilles affaires, réveiller les mauvais souvenirs. Nous avons eu trop de morts...

Malko regarda le bâton planté dans l'herbe.

– Donc, vous pensez que ce bâton désigne l'emplacement d'un cadavre ?

– C'est possible, mais cela peut être autre chose aussi...

– Quoi ?

– Un piège. Destiné à dégoûter définitivement les enquêteurs. Imaginez qu'en creusant, on fasse exploser une mine ou une charge explosive...

Évidemment, n'étant pas libanais, Malko n'avait pas pensé à cette possibilité. Cela ne le découragea pas.

– Je ne suis pas venu ici pour repartir sans rien faire, trancha-t-il sèchement. Il y a un poste de l'armée libanaise à côté. Allez chercher là-bas ce qui est nécessaire pour vos recherches. S'il y a un problème, j'appellerai le général Rifi…

Impresionné, le capitaine Ezzedine, laissant deux hommes avec Malko, reprit le chemin de sa voiture. Tout en téléphonant. Il appelait sûrement le général Rifi pour demander des ordres.

De son côté, Malko appela Ray Syracuse. Pour le rassurer, d'abord… Le chef de Station semblait fou de joie.

– *Well done*[1] ! exulta-t-il. Je ne pensais pas que cela donnerait quelque chose. Maintenant, on va voir ce que nous allons trouver. *Keep me posted*[2].

Prudemment, l'agent des FSI resté avec lui, s'était éloigné du bâton. Même partis, les Syriens inspiraient encore la terreur…

Malko retourna dans sa voiture. Il commençait à faire nuit.

***

Presque une heure s'était écoulée lorsque la vieille Toyota grise du capitaine Ezzedine réapparut, suivie d'un pick-up de l'armée libanaise plein de soldats en uniforme. Il en descendit une équipe complète de déminage.

Un soldat, muni d'un détecteur de métaux, un autre d'un détecteur d'explosifs et deux vêtus de combinaisons en kevlar et de masques de démineurs… Dans un silence de mort, ils passèrent d'abord la clairière à la « poële à frire » sans toucher au bâton…

Puis, l'un d'eux attacha une corde à celui-ci et la déroula sur une dizaine de mètres, avant de s'aplatir derrière un arbre.

1. Bien joué.
2. Tenez-moi au courant.

Le capitaine Ezzedine lança à Malko :

– Reculez. Mettez-vous à l'abri.

Ils étaient tous derrière des arbres lorsqu'un des démineurs tira doucement sur la corde. Le bâton, arraché, tomba sur le sol dans un silence de mort.

Sans que rien de fâcheux ne se produise.

Pourtant, c'est à plat ventre, le visage protégé par un masque d'épais plastique transparent que les deux démineurs commencèrent à creuser avec des bêches à manche court.

Pendant une vingtaine de minutes, ils approfondirent l'excavation puis l'un d'eux se retourna et lança quelques mots au capitaine Ezzedine.

– Il y a bien un corps enterré ici, lança ce dernier à Malko.

Rassurés, les sapeurs creusaient plus vite. Malko s'approcha de l'excavation et aperçut une masse informe dans une gangue de terre d'où sortaient quelques lambeaux de vêtements. La personne qui gisait là avait été enterrée sans cercueil, comme un animal. Une odeur putride montait de la fosse et il recula.

Le corps était décomposé et il restait plus que des lambeaux de chair et le squelette.

Malko s'éloigna pour retrouver le capitaine Ezzedine qui avait allumé une cigarette pour lutter contre l'odeur montant de la fosse. Ils contemplèrent en silence les sapeurs qui se hâtaient pour en avoir terminé avant la nuit. Déjà, deux d'entre eux avaient étalé une bâche verte sur le sol. Une demi-heure s'écoula encore avant qu'ils puissent arracher le corps à sa tombe improvisée et le rouler dans la toile. Malko se tourna alors vers l'officier des FSI.

– Il faut ramener ce cadavre à Beyrouth, maintenant, dit-il.

Le Libanais le regarda, abasourdi.

– Je ne peux pas dans ma voiture.

– Débrouillez-vous, ordonna Malko. Ce pick-up militaire fera parfaitement l'affaire. Je vous en rends responsable. Amenez ce cadavre au siège des FSI et remettez-le au général Rifi. Je vais le prévenir.

Il y eut une brève algarade entre les sapeurs et l'officier du FSI mais, finalement, ce dernier fit charger le corps sur le pick-up, tandis que lui montait à côté du conducteur.

Prudent, Malko lança à l'officier libanais.

– Que votre voiture m'escorte jusqu'à Beyrouth. On ne sait jamais.

Son portable sonna : c'était Ray Syracuse.

– Je vous retrouve pour dîner au « White », annonça-t-il. Tout est en ordre avec Rifi : il va faire transporter le corps à l'institut médico-légal pour l'identification.

***

Une brise tiède balayait la terrasse du restaurant « White », installé au dernier étage de l'immeuble de Al Nahar. Malko retrouva Ray Syracuse installé au bar devant un Scotch. Épanoui.

– *Bingo* ! lança-t-il. Vous avez couru des risques mais cela en valait la peine... J'ai eu Rifi, il dit que la mort doit remonter à trois ou quatre ans. Il a l'habitude.

– On a identifié le cadavre ?

– Pas encore. Un homme d'une quarantaine d'années. Il avait les mains liées derrière le dos.

Malko commanda une vodka « *Russian Standart* » et remarqua.

– Le gosse qui m'a emmené là-bas venait forcément

de la part de Mr X. Donc ce mort inconnu doit avoir un lien avec l'affaire Hariri.

– Cela semble logique, reconnut le chef de station de la CIA. Mais s'il s'agit de quelqu'un ayant participé à l'attentat, mais n'ayant pas été identifié en tant que tel, cela va être difficile de l'identifier.

Autour d'eux, la jeunesse dorée beyroutine évoluait gracieusement. Filles sexy, garçons bien habillés, rieurs, insouciants. Ceux-là se souciaient comme d'une guigne de la mort de Rafic Hariri.

Sa vodka bue, Malko conclut.

– Ce cadavre est la preuve que Mr X est toujours vivant, et qu'il est prudent. Le coup du gosse est une bonne idée.

– Dans ce pays, observa Ray Syracuse, si on veut rester vivant, il vaut mieux être prudent…

– Cela nous rassure *aussi* sur la complicité éventuelle de Samira Toufic avec les assassins de Louis Carlotti. Si elle était liée à eux, je ne serais jamais arrivé jusqu'à ce cadavre.

– Attendez ! protesta l'Américain, c'est peut-être un leurre. Et si on ne parvient pas à l'identifier…

– Je pense que Mr X nous aidera, dit alors Malko. C'est lui qui nous a menés là-bas.

– Sauf si ce n'est pas Mr X, mais ceux qui l'ont liquidé et qui veulent nous « vendre » un truc bidon…

– Il n'y a plus qu'à attendre et à prier, conclut Malko.

Autour d'eux, les gens dansaient entre les tables, un brouhaha joyeux couvrait les conversations. À la table voisine, un maître d'hôtel fit sauter le bouchon d'un magnum de Taittinger Brut, sous les applaudissements des convives. Un anniversaire probablement.

Tout en regardant une fille en armure dorée qui se

déhanchait d'une façon sensuelle, face à son partenaire, Malko remarqua

– Si Samira Toufic est innocente, il faut bien qu'il y ait eu une fuite, ailleurs.

Ray Syracuse lui jeta un regard sombre.

– Vous pensez à Mourad Trabulsi ?

Malko sentait que son hypothèse déplaisait profondément à l'Américain.

– Je ne peux pas faire autrement, reconnut-il. Quelqu'un a su que Louis Carlotti avait une piste sur l'affaire Hariri et il a été tué à cause de cela. Si ce n'est pas Samira...

Ray Syracuse demeura silencieux quelques secondes avant de laisser tomber.

– Je sais, mais je n'arrive pas à y croire. Mourad déteste les Chiites, et, en général les Musulmans. Il nous a rendu souvent des services...

– J'en suis sûr, reconnut Malko, mais vous m'avez dit vous-même qu'il connaissait des gens de tous les bords.

– C'est vrai, reconnut l'Américain. Nous savons qu'il voit régulièrement des gens du Hezbollah, du PPS. Un jour, après trois Chivas, il m'a avoué qu'il connaissait les assassins de Pierre Gemayel, le fils de l'ex-président, qui était un de ses amis proches.

– Et il n'a rien fait pour le faire arrêter ?

– Non, il a envie de vivre jusqu'à sa retraite... Ici, les gens courageux meurent jeunes. Mourad s'en tire en ne prenant pas partie. C'est courant dans la région : regardez le Qatar. Ils hébergent à la fois Al Jezirah, la voix officielle d'Al Qaida et le QG des Forces Américaines dans le Golfe. Résultat, ils vivent en paix ! Le Liban, c'est pareil. Il y a des pro-Syriens, mais aussi beaucoup de gens qui ont simplement peur. Donc, qui se taisent.

» La loi des El Assad est claire et rigide : on se tait, on vit. On parle, on meurt.

– Je dois déjeuner demain avec Mourad, annonça Malko. Qu'est-ce que je lui dis ?

– Rien, laissa tomber Ray Syracuse. Attendons de voir si ce corps peut être identifié.

***

Malko était dans l'escalator du Phoenicia lorsque son portable couina.

C'était peut-être Ray Syracuse, qui venait de le déposer et avait oublié quelque chose… Il répondit.

– Vous allez bien ? demanda une voix timide.

Samira Toufic.

Malko réalisa brusquement qu'il l'avait mise au courant de son expédition dans la Bekaa, et dit hâtivement.

– Tout s'est bien passé.

– Je suis contente.

Une voix de petite fille.

Brutalement, il éprouva l'envie de revoir la jeune femme.

– Vous n'êtes pas couchée ? demanda-t-il.

– Non, pas encore.

– Voulez-vous que je vienne prendre un café ?

– Oh non ! s'exclama Samira Toufic. C'est trop tard. Une autre fois.

Elle lui raccrocha presque au nez. Il n'avait plus qu'à aller se coucher.

***

Le général Mourad Trabulsi regagna son bureau, prit la bouteille de Chivas sur l'étagère et s'en versa une bonne rasade, se disant qu'il avait bien fait de passer ce matin-là aux FSI. Certes, la nouvelle qu'il avait apprise au coin d'un couloir, n'était pas une *bonne* nouvelle, mais, au moins, cela lui permettait de réagir.

Cela valait mieux qu'un jour monter dans sa voiture et de se retrouver directement au paradis ou en enfer.

Un officier du *Maaloumat* lui avait parlé sous le sceau du secret de l'expédition de la CIA à Aanjar et surtout de la découverte faite là-bas…

Ce qui signifiait que les Américains lui faisaient des cachotteries. Donc, qu'ils n'avaient plus confiance en lui, ce qui le contrariait grandement : son système de survie était basé sur le fait que *tout le monde* ait confiance en lui. Il y avait pire : certaines personnes pouvaient penser qu'il se trouvait à l'origine de ce voyage et cela, c'était beaucoup plus grave.

Son Chivas terminé, il se dit qu'une précaution élémentaire s'imposait… Il n'avait pas envie de trembler jour et nuit. Il était trop vieux pour jouer les redresseurs de torts et avait encore trois ans avant la retraite.

Après avoir donné un tour de clef, il sortit d'un tiroir un portable, doté d'une puce intraçable et composa un numéro qu'il connaissait par cœur. Dès qu'il eut son correspondant en ligne, il annonça.

– Je dois prendre de l'essence à la station habituelle dans une demi-heure.

Il descendit et gagna le parking où l'attendaient son chauffeur et sa Nissan de service.

– Je n'ai pas besoin de toi, dit-il, je prends la mienne.

Le chauffeur n'insista pas. Le général prenait souvent sa Honda lorsqu'il allait retrouver une femme.

Cinq minutes plus tard, Mourad Trabulsi roulait vers

la banlieue sud, les quartiers du Hezbollah. Après avoir descendu l'avenue Camille Chamoun, arrivé à Borj El Brajnieh, il s'arrêta à l'énorme station service Mobil, Al-Aytam, juste en face de l'hôpital Al Rassoul Al Azar. Mourad Trabulsi eut à peine le temps de fumer une cigarette qu'un homme ouvrit la portière, côté passager, et monta. Le général libanais démarra aussitôt en direction de l'aéroport.

Tout en conduisant, il donna à son interlocuteur le message à faire passer. Quelques kilomètres plus loin, l'avenue Camille Chamoun se terminait en impasse, sauf si on prenait l'embranchement vers l'aéroport Rafic Hariri. Depuis 2005, tout s'appelait Rafic Hariri, à Beyrouth, comme du temps de Saddam Hussein, en Irak.

Mourad Trabulsi revint sur ses pas, roulant vers le nord. Un peu avant l'hôpital, il ralentit et son passager sauta à terre, s'enfonçant aussitôt dans le dédale des ruelles de Borj El Brajnieh.

Considérablement soulagé, Mourad Trabulsi mit la radio. Comme c'était un homme bon, il pria Dieu pour que sa petite prime d'assurance ne déclenche pas un massacre.

CHAPITRE VII

– Mon cher ami, vous avez choisi un excellent endroit ! affirma chaleureusement Mourad Trabulsi en s'installant à la terrasse de l'Al Sultan Brahim, nouveau restaurant de poissons du centre, non loin de la mosquée Rafic Hariri. Il y avait presque autant de jolies femmes que « Chez Paul » et la nourriture était nettement meilleure.

Après le second Chivas Regal, le général libanais ôta ses lunettes noires enveloppantes, plus détendu. Malko le taquina :

– Vous ne craignez pas qu'on vous voie avec moi, ici ?

Les traits du Libanais se figèrent.

– Mon cher ami, on n'est jamais assez prudent… « Ils » sont partout même là où on ne les attend pas.

– Qui « ils » ?

Mourad Trabulsi baissa la voix.

– Nos voisins de l'Est… . Ils arrivent à tout savoir et ils sont très susceptibles. Quelquefois, lorsqu'on reçoit un avertissement, c'est déjà trop tard. Vous êtes déjà sur la liste noire.

– La liste « noire ».

Mourad Trabulsi baissa encore la voix, penché sur la table et murmura.

– Mon cher ami, je vais vous expliquer comment les choses fonctionnent depuis très longtemps. Le président Hafez El Assad avait créé une cellule secrète d'assassins qui n'obéissait qu'à lui, était financée par lui et ne comportait que des Alaouites. C'est le général Amos Slimane qui dirigeait cette cellule. Il s'est suicidé il y a quelques mois.

Mourad Trabulsi retint son fou rire habituel. « Les Syriens pratiquent beaucoup le suicide, ajouta-t-il. »

– On sait pourquoi ?

Le Libanais eut un geste évasif.

– On ne connaît jamais les véritables causes d'une élimination, même si on peut s'en douter. Dans le cas de ce général, une de mes « sources » m'a dit qu'il savait beaucoup de choses et qu'il allait atteindre l'âge de la retraite…

La Syrie faisait faire des économies à la Sécu…

– Hafez El Assad est mort, remarqua Malko.

– Cette structure s'est mise à la disposition du fils, Bachar, le nouveau président. Qui a vite appris à s'en servir… C'est cela le bras armé de la famille El Assad. Si le président décide qu'il faut se débarrasser de quelqu'un, il lui suffit de donner un ordre. Il n'a plus besoin d'en reparler. La mécanique est en route.

– Ils ne font quand même pas tout eux-mêmes, objecta Malko.

Nouveau fou rire.

– Bien sûr que non ! Ceux-là ne sortent jamais de Syrie. Ils organisent les opérations avec les différents *moukhabarats* syriens, et les réseaux libanais. Tout le monde en Syrie sait pour qui ils travaillent. Ils peuvent demander ce qu'ils veulent. Personne ne refusera jamais.

» Souvent, ceux qui mettent à leur disposition des armes ou du matériel ne savent pas à quoi cela va servir…

– C'est ce qui s'est passé pour Rafic Harari ?

Mourad Trabulsi regarda autour de lui avant de répondre.

– Probablement, chuchota-t-il. Par exemple, pour l'explosif, il a suffi que celui chargé de ce volet demande à différents dépôts militaires ce qu'il voulait. Ceux-ci ignoraient à *quoi* cela allait servir.

– Même s'ils l'ont appris plus tard, fit Malko, pince sans rire.

Mourad Trabulsi eut une nouvelle crise de fou rire.

– Bien sûr, mais, après, c'est trop tard… .

Il cueillit une grosse pincée de Hommouz avec un morceau de galette. Malko l'observait, songeur. Était-ce lui qui avait « répercuté » l'existence de Mr X à des gens qui avaient fait mauvais usage de cette information ?

On leur apportait une magnifique dorade et pendant un moment, ils se contentèrent de mastiquer. Ayant dévoré la sienne jusqu'aux arêtes, Mourad Trabulsi demanda d'une voix égale.

– Rien de nouveau sur le meurtre de Louis Carlotti ?

Malko hésita une fraction de seconde, puis laissa tomber.

– Rien encore. Ni sur Mr X. Et vous ?

– Rien, affirma le général libanais. Il avait plusieurs affaires en cours, il travaillait beaucoup sur le Hezbollah. Il a peut-être été trop loin… On le saura peut-être un jour. C'était un gentil garçon.

– À propos, enchaîna Malko, soucieux de détendre l'atmosphère, il m'est arrivé une histoire étrange, l'autre soir : j'ai raccompagné chez elle une jeune femme se disant princesse saoudienne, qui venait de se faire jeter hors du Phoenicia…

Il s'interrompit tant le fou rire de Mourad Trabulsi était bruyant.

– C'est la princesse Gamra Al Shaalan Bin Saoud, dit-il en pouffant. Je suis au courant de l'incident. La Sûreté m'a fait un rapport.

– Elle est vraiment princesse ?

Le général reprit son sérieux et confirma.

– Parfaitement ! Et d'une grande famille, cousine du roi Abdallah. Richissime et un peu spéciale.

– C'est-à-dire ?

Mourad Trabulsi baissa encore la voix.

– Elle aime les hommes, jeunes et beaux. Surtout jeunes, vous voyez ce que je veux dire. Dans son pays, elle ne pourrait pas s'amuser, alors elle vit en partie à Beyrouth, où elle entretient une meute de gigolos. Des Libanais, souvent de bonne famille. Je connais un avocat stagiaire qui termine ses études grâce à elle. Quand elle est satisfaite de ses étalons, elle paie très bien.

Malko revit le film passé pendant qu'il faisait l'amour à la volcanique Saoudienne. Décidément, Mourad Trabulsi était bien renseigné.

– C'est pour cela qu'elle a été virée du Phoenicia ? demanda-t-il.

Nouveau fou rire.

– Non ! Ce soir-là, elle avait pas mal bu, deux bouteilles de champagne, du Taittinger, à elle toute seule. Elle était au restaurant du dernier étage avec un couple saoudien, des cousins à elle. Le mari ne lui plaisait pas mais la femme, oui. Alors, quand le mari s'est absenté, elle a commençé à faire du bouche à bouche à son épouse, à qui cela n'a pas déplu...

– Elle est lesbienne ? demanda-t-il, incrédule.

– Toutes les Saoudiennes sont plus ou moins bisexuelles, trancha Mourad Trabulsi. Elles s'ennuient tellement, et là-bas, on décapite les femmes infidèles… Bref, l'autre soir, lorsque le mari est tombé sur la séance de bouche à bouche, il s'est senti ridiculisé devant le personnel du restaurant et a exigé qu'on jette dehors la princesse. Ensuite, il a battu sa femme : on l'a entendue crier une partie de la nuit et elle n'est plus sortie de leur suite depuis…

Encore l'amour courtois.

Décidément, la princesse Gamra sortait de l'ordinaire.

– Sa famille ne dit rien ? demanda Malko.

Mourad Trabulsi pouffa.

– Ils ne savent pas. Elle est discrète, reçoit ses étalons chez elle.

– Vous suivez tout cela ?

Mourad Trabulsi eut un sourire rusé.

– Je m'occupe des étrangers et des ambassades.

Le restaurant commençait à se vider. Malko demanda l'addition. Perplexe. Tant que le cadavre découvert à Addijah ne serait pas identifié, il ne pouvait pousser Mourad Trabulsi dans ses retranchements.

Au moment où ils allaient partir, deux nouvelles venues débarquèrent sur la terrasse. Une blonde plus que potelée, maquillée comme une voiture volée, boudinée dans une robe très décolletée dont les boutons semblaient prêts à sauter et une splendide brune aux longs cheveux noirs, hiératique, un nez un peu busqué, une magnifique poitrine moulée par un pull noir et un jean Roberto Cavalli taille basse très ajusté.

En apercevant Mourad Trabulsi, la brune lui adressa un petit geste, puis, lorsque le maître d'hôtel accompagna les deux femmes à leur table, elle s'arrêta devant eux… Le général libanais bondit sur ses pieds, presque servile, et fit les présentations.

– Mon ami, le Prince Malko Linge, Sybil Murr, l'épouse du général Murr, mon collègue et ami.

Sybil Murr tendit à Malko une longue main fine aux ongles très rouges en lui offrant un sourire éblouissant, carnassier et pourtant sensuel. Avant de s'éloigner, il la suivit des yeux et remarqua.

– Très jolie femme.

Mourad Trabulsi eut son habituel fou rire.

– On dit qu'elle trompe allègrement son mari, mais personne ne l'a jamais surprise avec un homme. Sauf, peut-être une fois, avec un très beau capitaine aux yeux verts, d'origine circassienne.

Il regarda sa montre et sursauta.

– Mon Dieu, j'ai une réunion avec le général Rifi. Je dois y aller.

En payant l'addition, Malko jeta un dernier regard à la belle Sybil Murr, mais elle lui tournait le dos.

La grosse Cherokee blanche du général Trabulsi était devant la porte, conduite par le chauffeur du général, muet comme une carpe, en polo et jean déchiré.

Cinq minutes plus tard, Malko était au Phoenicia. Désœuvré et amer. Il détestait cette inaction, cette impuissance. Pour la centième fois, il testa la messagerie du portable de la CIA. Mr X n'avait ni rappelé, ni laissé de SMS.

***

Hassan Sadr descendit de la voiture qui l'avait amené de Beyrouth à l'entrée de la bourgade de Chtaura, à l'entrée de la plaine de la Bekaa et se dirigea vers un arrêt de bus.

Il était légèrement en avance.

Personne ne savait qu'il s'était absenté de Beyrouth. Il était parti sans même un porte-documents, juste un pistolet Herstall glissé dans sa ceinture, une balle dans le canon.

Précaution indispensable.

Hassan Sadr était le responsable des « opérations intérieures » du Hezbollah au Liban. Les Israéliens auraient donné le Mur des Lamentations pour le capturer. Les Américains aussi, d'ailleurs. Très peu de gens connaissaient son visage et il s'absentait rarement de son bureau de Harek Hreck, au cœur du *Hezbollahland.*

Ses fonctions au sein du Hezbollah lui interdisaient de prendre des risques.

D'abord, il supervisait le C.E. [1] du Hezbollah, toujours à la recherche des traîtres ou des ennemis infiltrés, et même des membres du Parti Chiite trop proches de l'Iran. Car, au sein du Hezbollah, deux mouvances se côtoyaient, sans toujours s'aimer : les pro-Iraniens qui prenaient leurs ordres auprès d'un colonel iranien des Pasdaran, installé sous couverture diplomatique à l'ambassade d'Iran et la branche pro-Syrienne, dont Hassan Sadr était le représentant le plus important. C'est lui qui avait toujours été le lien entre les Services syriens présents au Liban et le Hezbollah.

Bien sûr, Hassan Nasrallah, patron historique du Hezbollah chiite comme les Iraniens, était proche de ces derniers, mais, afin de pouvoir mener une politique libanaise « nationale », il était obligé de prendre ses distances avec Téhéran.

Car les Iraniens étaient parfois des amis un peu trop enveloppants. Cependant, la tâche essentielle de Hassan Sadr était la traque des espions infiltrés ou retournés par le Mossad israélien, par les FSI ou, plus rarement, par les Américains. Leur sort était toujours le même.

1. Contre-Espionnage.

Lorsqu'Hassan Sadr en débusquait un, celui-ci était d'abord interrogé dans une des prisons secrètes du Hezbollah, généralement située dans le sous-sol d'un atelier de mécanique bruyant, ce qui empêchait d'entendre ses hurlements quand on lui transperçait les genoux à la perceuse…

Cet outil était devenu l'auxiliaire d'interrogatoire standard du Hezbollah. Efficace, peu coûteux – une mèche pouvait resservir indéfiniment, les os humains étant beaucoup moins résistants que le métal – et pouvant être manipulé par des non spécialistes.

Une méthode respectueuse de l'environnement… Lorsque le coupable avait tout avoué, et même un peu plus, on le ramenait chez lui et il se suicidait en se jetant par la fenêtre…

Bien entendu, la police libanaise ne venait jamais fourrer son nez dans ce quartier.

Pour l'instant, Hassan Sadr avait un souci d'ordre différent, qui justifiait un voyage éclair à Damas.

C'étaient des cas faciles par rapport à ce qui lui était tombé sur la tête, quelques semaines plus tôt. D'abord une information presque incroyable rapportée par une des « sources » généralement fiables de Hassan Sadr. Un homme bien placé dans la hiérarchie libanaise. Un inconnu proposait de communiquer aux Américains des informations permettant d'impliquer le gouvernement syrien dans l'attentat contre Rafic Hariri !

D'abord, Hassan Sadr avait pensé à un tuyau pourri. Pour avoir effectué la liaison entre les Syriens et les membres du Hezbollah impliqués dans cette affaire, il connaissait tous ceux qui auraient pu révéler des faits gênants.

Ceux dont on n'était pas sûr à 150 % avaient été

liquidés, en Syrie ou au Liban, les autres faisaient partie de la structure chiite.

Insoupçonnables.

Et puis, la menace s'était précisée. La même « source » avait révélé qu'un agent de la CIA avait rendez-vous avec ce mystérieux informateur dans la plaine de la Bekaa pour lui communiquer des informations.

Cela devenait grave.

Avant d'agir, Hassan Sadr avait consulté la branche iranienne du Hezbollah, afin de vérifier s'ils avaient eu connaissance de cette affaire, ce qui n'était pas le cas. Ensuite, bien entendu, il avait tendu une souricière à l'endroit indiqué.

Sans résultat : seul l'agent de la CIA s'était présenté. Ce qui prouvait quand même qu'il n'y avait pas de fumée sans feu.

Quelques jours plus tard, il avait fait le voyage de Damas, afin de faire son rapport sur cette affaire dérangeante, y rencontrant celui qui avait été partie prenante, côté syrien, dans l'attentat contre Rafic Hariri. L'ancien pro-consul Assef Shahab, nommé général depuis qu'il avait dû quitter le Liban pour prendre le contrôle de la Sécurité du « Grand Damas », poste beaucoup moins juteux.

Assef Shahab était entré dans une fureur noire et avait intimé à Hassan Sadr de donner immédiatement un coup d'arrêt aux velléités américaines de rouvrir le dossier Hariri.

D'après lui, c'était un ordre du *Rais*.

Le genre d'ordre qu'on ne discutait pas.

Hassan Sadr aurait préféré débusquer la « taupe » si elle existait, mais n'avait pas osé discuter, exécutant l'ordre syrien.

Bien sûr, le meurtre ciblé d'un agent de la CIA avait fait des vagues, mais le tumulte n'avait pas duré.

Hassan Sadr se croyait débarrassé de cet encombrant problème lorsque deux jours plus tôt, sa « source » s'était à nouveau manifestée : le mystérieux informateur avait à nouveau contacté les Américains et, cette fois, ceux-ci avaient réellement découvert quelque chose, à Aanjar, dans l'ancien charnier syrien.

Hassan Sadr ignorait encore l'étendue des dégâts, mais c'était grave. Aussi avait-il envoyé un messager à Assef Shahab pour lui annoncer sa venue à Damas. Seuls les Syriens pouvaient décider de la conduite à suivre.

Le Libanais était tellement plongé dans ses réflexions qu'il sursauta quand une vieille Nissan grise stoppa devant lui. Son chauffeur lui adressa un petit signe de tête. Hassan Sadr le connaissait : c'était un capitaine du *Moukhabarat* syrien.

Il monta aussitôt à l'avant et la Nissan redémarra, fonçant sur la route de Damas. Arrivé au poste-frontière, le chauffeur bifurqua à gauche, dans une piste escaladant la montagne, barrée d'un signe de sens interdit. Ils grimpèrent une vingtaine de minutes, arrivant à un « check-point » de l'armée syrienne, dont les soldats saluèrent respectueusement.

Cette route était réservée au trafic des voitures des Services et un certain nombre de plaques d'immatriculation étaient répertoriées au check-point. Pour ces véhicules, il n'y avait jamais aucun contrôle.

Hassan Sadr alluma une cigarette pour tromper sa nervosité. Les rendez-vous avec Assef Shahab n'étaient jamais une partie de plaisir. Brutal, cassant, puissant et féroce, le général syrien inspirait une terreur justifiée.

Surtout dans une affaire où il était personnellement engagé.

***

Deux jours d'inaction complète.

Malko n'en pouvait plus. Même si le soleil brillait sur Beyrouth. Pour tuer le temps, il avait même été jusqu'à Byblos, qu'il connaissait pourtant. Quant aux distractions, il avait résisté à l'envie d'appeler la princesse Gamra : elle avait son numéro. Quant à son ex, la journaliste Tamara Terzian, son jules ne la lâchait pas d'une semelle. Il restait la vodka et le spectacle toujours renouvelé du ballet des putes au Phoenicia.

Son portable CIA sonna.

C'était Ray Syracuse.

– J'ai du nouveau, annonça l'Américain. Vous pouvez venir ?

Il raccrocha aussitôt. Malko fonçait déjà vers sa Hyundai. Arrivé à l'ambassade américaine, il lui fallut encore dix minutes pour franchir tous les barrages, les contrôles tatillons sous le regard soupçonneux de « marines » méfiants et morts de peur.

Ray Syracuse l'accueillit avec un sourire radieux.

– Le cadavre a été identifié, annonça-t-il. Grâce à ses empreintes et à son ADN.

Malko n'en revenait pas.

– Il était connu ?

– Oui. Il s'appelle Ahmed Abou Adass.

– Ça ne me dit rien.

– À moi, si. C'est l'homme qui a revendiqué l'assassinat de Rafic Hariri sur une cassette apportée à Al Jezirah, une heure après l'attentat. Ensuite, on n'en a plus jamais entendu parler.

– Qui était-ce ?

– Un militant islamiste qui avait déjà eu affaire à la police, qui possédait ses empreintes. Après sa revendication, on avait découvert qu'il avait été enlevé par des inconnus à son domicile, le 16 janvier 2005. Juste avant le meurtre de Rafic Hariri.

– Donc, conclut Malko, lorsqu'il a enregistré cette cassette, on ignorait où il se trouvait. On n'a jamais retrouvé ses ravisseurs ?

– Jamais. Mais on a toujours soupçonné les Services syriens qui ont farouchement nié. Prétendant que cette revendication « islamiste » était la preuve que la Syrie n'était pour rien dans l'attentat du 14 février 2005.

Un ange passa en se tordant de rire.

– Autrement dit, conclut Malko, il y a une forte présomption qu'il ait été assassiné après l'enregistrement de sa cassette et enterré là-bas.

Ray Syracuse hocha la tête affirmativement.

– C'est ce qu'on pensait, mais nous n'avions aucune preuve. Qu'on l'ait retrouvé enterré dans le charnier où les Syriens enterraient leurs ennemis est un indice intéressant.

– C'est malheureusement un indice qui ne peut plus témoigner.

– Certes, mais cela pointe le doigt vers les Syriens…

– Qui peut avoir su où il était enterré ?

L'Américain eut un sourire froid.

– C'est là que les choses se corsent, parce que, seul, un des acteurs de l'attentat a pu le savoir. Les Syriens cloisonnent beaucoup. Ce serait la première fois qu'une « taupe » nichée au cœur du Hezbollah fait des révélations… Sans qu'on comprenne sa motivation. Il a tout de suite précisé qu'il ne voulait pas d'argent…

– C'est bizarre, reconnut Malko. Je ne vois qu'une vengeance. Quelqu'un qui en veut aux Syriens.

– Cette histoire de cadavre est étonnante aussi, relança le chef de Station. Certes, il s'agit d'un élément important qui implique les Syriens, mais pas d'une preuve *formelle*.

Malko approuva.

– C'est un « teaser[1] », quelque chose pour nous montrer qu'il est sérieux, que ses informations sont vraiment de qualité.

– Pour ma part, je pense qu'il va rappeler. Cette fois, pour donner ce qu'il avait promis à Louis Carlotti : une preuve liant directement les Syriens au meurtre de Rafic Hariri.

– Que Dieu vous entende, soupira Ray Syracuse. Et, surtout, qu'il protège Mr X. Parce que les gens du Hezbollah doivent, aussi, le chercher.

Ce Mr X était l'unique témoin. L'homme que les Syriens devaient vouloir éliminer à tout prix.

*
* *

Hassan Sadr regarda d'un œil distrait la télé au son coupé, suspendue dans un coin de son bureau, et acheva son Pepsi Cola, avant d'allumer une cigarette. Depuis son retour de Damas, il ne dormait plus.

Comme il l'avait craint, son entrevue avec le général Assef Shahab s'était très mal passée. Après qu'il eut mis au courant l'ancien pro-consul syrien au Liban de l'affaire d'Aanjar, celui-ci était entré dans une fureur homérique, hurlant à faire trembler les vitres, heureusement blindées, de son spacieux bureau.

1. Amuse-gueule.

– Il faut trouver le chien qui a livré cette information ! avait-il hurlé et le jeter vivant dans un bain d'acide.

– *Sidi*[1], avait objecté timidement Hassan Sadr, nous avons commençé l'enquête il y a plusieurs semaines, mais c'est très difficile.

– Tu dois y arriver, avait martelé Assef Shahab, le regard étincelant de rage. Et, en attendant, il faut que ces salauds d'Américains cessent de mettre leur nez partout. Je veux que tu m'apportes la tête de cet agent de la CIA qui se permet d'aller fouiller à Aanjar. Tu le connais ?

– Bien sûr.

Assef Shahab avait eu un geste brutal, mimant un cimeterre qui tranche une tête.

– Alors, *Yallah*[2]!

Autrement dit, il fallait assassiner un second agent de la CIA. Politiquement, c'était délicat, alors que le Hezbollah se rachetait une respectabilité... Mais le général Shahab se moquait de ces contingences...

Il avait peur et il ne voulait plus avoir peur.

Hassan Sadr n'avait même pas voulu discuter ses ordres. Il connaissait la mentalité syrienne : s'il n'obéissait pas, il se rendait complice du crime, et, dans ce cas, il connaissait son sort.

Même à Beyrouth, il n'était pas complètement en sécurité. La plupart de ses hommes avaient été formés en Syrie. Chacun de ses quatorze gardes du corps n'hésiterait pas à lui mettre une balle dans la tête, s'il en recevait l'ordre de Damas.

Y compris le brave garçon de son village qui lui apportait son thé tous les matins.

On frappa à sa porte et un de ses adjoints se glissa

1. Monsieur.
2. Vas-y !

dans le bureau. Hamid Diab était un de ses hommes de confiance. C'est lui qu'il avait chargé d'organiser l'élimination du second agent de la CIA, un certain Malko Linge.

– *Kifak*[1] ? lança aimablement Hassan Sadr. Tu as de bonnes nouvelles ?

– *Eeeh*[2] ! fit Hamid Diab. Je crois qu'on peut y arriver.

– Il est protégé ?

– Oui, très. Mais j'ai eu une idée.

Lorsque Hassan Sadr eut écouté son idée, son moral remonta.

Il était vraiment bien entouré.

1. Ça va ?
2. Oui.

CHAPITRE VIII

Le général Assef Shahab regarda sa jeune épouse, Amal, qui venait de se débarrasser de son peignoir de bain et s'avançait vers le jacuzzi, avec son inimitable démarche de salope orientale. Elle avait pris des cours de danse du ventre et sa démarche s'en ressentait. Sa taille était mince, mettant en valeur des hanches en amphore et une lourde poitrine qui tombait à peine. Comble de bonheur, elle avait de magnifiques yeux bleus, don d'un ancêtre circassien.

Une déesse, vêtue uniquement d'un minuscule slip argenté.

Le général syrien avait bien besoin de cette vision paradisiaque pour soulager l'angoisse qui l'étranglait depuis la visite de Hassan Sadr.

Assef Shahab avait beau faire trembler des milliers de personnes, lui tremblait devant son *Rais*, capable de le faire liquider sans état d'âme. Après avoir quitté son bureau, qui avait la taille d'une salle de bal, à l'Idarat Al Amm Alamm[1], il avait ordonné à son chauffeur de foncer jusqu'à sa résidence, construite dans son village natal d'Aifa, près de Dakaa.

1. Direction Générale des renseignements.

Ensuite, il avait rejoint Amal, arrivée un peu plus tôt. Personne n'avait le droit de pénétrer dans ce pavillon totalement privé, annexe de sa somptueuse demeure. Le général pouvait donc y faire ce qu'il voulait.

Il sortit un bras du jacuzzi et appuya sur un bouton déclenchant un lecteur de CD.

Aussitôt, une douce musique orientale s'éleva dans la pièce. Comme un automate dont on tourne la clef, Amal commença à onduler, d'abord sur place, puis en se rapprochant progresivement du jacuzzi. Le général Shahab avait les yeux hors de la tête. Cela ne faisait qu'un an qu'ils étaient mariés. Amal était libanaise et avait trente ans de moins que lui. Ancienne cover-girl, son visage et son corps s'étaient étalés sur tous les magazines libanais, ce qui lui donnait encore plus de valeur aux yeux de son mari.

Elle n'avait pas résisté longtemps à sa demande en mariage, accompagnée d'un premier « don » de cinq millions de dollars, sur une banque libanaise, ce qui n'avait que peu écorné le magot de l'ex « proconsul » syrien au Liban... Évidemment, il avait exigé qu'elle vienne vivre à Damas.

Après le retrait des troupes syriennes du Liban, il avait dû quitter son poste avançé d'Aanjar et Bachar El Assad, le président syrien, lui avait attribué le contrôle de la zone du « grand Damas », près de onze millions d'habitants. Hélas, c'était moins juteux que le Liban... Ce n'était que le week-end qu'il rejoignait cette luxueuse demeure dans son village natal. Trois étages de mille mètres carrés, où habitait sa première épouse, bien forcée de cohabiter avec sa nouvelle. Plus huit maisons, disséminées dans l'immense parc, destinées à ses huit enfants.

Avec un salaire officiel mensuel de 3000 dollars, l'officier syrien avait bien tiré parti de son argent...

Amal ondulait maintenant, tout près du jacuzzi. En voyant son ventre s'agiter à quelques centimètres de lui, Assef Shahab sentit son ventre exploser. Prudent, depuis son mariage, il s'était mis au Viagra. Qu'il faisait acheter en Europe par des gens sûrs. Un de ses courriers avait bavardé et s'était retrouvé avec deux balles dans la tête. Le général Shahab était très susceptible, comme tous les Arabes, au sujet de ses prouesses sexuelles.

Pendant ses week-ends d'amoureux, il ne lésinait pas sur les losanges bleus.

Il se dressa hors du jacuzzi. Il se sentait fort comme un taureau... Espiègle, Amal s'approcha tout en dansant, effleurant son érection de son ventre bombé. Assef Shahab crut avoir été branché sur une prise triphasée. En un clin d'œil, il fit glisser son slip, ne gardant que sa poitrine velue et son sexe tendu à l'horizontale.

Amal battit des cils et prit ses seins entre ses mains, comme pour les lui offrir, murmurant :

– *Ayété* ! Comme tu es fort...

Sexuellement, son mari l'excitait avec son corps couvert de poils, sa stature puissante et sa silhouette enveloppée ; chez les Arabes, on n'aimait pas les maigres...

Assef Shahab avait déjà saisi à pleine main le sexe de sa femme à travers le maillot argenté. Sans un mot, il poussa la jeune femme sur le large divan qui occupait tout un coin de la pièce, face à la piscine, tout en tenant toujours le slip. Celui-ci se déchira en deux, avec un cri indigné d'Amal.

– *La* [1] ! Mon maillot.

Assef Shahab n'en avait rien à foutre de son maillot...

1. Non !

Il la plaqua sur les coussins, la croupe haute, le visage dans le velours rouge et, presque sans viser, planta son sexe raidi par le Viagra jusqu'à la garde dans le ventre de sa femme. Aplatie sous ses 90 kilos, celle-ci poussa un cri bref. Déjà, il commençait à se démener dans son dos. Il avait l'impression de la violer, c'était exquis. Son sexe entrait et sortait d'elle comme une bielle bien huilée. Les deux mains crispées sur la soie des coussins, Amal subissait cet assaut brutal, sans déplaisir. Cela l'excitait de faire l'amour avec l'homme qui avait terrorisé le Liban pendant des années.

C'est cette idée qui déclencha son orgasme. En la sentant se cabrer sous lui, son mari se déchaîna encore plus, comme s'il avait voulu lui défoncer l'utérus.

– Arrête ! gémit Amal.

Quand elle avait joui, elle avait besoin d'un peu de calme.

Assef Shahab se retira. Lui n'avait pas joui. C'était l'inconvénient du Viagra… Son sexe était toujours raide comme un manche de pioche. D'un bond, il plongea dans la piscine et se laissa bercer par l'eau tiède. Quand il en ressortit, il bandait toujours autant… Amal avait allumé une cigarette, toujours allongée sur le divan.

Plus excitante que jamais.

Le Syrien se laissa lourdement tomber à côté d'elle, à plat dos. Le sexe toujours dressé. Amal n'eut pas le temps de bouger. Déjà, il l'avait saisie par la nuque et abaissait sa tête sur son ventre. Dès le début, elle avait compris qu'elle pouvait tout demander – argent, bijoux, robes – mais qu'elle ne devait jamais refuser ses caprices sexuels. Or, avec le Viagra, cela devenait un vrai marathon.

De tout son cœur de jeune pute, elle se lança dans une fellation qui aurait pu être classée au patrimoine de l'Humanité, sans autre effet que d'arracher à son époux des grognements ravis.

De temps à autre, il s'amusait à peser sur sa nuque pour que son sexe frappe la glotte de la jeune femme. En même temps, il lui malaxait brutalement les seins… Au bout d'un quart d'heure, Amal, en dépit de sa bonne volonté, avait des crampes dans les mâchoires… Cela devenait un supplice. Et elle savait qu'elle pourrait continuer longtemps sans venir à bout de l'érection de son époux.

Celui-ci, sentant son relâchement, n'hésita pas.

– Attends, *ayété,* tu vas te reposer ! retourne-toi.

Elle obéit, sachant très bien ce qui l'attendait.

Dès qu'elle fut à plat ventre, Assef Shahab glissa un coussin sous elle, puis écarta brutalement ses cuisses. Elle avait gardé ses escarpins et cela l'excitait encore plus. De nouveau, il pénétra son ventre, juste pour la forme. Docile, Amal prit ses fesses à deux mains et les écarta.

Assef Shahab adorait cette soumission.

Dès qu'il vit sa cible découverte, il posa son sexe sur l'ouverture en corolle et appuya férocement : Amal avait beau être sodomisée régulièrement par son mari, elle ne put réprimer un cri de douleur. Les dimensions de son sexe étaient telles qu'elle ne s'y ferait jamais, mais refuser cette fantaisie, menait droit à la répudiation…

Assef Shahab poussa un rugissement d'excitation, passa son bras velu autour de la taille d'Amal et, de toutes ses forces, poussa. Cette fois, Amal poussa un hurlement. Cruel, son mari avait enfoui d'un coup la moitié de sa matraque au fond de ses reins. Elle brûlait comme si c'était du feu.

– *Schway* ! *Schway*[1] ! supplia-t-elle.

1. Doucement.

Le Syrien ne l'écoutait pas, tout à son plaisir. En nage, congestionné, il continua à la pilonner, jusqu'à ce qu'il en ait assez. Sachant qu'il ne jouirait pas encore, il s'arracha à l'étroit fourreau et se laissa tomber sur le dos.

Le sexe toujours à la verticale, il se leva et se glissa dans le jacuzzi. Amal l'y rejoignit, épuisée elle aussi. Elle savait qu'elle en avait encore pour une heure ou deux…

Assef Shahab soufflait comme un bœuf, les yeux fermés. Un timbre musical lui fit ouvrir les yeux. Sa secrétaire lui apportait un pli. Il fallait que ce soit important pour qu'on le dérange. Il s'arracha à l'eau tiède, enfila un peignoir en éponge et gagna le sas séparant l'entrée au sol de marbre noir de la piscine. Sa secrétaire lui remit, sans un mot, un pli cacheté et le général syrien regagna son divan, s'allongea, prit quelques confiseries et ouvrit le pli.

Espiègle, Amal le rejoignit et entoura de sa main le sexe toujours irrémédiablement érigé, avec un sourire salace.

– Comme ça, tu es encore plus gros ! dit-elle, en commençant à le masturber.

Assef Shahab ne répondit pas, absorbé par sa lecture. Ce n'était pas de bonnes nouvelles. Juste une note du *Moukhabarat Al Askariya*[1] relatant l'exhumation du corps d'Ahmed Abou Adass, par les FSI et les Américains.

Information obtenue par leurs « sources ».

Heureusement que Hassan Sadr avait déjà mis au courant Assef Shahab, sinon celui-ci aurait eu l'air d'un imbécile.

1. Renseignements militaires.

En soi, ce n'était pas très grave, car cette découverte ne mènerait à rien. Au pire, cela déclencherait une campagne anti-syrienne dans la presse libanaise, ce dont il se moquait.

Cependant, cette découverte impliquait quelque chose de beaucoup plus grave : celui qui avait révélé l'emplacement de cette tombe improvisée était au courant de *beaucoup* de choses. Il faisait partie de leur camp... Or, Assef Shahab avait beau se creuser la tête, passant en revue tous ceux qui avaient participé au meurtre de Rafic Hariri, il ne voyait personne susceptible de trahir... Et pourtant, il y avait un traître.

Dans cette affaire, c'était son propre sort qui était en jeu. Il avait été le maître d'œuvre de toute l'opération. Le seul à savoir *qui* avait donné l'ordre de liquider Rafic Hariri.

Si jamais le président Bachar Al Assad se disait que l'on pouvait remonter jusqu'à lui, il n'hésiterait pas à se protéger. Or, il n'y avait qu'une seule façon...

La voix rieuse d'Amal le fit sursauter.

– *Ayété* ! Tu ne bandes plus.

Son sexe avait repris des proportions normales. Assef Shahab se dit que c'était bien la première fois que le Viagra ne faisait pas son effet. Il faut dire que la perspective de voir surgir les tueurs alaouites du président syrien avait de quoi le glacer. Comme dans la mafia, on ne prévenait pas et on n'échappait pas. S'il ne débusquait pas le traître, Assef Shahab était un mort en sursis.

Il se félicita d'avoir donné l'ordre à Hassan Sadr de liquider l'agent de la CIA qui s'acharnait à trouver la vérité sur l'assassinat de Rafic Hariri. En attendant la découverte du traître, c'était mieux que rien et cela montrerait au *Rais* qu'il prenait l'affaire au sérieux.

***

– J'ai beaucoup réfléchi, lança Malko : Mourad Trabulsi ne me paraît pas clair.

Ray Syracuse lui jeta un regard noir.

– Lui ! Vous n'y pensez pas. Il n'arrête pas de nous donner des informations précieuses. Il est venu en stage aux États-Unis, il est considéré comme un ami sûr.

– Ce sont généralement ceux-là qui trahissent, remarqua suavement Malko. Je me base seulement sur les faits. D'abord, c'est lui qui a branché Louis Carlotti sur ce mystérieux informateur. Ensuite, Louis a été assassiné. Donc, déjà, à ce stade il y a eu pénétration. Par contre, je ne lui ai pas parlé de mon rendez-vous dans la Bekaa, et, là, tout s'est bien passé.

» Par contre, j'avais mis Samira Toufic au courant, ce qui la met hors de cause… Il ne reste que Mourad.

Visiblement, Ray Syracuse était réticent à épouser le raisonnement de Malko. Ce dernier avait débarqué dans son bureau, après avoir ruminé ses soupçons.

– Quel intérêt aurait-il ? objecta le chef de Station de la CIA.

– Rester vivant ! fit Malko froidement. Déjà, il y a trois ans, j'avais trouvé son attitude ambiguë. Comme s'il jouait sur tous les tableaux. Je pense qu'avant de continuer notre opération, ce qui d'ailleurs ne dépend pas de nous, il faut purger cette hypothèque.

– Comment ?

– En lui tendant un piège. Je peux lui dire, sous le sceau du secret, en y mêlant des faits réels, que nous avons un rendez-vous avec notre « source ». Ce qui sera faux, bien sûr.

L'hésitation de Ray Syracuse fut de courte durée.

– OK, fit-il, on va essayer.

– Vous avez quelqu'un qui peut jouer le traître ? demanda Malko. Obligatoirement un Libanais.

L'Américain hésita.

– On va lui faire prendre un risque…

– Limité ! rétorqua Malko. D'autant que vous êtes persuadé de l'innocence de Mourad Trabulsi.

– Vous avez un plan en tête ? demanda l'Américain.

Malko s'approcha du plan de Beyrouth faisant face à celui du Liban et posa le doigt sur une zone grise, tout au nord de l'avenue Charles Helou.

– Le port me paraît parfait, dit-il. Il n'y a pas d'habitations, on peut y circuler librement. Un rendez-vous vers six heures, juste au moment où la nuit tombe, serait parfait. Si mon hypothèse se vérifie, ceux qui sont concernés vont tenter de tuer ou de kidnapper le supposé « traître ». Il faut prévoir un dispositif de protection.

– Ce n'est pas un problème, assura Ray Syracuse. Que dites-vous d'après-demain, six heures ? Juste en face du bâtiment des Douanes de Marfaa ? Je connais le coin, on peut facilement bloquer la sortie sur l'avenue Charles Helou. D'ici là, je vais trouver l'appât.

– OK. Moi, je me charge de prévenir Mourad Trabulsi.

– Je souhaite de tout mon cœur que vous vous trompiez, conclut le chef de Station.

Malko eut un sourire teinté d'amertume.

– Vous savez bien que, dans nos métiers, ce sont des choses qui arrivent.

***

Pour la première fois depuis plusieurs nuits, Malko avait dormi comme un loir. Il n'y avait que des bonnes nouvelles : Ray Syracuse avait accepté son plan qui permettrait d'être fixé sur la culpabilité de Mourad Trabulsi.

Et Gamra, la princesse saoudienne, lui avait laissé un message, demandant de la rappeler.

Il sortait de sa douche lorsque son téléphone fixe sonna.

Il recevait peu d'appels sur cette ligne. Lorsqu'il décrocha, il reconnut tout de suite la voix timide de Samira Toufic.

– Je ne vous dérange pas ? demanda la jeune Libanaise.

– Pas du tout, assura Malko.

Ils ne s'étaient plus parlé depuis que Samira avait refusé sa visite. Il se dit que c'était peut-être la troisième bonne nouvelle.

– Vous pourriez passer ? proposa-t-elle. J'ai envie de vous voir.

– Maintenant ?

– Oui, si vous pouvez.

– Je peux, affirma Malko. A tout de suite.

***

– *Tarb*[1] ! On va te mettre dans la salle de bains, pour que tu ne risques pas d'être blessée. Viens.

L'homme écarta de la gorge de Samira Toufic le poignard avec lequel il la menaçait, tandis qu'elle appelait l'agent de la CIA.

Blanche de terreur, la jeune femme se dirigea vers la petite salle de bains. Dès qu'elle eut ouvert la porte, l'homme la prit par les cheveux de la main gauche, lui

1. C'est bon !

rejeta la tête en arrière, et de la droite, l'égorgea d'un seul coup de poignet.

Il la poussa ensuite violemment en avant et la jeune femme tomba sur le carrelage, précédée de deux jets de sang. Son assassin referma calmement la porte. Dans quelques secondes, elle aurait cessé de vivre.

Son complice avait pris place dans le petit canapé, un pistolet-mitrailleur Skorpio prolongé d'un silencieux sur les genoux. Il n'y avait plus qu'à attendre quelques minutes. Tout s'était bien passé. Ils avaient sonné à l'interphonc, sc faisant passer pour des policiers et Samira Toufic avait ouvert immédiatement. Leur chef leur avait expliqué qu'elle voyait régulièrement le nouvel agent de la CIA qui avait remplacé Louis Carlotti ; il n'y avait plus qu'à monter le piège.

L'homme qui avait égorgé Samira surveillait la rue, à partir de la fenêtre. Il se retourna et lança à son complice.

– Prépare-toi, il arrive.

CHAPITRE IX

Au moment où Malko allait appuyer sur le bouton de l'interphone, la porte de l'ascenseur s'ouvrit et il en sortit une vieille femme « bâchée », un cabas à la main. Elle traversa le hall et ouvrit la porte, évitant à Malko de se servir de l'interphone.

Évidemment, la porte de l'appartement de Samira Toufic était fermée. Il allait la prendre par surprise... Malko appuya sur la sonnette et attendit.

Rien.

Il appuya de nouveau, sans plus de résultat. Intrigué, il colla son oreille au battant et son pouls partit comme une fusée : il venait d'entendre une voix d'homme ! Il écouta encore, sans rien entendre de plus, regarda le battant, puis battit en retraite.

Arrivé dans le hall, il s'arrêta. Le mari de Samira était-il revenu à l'improviste ? Peu vraisemblable... Soudain, il réalisa que la façon directe dont la jeune femme lui avait demandé de venir ne cadrait pas avec sa timidité...

Quelque chose ne collait pas...

Appuyé au mur, surveillant l'escalier, il réfléchit quelques secondes, puis composa le numéro de Ray

Syracuse. Lorsqu'il fut au courant, le chef de Station de la CIA n'hésita pas.

– *My God* ! Je vous envoie tout de suite du monde et je préviens les FSI. Ne bougez pas. Ne prenez pas de risques.

– Faites vite ! fit Malko.

Il prit le Sig Sauer dans sa ceinture, fit monter une balle dans le canon et reprit son poste d'observation. Si quelqu'un descendait, il se heurterait à lui. Il eut une pensée pour Samira Toufic. Pourvu qu'il ne lui soit rien arrivé.

***

– *Khara*[1] ! Qu'est-ce qu'il fout !

Walid fit retomber le rideau de la fenêtre donnant sur la rue. Il avait vu celui qu'ils attendaient pénétrer dans l'immeuble, plusieurs minutes plus tôt. Où était-il passé ? Il ne fallait pas longtemps pour gravir un étage.

– Je n'aime pas ça, fit Mahmoud, l'homme au Skorpio. On file ?

– *La*[2], fit sèchement Walid. On attend encore un peu. Il va sûrement venir. Il doit donner un coup de fil ou en recevoir un.

***

Quatre hommes descendirent du 4 × 4 aux vitres fumées. Des bêtes. Engoncés dans des blousons nylon qui devaient dissimuler leurs gilets pare-balles et leur artillerie.

1. Merde.
2. Non.

– Mike Coburn, annonça celui qui semblait être le chef. Monsieur Syracuse nous a demandé de ne pas bouger avant que le FSI soit là.

» On va seulement vous sécuriser.

Malko secoua la tête.

– Pas question. Samira Toufic est sûrement en danger. On va y aller.

– *No, Sir.*

Malko était déjà dans l'escalier. Les quatre Américains bondirent derrière lui, sortant leurs armes, des MP 5 et des pistolets. Malko arriva au palier du premier et, prenant son élan, se lança contre la porte de l'appartement de Samira, son Sig Sauer au poing.

***

– *Tamari*[1] !

Walid était blême. Par la fenêtre, il venait d'apercevoir deux Land Rover au camouflage militaire en train de déverser des soldats lourdement armés dans la rue.

Mahmoud le rejoignit et poussa à son tour une exclamation furieuse, puis, fonça vers la porte, en lâchant :

– *Rouh*[2]!

Walid arriva le premier à la porte et l'ouvrit violemment, demeurant figé dans l'ouverture. Par-dessus son épaule, Mahmoud aperçut un homme – celui qu'ils avaient pour ordre de tuer – debout en face du battant, un gros pistolet automatique à la main.

Il écarta son complice d'un coup d'épaule et braqua son Skorpio sur la silhouette qui leur barrait le chemin.

1. La police !
2. On fout le camp.

***

Malko fut aussi surpris que les deux assassins. Pendant une fraction de seconde, il ne réagit pas, puis, il aperçut le gros moustachu qui braquait un pistolet-mitrailleur prolongé d'un silencieux dans sa direction

Son cerveau réagit à la vitesse de l'éclair. Bras tendu, il commença à vider le chargeur du Sig Sauer. L'homme au Skorpio recula sous le choc des projectiles, le visage en sang, titnba et s'effondra, lâchant involontairement une rafale dans le plafond.

La culasse du pistolet de Malko claqua à vide et resta ouverte : il avait vidé tout son chargeur.

Aussitôt, le second assassin, indemne, le bouscula et fonça vers le palier.

Ce qui se révéla une *très* mauvaise idée.

Il eut à peine le temps d'apercevoir plusieurs silhouettes sur la dernière marche, avant de mourir, transpercé par une bonne douzaine de projectiles. La fusillade continua encore quelques secondes, alors qu'il était à terre, faisant tressauter son cadavre.

Le fracas des détonations fit trembler les murs de l'immeuble. Les « field officers » de la CIA n'avaient pas de silencieux, eux.

L'un s'approcha et appuya le canon de son Beretta 92 sur la joue de Walid, sans provoquer aucune réaction. L'Américain se baissa et appuya son index quelques secondes sur la carotide droite du mort et se redressa, rassuré.

– *He is done*[1].

À l'école du FBI, par laquelle ils étaient tous passés,

1. Il est fini.

on apprenait deux choses. D'abord, ne jamais tenter de neutraliser un homme armé autrement qu'en le tuant. Et ensuite, toujours vérifier qu'il est bien mort, même s'il est déjà en plusieurs morceaux.

Un bruit de cavalcade et des exclamations en arabe montaient de la cage d'escalier. La tête d'un officier libanais brandissant un M.16 apparut.

Mike Coburn leva la main droite, paume bien visible et lâcha avec un large sourire.

– *Cool down, you guys. The two mother fuckers are fucking dead*[1].

***

Rapidement, Malko avait vérifié que Samira Toufic ne se trouvait ni dans la chambre, ni dans la cuisine. Il poussa la porte de la salle de bains et s'immobilisa sur le sol, avec une abominable envie de vomir. Ce n'était pas seulement l'odeur fade du sang, mais le regard mort des yeux encore grand ouverts de Samira Toufic.

Il était en train de lui fermer les yeux lorsque l'appartement fut envahi par une meute bruyante, soldats libanais et « field officers » de la CIA.

***

– Ils savaient que vous rendiez visite à cette jeune femme, conclut sobrement le général Ashraf Rifi. J'ignore comment.

Malko, lui, encore sous le choc de Samira Toufic, avait une petite idée, mais il ne la communiqua pas au patron des FSI.

1. Calmez-vous les gars. Les deux enculés sont morts.

Immédiatement après l'embuscade où il aurait dû perdre la vie, tout le monde avait gagné le double immeuble des FSI, rejoint par Ray Syracuse, qui venait de se poser en hécicoptère dans la cour, en face du bureau du général Rifi.

Gagnant à son tour la salle de conférence du second étage, qui donnait sur la cour intérieure.

– Vous avez identifié les deux hommes ? demanda Malko.

Le général Rifi montra un document posé sur la table.

– L'un avait sa *bitaka*[1] sur lui. Il s'appelle Walid Salam. Il tient un atelier de mécanique à Harek Hkeit. La Sûreté Générale m'a dit qu'il était soupçonné d'appartenir à la structure militaire clandestine du Hezbollah, mais qu'il n'y avait pas de preuve.

– Eh bien, désormais, il y en a une ! remarqua sombrement Malko. Et le second ?

– C'est un *zaaran*[2] de la banlieue sud. Déjà plusieurs fois condamné. Un homme de main.

– On va enquêter, mais j'ai peu d'espoir : personne ne parlera.

Malko échangea un regard éloquent avec Ray Syracuse, puis se leva et dit en serrant la main de l'officier libanais.

– Merci de votre intervention rapide, général.

– Pas assez ! tempéra le général libanais. Nous n'avons pu empêcher le meurtre de cette malheureuse jeune femme, qui était mariée avec un de nos officiers.

– Vous n'avez rien à regretter, assura Malko. Ils ont dû la tuer immédiatement après l'avoir forcée à

1. Carte d'identité.
2. Voyou.

m'appeler ; ils ne pouvaient pas laisser un témoin derrière eux.

Le général Rifi les raccompagna jusqu'à l'ascenseur. Ray Syracuse n'attendit même pas d'avoir atteint le rez de chaussée pour lancer à Malko.

– Désormais, vous ne serez plus *jamais* seul...

– Rafic Hariri ne sortait pas seul, répliqua Malko... On ne peut pas tout prévoir. Il faut anticiper. Plus que jamais, je veux tendre ce piège à Mourad Trabulsi.

– Vous pensez qu'il est pour quelque chose dans ce qui s'est passé aujourd'hui ?

Ils étaient dans la cour et Malko adressa un sourire ironique à l'Américain.

– Vous croyez que le Hezbollah lit dans une boule de cristal ? Il n'y avait, *au départ*, qu'une seule personne qui savait qu'il y avait un lien entre Louis Carlotti et Samira Toufic. Et ensuite, entre elle et moi...

Un ange prit son envol lentement, montant le long de la façade de quinze étages. Ray Syracuse ne répondit pas.

– OK, conclut Malko, j'ai invité Mourad Trabulsi à déjeuner « Chez Paul ».

– Pourquoi « Chez Paul » ? C'est un truc de bonnes femmes.

Malko eut un sourire ironique.

– Mourad aime bien. Je veux lui faire plaisir. Je vais lancer mon hameçon. Je souhaite pour lui qu'il n'y morde pas. Sinon...

– Sinon quoi ? demanda Ray Syracuse, visiblement inquiet.

Malko posa sur lui un regard froid.

– Samira Toufic était une gentille fille. Prise dans un jeu qui la dépassait. Elle n'avait pas envie de mourir, surtout de cette façon horrible.

» Il faut que quelqu'un paie pour sa mort.

L'Américain se figea sur place.

– He, vous travaillez pour l'Agence ! Vous n'allez pas vous lancer dans une foutue croisade pour une « civile ».

Le regard de Malko se glaça encore plus.

– Ray, j'ai la mauvaise habitude de me raser tous les matins. Je ne voudrais pas me couper parce que je ne peux pas me regarder dans la glace.

» Si Mourad Trabulsi est responsable de la mort de Samira Toufic, il paiera. Un point c'est tout.

***

Le général Mourad Trabulsi savait depuis une heure ce qui s'était passé chez Samira Toufic et il avait l'impression qu'une main invisible lui tordait lentement et sadiquement l'estomac.

Jamais, il n'aurait pensé que les gens de la banlieue sud, comme il les appelait, iraient jusque-là. Ils ne lui avaient pas parlé de Samira Toufic, sachant qu'elle ne jouait aucun rôle dans les activités de la CIA. Au contraire, elle leur avait rendu service, en exposant involontairement l'agent de la CIA, à travers sa passion pour elle.

Évidemment, une sale petite pensée trottait sous les cheveux gris de Mourad Trabulsi. C'était quand même à cause de ce qu'il avait révélé au Hezbollah sur le mystérieux informateur qui voulait nuire aux Syriens, que le Hezbollah avait appris l'existence de la jeune femme. Pour peu qu'ils aient continué à la surveiller, tout s'expliquait.

Mécaniquement, il prit sa bouteille de Chivas et s'en versa une large rasade, la buvant cul sec. Ce qui ne suffit pas à le rendre zen… D'autant qu'il avait rendez-vous avec Malko Linge. Un homme dont il se méfiait. Sa culture européenne le rendait plus réceptif aux manips orientales.

Il aurait bien décommandé ce déjeuner, mais cela aurait éveillé les soupçons de Malko Linge.

Ce n'était vraiment pas le moment.

***

On avait toujours l'impression de pénétrer dans une volière, tant le caquetage des clientes serrées comme des sardines dans le petit restaurant, était bruyant.

Malko s'arrêta quelques instants à l'entrée et aperçut Mourad Trabulsi seul à une table. Celui-ci lui adressa un signe joyeux. Malko avança vers lui, fendant un mur parfumé, maquillé, bijouté et sexy. Dès qu'un inconnu débarquait « Chez Paul », toutes les clientes le scannaient, commentant entre elles son potentiel sexuel et financier. Aucune de ces femmes ne travaillait et leur seul souci était de trouver un homme ou d'en garder un.

Soudain, alors qu'il avait presque atteint la table du général libanais, Malko aperçut un visage familier : Sybil Murr, la splendide brune que Mourad lui avait présentée au Club des Officiers. Toujours aussi maquillée, hiératique dans un pull bleu électrique qui lui dégageait les épaules et semblait collé à son torse tant il était moulant.

Elle adressa à Malko un sourire ravageur et ce dernier se pencha pour lui baiser la main, sous le regard noir de jalousie de ses copines.

– Ravi de vous croiser à nouveau, affirma Malko. Vous êtes toujours aussi belle.

Sybil Murr ronronna avec un sourire gourmand, découvrant des dents magnifiques.

– Je ne vous crois pas ! minauda-t-elle.

Déjà, Malko continuait son chemin, accueilli à bras ouverts par Mourad Trabulsi.

– Mon cher ami, j'espère que vous ne trouvez pas cet endroit trop bruyant.

– C'est très gai, assura Malko en s'asseyant.

Mourad Trabulsi baissa la voix pour dire :

– J'ai appris ce qui est arrivé ce matin, c'est horrible. Samira était tellement gentille.

Malko demeura de marbre. Bien décidé à mener sa manip à bien.

– Mourad, fit-il, penché au dessus de la table, je dois vous faire un aveu.

Il vit le regard du général libanais vaciller et continua :

– Je vous ai caché quelque chose. Mr X m'a recontacté et m'a donné rendez-vous dans la Bekaa. Là, grâce aux indications d'un gosse qu'il m'avait sûrement envoyé, j'ai découvert l'emplacement d'un cadavre. Celui de Ahmed Abu Adass, l'homme qui avait revendiqué le meurtre de Rafic Hariri. Dans l'ancien charnier utilisé par les Syriens, à Aanjar.

– Ah, c'est vous ! fit Mourad Trabulsi. J'en avais entendu parlé aux FSI, mais personne ne savait *qui* avait fait cette découverte.

– Je ne vous ai rien dit, continua Malko, parce que je vous soupçonnais.

Le général libanais ôta ses lunettes noires enveloppantes, et répéta :

– Vous me soupçonniez ! De quoi ?

– Seulement deux personnes pouvaient avoir parlé de

ce que Louis Carlotti faisait. Vous pouviez être l'une d'elles.

– Et, désormais, vous ne me soupçonnez plus ? demanda Mourad Trabulsi, avec un rire un peu forcé.

– Non, assura Malko, parce que je suis persuadé que Samira Toufic avait été « retournée » par le Hezbollah. Soit par la terreur, soit en étant achetée. Sinon, elle ne m'aurait pas attiré chez elle ce matin.

– Mais ils l'ont assassinée, remarqua le Libanais.

– Elle était naïve, expliqua Malko. Elle pensait sûrement qu'en les aidant, elle aurait la paix. Elle ignorait que pour dîner avec le Diable, il faut une cuillère à très long manche…

– Je l'aimais beaucoup, fit Mourad Trabulsi. Et elle était si belle.

Il semblait sincèrement ému et, pendant quelques secondes, Malko fut ébranlé.

Il se reprit vite. Dès qu'on leur apporta deux steaks tartares, il dit d'une voix encore plus basse.

– Mr X a rappelé. Et, cette fois, il m'a donné rendez-vous.

Mourad Trabulsi demeura aussi impassible qu'un joueur de poker.

– C'est formidable ! reconnut-il. Vous allez enfin savoir qui il est et pourquoi il en veut aux Syriens. Quand est-ce votre rendez-vous ?

– Demain à six heures, sur le port de Beyrouth, à côté du bâtiment des douanes. Vous voulez venir ?

Le général libanais dit simplement.

– Oh non, je ne veux pas me mêler de ces choses-là ! J'ai un rendez-vous au Cercle, sur la Corniche. Vous me raconterez.

Il se jeta sur son steak haché comme s'il allait se sauver. Pendant un moment, les deux hommes n'échangèrent que des banalités. Détendus, tous les deux, mais pour des raisons diamétralement différentes.

Peu à peu, la volière se vidait : direction le shopping, le coiffeur ou le domicile de leur amant. Malko jeta un coup d'œil en direction de la table de Sybil Murr. Celle-ci se remettait avec soin du rouge à lèvres, le buste très droit, hiératique.

Et il eut soudain une idée : après tout, il n'avait rien à faire jusqu'à six heures...

Appelant le garçon, il lui chuchota quelques mots à l'oreille. Trois minutes plus tard, un maître d'hôtel déposait cérémonieusement, sur la table de Sybil Murr une bouteille de Champagne Taittinger Brut dans un seau argenté. Et trente secondes plus tard, Sybil Murr lui adressait un sourire flatté, couvée par ses trois copines qui se jetèrent avidement sur le champagne.

Mourad Trabulsi pouffa et lui glissa :

– Mon cher Malko, vous savez parler aux femmes. Bon, je vais vous laisser, je dois passer au bureau.

En un clin d'œil, il eut terminé son arak. Serrant ensuite la main de Malko avec chaleur.

– Appelez-moi après votre rendez-vous de la zone portuaire ! recommanda-t-il.

Sa grosse Cherokee blanche était garée devant le restaurant. Malko reporta son attention sur la table de Sybil Murr. Ses copines et elle étaient en train de vider la bouteille de Taittinger comme un chat boit du petit lait. Dès qu'elle ne contint plus une seule bulle, elles embrassèrent Sybil Murr et s'esquivèrent.

Malko se leva et gagna la table où ne se trouvait plus que la jeune femme. Celle-ci se leva et tous les regards des mâles présents se focalisèrent sur elle. Entre son pull moulant la lourde poitrine, la jupe ajustée, et les escarpins de douze centimètres, même à Beyrouth, on la remarquait.

Montrant la bouteille de Taittinger vide, il demanda en souriant.

– Vous avez le temps de prendre encore un peu de champagne ?

Sybil Murr lui adressa un sourire à la fois ravageur et désolé.

– J'aurais adoooré, mais j'ai donné rendez-vous à une copine à l'ABC pour faire un peu de shopping. Une autre fois... Merci pour le délicieux champagne.

Elle s'éloigna, en balançant ses hanches en amphore. La jupe et les bas noirs lui allaient encore mieux que le jean.

Un peu frustré, Malko sortit à son tour. Sybil Murr avait donné la clef de sa voiture au voiturier et attendait sur le trottoir, plus sexy que jamais. Brutalement, Malko fut submergé par une pulsion sexuelle qui venait du fond des âges. Toujours la même réaction après avoir frôlé la mort... Il imagina quelques instants qu'il basculait Sybil Murr sur le long capot d'une Maybach arrêtée devant « Chez Paul ».

Carpe Diem.

Au moment où le voiturier amenait une Mini Cooper, il eut une idée folle et se dit qu'il allait tenter de la réaliser.

***

Mourad Trabulsi dont la Cherokee était arrêtée au carrefour de l'avenue Elias Sarkis et de Bechara Khouri qui descendait vers le sud, lança à son chauffeur.

– Rentre au bureau. Je vais faire une course.

Il ouvrit la portière et sauta à terre, tandis que son

chauffeur redémarrait, le feu venant de passer au vert. Le général libanais attendit qu'il se soit noyé dans la circulation, pour prendre dans un portefeuille une puce de téléphone qu'il mit dans son Nokia à la place de sa puce habituelle. Celle-ci était intraçable.

– C'est moi, fit-il, lorsque son correspondant répondit. On peut se voir ? Je suis à pied.

– Prends un taxi jusqu'à la Cité Sportive. Je t'attendrai là, répondit son interlocuteur.

Un peu plus tard, tandis que les immeubles lépreux de la banlieue sud défilaient de chaque côté de l'autoroute, il se dit que s'il conservait pour lui l'information qu'il venait de recueillir, il ratait une occasion unique de se constituer un « crédit », qui pouvait toujours servir pour racheter une erreur.

Bien sûr, cela risquait de lui poser d'autres problèmes. Mais tout est moins grave que de recevoir une balle dans la tête.

Vingt minutes plus tard, arrivé devant la Cité Sportive, à peine descendu du taxi, il aperçut une vieille Audi et quelqu'un qui lui faisait signe par la glace ouverte. Il gagna le véhicule, et, à peine installé, son interlocuteur lui lança calmement.

– Tu as quelque chose à me dire d'important ?

Mourad Trabulsi ne répondit pas immédiatement, comme si sa langue refusait de fonctionner. Il savait que sa vie était en train de basculer, qu'il allait franchir une ligne rouge, ce qu'il était parvenu à éviter depuis des années. Puis, devant le regard perçant de Hassan Sadr, il dit d'une voix mal assurée.

– Je vais te rendre un très grand service, mais personne ne doit jamais le savoir. Personne… Même pas ton *Rais*.

Hassan Sadr demeura impassible.

– *Mafi mashkal*[1]. Parle.

Lorsque son interlocuteur eut terminé, et ce fut vite fait, Hassan Sadr se dit qu'il était peut-être au bout de ses angoisses. On lui apportait sur un plateau d'argent ce qu'il cherchait partout.

1. Pas de problème.

CHAPITRE X

Accoudé au bar de la cafeteria du rez de chaussée de l'ABC, le grand centre commercial chic d'Ashrafieh, juste en face des ascenseurs du parking souterrain, Malko se sentait un peu idiot.

Autour de lui, c'était la ruche. Toutes les Libanaises du quartier se ruaient sur les cinq étages de boutiques, un ensemble unique à Beyrouth.

À la sortie de « Chez Paul », Malko avait suivi la Mini de Sybil Murr. Celle-ci avait remonté l'avenue Charles Malek puis zigzagué dans les rues étroites jusqu'à l'entrée d'un parking souterrain. Malko l'avait dépassée, juste avant, s'engouffrant dans l'entrée du parking souterrain.

Se garant à une place réservée pour gagner du temps. Son énorme Nissan blanche, imposée par Ray Syracuse, prenait presque deux places.

Ensuite, il n'avait eu qu'à gagner son poste d'observation. Son cœur battait comme celui d'un collégien. L'instinct de la chasse. Les portes des ascenseurs s'ouvraient alternativement, déversant des tas de femmes, mais pas Sybil Murr.

Enfin, il l'aperçut, seul au fond d'une cabine, et s'approcha. La Libanaise parut surprise, puis amusée, s'arrêtant à la sortie de l'ascenseur. Elle était vraiment très belle...

– Tiens ! fit-elle moqueusement, vous aussi, faites vos courses ici.

Malko lui rendit son sourire. Il avait tellement envie d'elle qu'il en avait des crampes.

– Non, fit-il gaiement, je vous ai suivie. Vous aviez bien dit que vous veniez ici.

– Suivie ? fit-elle, cette fois sincèrement surprise, mais pourquoi ?

– « Chez Paul », il y avait un peu trop de monde.

– Ici aussi.

– Certes, mais nous pouvons nous isoler. Prendre un verre et faire connaissance.

Sybil Murr lui jeta un regard sincèrement horrifié.

– Vous n'y pensez pas ! Toutes mes copines font leur shopping ici. Si elles me voient avec vous, elles vont croire que... D'ailleurs, Dora m'a demandé si j'avais votre numéro de téléphone. Vous savez, la brune au chapeau rouge ?

Une grosse bête au visage de crapaud libidineux.

– Je n'ai pas envie de connaître Dora, assura Malko. S'il y a trop de monde ici, voulez-vous prendre un verre au bar de l'Albergo ?

L'hôtel chic d'Ashrafieh.

S'il avait proposé à Sybil Murr de se déshabiller sur place, elle n'aurait pas paru plus choquée.

– Vous êtes fou ! souffla-t-elle Si on me voit dans un hôtel, tout Beyrouth va croire que j'ai un amant. Allez, laissez-moi, j'ai des courses à faire.

En dépit de sa vaillante proclamation, elle ne bougea pas. Malko la sentait à la fois déstabilisée et troublée.

L'ascenseur s'ouvrit derrière elle, déversant quelques clients et Malko se permit un geste audacieux. Prenant

Sybil Murr par le bras, il la poussa dans la cabine et appuya sur le bouton du troisième sous-sol.

– Qu'est-ce que vous faites ? lança la Libanaise, interloquée.

– Je vous enlève ! fit Malko.

Pendant quelques secondes, ils se toisèrent, puis, il fit un pas en avant, la prit par la taille et la serra contre lui. Le regard de la Libanaise chavira.

– Vous êtes fou ! dit-elle à voix basse. Lâchez-moi tout de suite !

Tranquillement, Malko effleura légèrement la soie bleue du haut, sentant sous ses doigts les pointes des seins de la jeune femme et sourit.

– Depuis que je vous ai vue, j'ai envie de vous ! dit-il simplement. Vous êtes tout simplement magnifique.

Sybil Murr le repoussa, affichant une colère, un peu surjouée.

– Arrêtez, je suis une femme mariée et je ne trompe pas mon mari.

L'ascenseur s'était arrêté et aussitôt, elle appuya sur le bouton du rez de chaussée.

– Bien, conclut Malko, je vais vous suivre dans votre shopping. Comme cela, tout le monde nous verra ensemble.

Sybil Murr frappa le plancher de la cabine de son escarpin de douze centimètres.

– Mais enfin, qu'est-ce que vous voulez ?

– Passer un moment avec vous. En tout bien tout honneur.

– C'est impossible, tout le monde me connaît...

Soudain, il eut une idée. Autant joindre l'agréable à l'utile.

– Je dois aller au port, dit-il. Venez avec moi. Là-bas,

vous ne rencontrerez personne et, en plus, ma voiture a des glaces fumées.

Elle le regarda, ébahie.

– Le port ? Mais il n'y a que des containers là-bas. Qu'est-ce que vous voulez y faire ?

– J'ai un repérage à effectuer, dit-il. Alors, c'est la promenade ou le shopping en ma compagnie.

Elle lui jeta un regard qu'elle s'efforçait de rendre hostile.

– Après, vous me laisserez tranquille ?

Il lui prit la main, humant le fumet de Shalimar et la baisa.

– Je vous le jure sur Saint Maron [1].

– Bon, céda-t-elle, mais il ne faudra le dire à personne. Marchez devant. C'est plus prudent.

Malko était déjà installé dans la Nissan blanche de la CIA lorsque la jeune femme ouvrit la portière et se glissa à côté de lui.

– Ce que la portière est lourde ! remarqua-t-elle. Elle est blindée ?

À Beyrouth, ce n'était pas exceptionnel.

– Oui, reconnut Malko, en se dirigeant vers la sortie du parking.

Elle lui jeta un regard intrigué.

– Mourad m'a dit que vous faisiez des choses très dangereuses. Nous ne risquons rien ?

– Rien. Guidez-moi jusqu'au port.

Elle le guida dans les rues étroites d'Ashrafieh, toutes en sens unique, gagnant enfin l'avenue Charles Helou. Sage comme une image. À peine eut-il franchi l'entrée du port, filant entre des empilements de containers à perte de vue, Malko remarqua :

1. Le saint préféré des Maronites.

– Ici, vous êtes tranquille, personne ne peut vous voir.

En même temps, il posa la main sur le genou rond gainé de nylon noir.

D'abord, sans bouger, puis remontant doucement le long de la cuisse.

– Arrêtez ! fit Sybil Murr.

Elle serra les genoux sans conviction, mais laissa les doigts de Malko explorer sa cuisse. Sursautant quand même lorsqu'il effleura le satin d'un string.

Dieu était du côté de Malko. Après s'être engagé au hasard dans une allée bordée d'énormes containers, il dut stopper : c'était une impasse. D'un coup d'œil dans le rétroviseur, il s'assura que personne ne l'avait suivi. Il stoppa.

– Qu'est-ce que vous faites, s'exclama à voix basse Sybil Murr.

– C'est une impasse ! dit Malko. Je ne peux pas aller plus loin.

Il s'attendait à ce que Sybil Murr lui dise : « reculez » mais elle lui lança.

– Mais, enfin qu'est-ce que vous voulez ?

Malko se pencha vers elle et effleura ses lèvres.

– Vous connaître un peu mieux.

Il appuya ses lèvres sur celles de la jeune femme, essayant de faufiler sa langue entre les deux rangées de dents éblouissantes. Sybil Murr résista quatre secondes et demi, puis ses dents s'écartèrent et sa langue se rua à la rencontre de celle de Malko. Une merveilleuse décharge électrique.

Pendant un moment, le ballet érotique de leurs deux langues se prolongea. Malko sentit son ventre s'embraser. De nouveau, sa main remonta entre les cuisses de la jeune femme, qui s'ouvrirent d'elles-mêmes autant que la jupe étroite le permettait. Il atteignit quand même un monticule chaud et humide qu'il commença à masser doucement. Sentant peu à peu le sexe de la jeune femme s'humecter et s'ouvrir sous sa caresse. Elle eut un recul lorsqu'il glissa sous l'élastique du string, puis se laissa aller.

Elle essayait de parler, mais la bouche de Malko, gluée à la sienne, l'en empêchait.

Désormais, il la caressait avec délicatesse, s'enfonçant profondément dans son ventre. Sybil Murr arracha sa bouche de la sienne, renversant la tête en arrière, en murmurant des mots arabes. Malko n'avait pas pensé aller si loin avec elle, au départ. C'était plutôt un jeu érotique pour casser l'angoisse du rendez-vous du lendemain. Soudain, la jeune femme émit un cri étranglé et ses cuisses se refermèrent comme un couperet sur le poignet de Malko.

Celui-ci avait l'impression d'avoir une chaudière dans le ventre. Profitant du calme soudain de Sybil Murr, il descendit d'un coup le zip de son pantalon. Elle rouvrit les yeux, tournée vers lui, comme si elle ne voyait pas le sexe tendu.

Sans un mot, Malko passa une main derrière sa nuque et abaissa inexorablement sa tête vers lui.

Lorsque la bouche de la jeune Libanaise atteignit son sexe, elle eut un sursaut et voulut lui échapper, mais il augmenta la pression sur sa nuque et, finalement, les lèvres s'écartèrent, engloutissant le membre tendu.

Comme si elle était dans un état second, sa tête se mit à monter et à descendre docilement. Ce fut au tour de Malko de gémir et de se laisser aller. Par prudence, il maintint sa prise sur la nuque de la jeune femme mais c'était inutile. D'elle-même, elle lui administrait une fellation exquise.

Malko explosa d'un coup, avec un cri sauvage, se déversant dans la bouche de Sybil Murr.

Lorsqu'il redescendit sur terre, la jeune femme le fixait avec une expression trouble.

– Vous m'avez forçée ! fit-elle. C'est honteux.

Sa bouche était encore barbouillée de rouge à lèvres et sa poitrine se soulevait rapidement.

– Vous m'avez donné beaucoup de plaisir, reconnut Malko.

Elle ne répondit pas, jetant un regard effrayé à travers la glace.

– Vous êtes sûr qu'on ne nous a pas vu ?

– Les containers n'ont pas d'yeux, assura-t-il.

– Partons, j'ai trop honte !

Une vraie jeune fille. Malko obéit, apaisé. Pendant qu'ils roulaient dans les allées du port, Sybil Murr se remaquillait avec soin ; lorsqu'ils arrivèrent en face de l'ABC, elle était impeccable. Malko posa à nouveau une main sur sa cuisse.

– Nous sommes un peu restés sur notre faim, dit-il. J'aimerais bien vous revoir dans un endroit plus confortable.

Elle avait déjà la main sur la portière.

– Je ne crois pas avoir envie de vous revoir, fit-elle, mais si vous voulez m'appeler : 03536 721.

Malko la regarda s'éloigner, balançant légèrement les hanches. À mi-escalier, elle tomba sur une copine et elles commençèrent à bavarder. Malko se demanda si elle allait lui avouer qu'elle venait de sucer un homme dans une voiture, dès leur premier rendez-vous.

Honnêtement, c'était peu probable.

Ce petit plaisir inattendu le réjouissait. Jamais il n'aurait pensé se rapprocher autant de Sybil Murr en aussi peu de temps. Et ce n'était peut-être pas fini.

Un appel de phares derrière lui le rappela à la réalité. Ses « baby-sitters » l'avaient retrouvé... Ils devaient être furieux.

D'excellente humeur, il leur adressa un petit signe et prit la direction du Phoenicia. Du coup, il décida de retourner au port afin d'examiner les lieux plus en profondeur. À son précédent passage, il n'avait pas vraiment la tête à cela. De Sybil Murr, il ne restait dans le 4 × 4 que quelques effluves d'un parfum capiteux, très oriental.

Dans un peu plus de vingt-quatre heures, il serait fixé sur l'innocence de Mourad Trabulsi.

***

Mourad Trabulsi avait regagné le Club des Officiers en taxi, après son excursion dans la banlieue sud.

Après avoir salué quelques amis, il s'était installé dans son coin habituel, devant un Chivas Regal sans glace.

Même l'alcool ne le dénouait pas.

Certes, il pouvait encore, jusqu'au lendemain, retrouver son honneur, mais le prix à payer serait très élevé. Il aurait voulu pouvoir cesser de penser jusqu'au lendemain, mais n'arrivait pas à se vider le cerveau.

Un de ses amis, général comme lui, vint bavarder et il s'imposa de plaisanter, d'afficher une décontraction artificielle, alors qu'il était noué comme une corde à nœuds.

Il avait beau se dire que vingt-quatre heures, c'est vite passé, il *savait* que le cadeau fait au Hezbollah serait payé cher. Car, automatiquement, il allait être soupçonné.

***

De nuit, les allées sombres bordées de containers empilés étaient absolument sinistres. Seules les fenêtres éclairées du bâtiment des douanes au début de la rampe conduisant à l'avenue Charles Helou, humanisaient ce décor inattendu à quelques dizaines de mètres du grouillement de la ville

Malko arrêta sa Nissan X-Trail blindée sur un grand parking utilisé généralement par les camions, à une cinquantaine de mètres des fenêtres éclairées.

Il avait mal dormi et la journée s'était traînée, comme si le temps s'était arrêté. L'enjeu de ce rendez-vous était vital. On sautait si, oui ou non, le général Mourad Trabulsi mangeait à tous les rateliers...

Tout avait été soigneusement planifié : les trois accès du port étaient contrôlés par des véhicules de la CIA. Par prudence, Ray Syracuse avait averti le général Rifi qu'il aurait peut-être besoin de renforts. Une équipe était donc en stand-by aux FSI.

Il baissa les yeux sur les aiguilles lumineuses de sa Breitling : six heures cinq. Il aperçut soudain les phares d'une voiture qui approchait dans l'allée par laquelle il était venu. La petite voiture sombre se gara de l'autre côté du parking. Ses phares s'éteignirent.

Malko donna alors un coup de phares.

Quelques instants plus tard, un homme sortit de la voiture et se dirigea vers la sienne, à pied, longeant le bâtiment des douanes.

Normalement, il s'agissait de l'agent de la CIA qui tenait le rôle de Mr X. Malko regarda autour de lui et ne vit que les alignements de containers.

L'homme approchait. Il ouvrit la portière, côté passager et monta dans la Cherokee blindée. Tendant aussitôt la main à Malko.

– Bonsoir, dit-il, je m'appelle Ryad Mousboungi.

– Vous n'avez rien vu de suspect en venant ?

– Non, je suis entré par l'entrée Est du port, en face de Mac Mikhael. Quel est le programme ?

– Vous allez laisser votre voiture ici et nous allons sortir par la rue Trieste. Je pense que, s'il se passe quelque chose, ce sera avant la rue Byblos, c'est une zone déserte. Cette voiture est blindée, cela nous protège de certains risques.

» De toute façon, ceux qui risquent de se manifester, veulent celui dont vous jouez le rôle, vivant.

Il mit le contact et alluma ses phares.

Après être passé devant le bâtiment des Douanes, il s'engagea dans la voie filant vers l'ouest, entre deux rangées de containers. Il sortit du port suivant la rue Trieste, puis tourna à gauche dans la rue Byblos, remontant vers le sud.

La circulation était assez dense. Une voix annonça dans sa radio :

– Nous sommes derrière vous, une Land-Rover jaune.

Il continua. Le plan consistait à monter jusqu'à l'avenue du général Fouad Chebab, puis de tourner à gauche et de redescendre vers la zone du port par la rue Georges Haddad, de façon à rentrer dans la zone portuaire par la rue Trieste, après avoir traversé le quartier Germayzeh, ce qui était cohérent avec ce qu'ils étaient censés faire : un rendez-vous clandestin.

Malko, tendu, s'attendait à chaque seconde à un incident, mais rien ne se passa jusqu'au moment où ils entrèrent à nouveau dans la zone portuaire.

Malko se détendit intérieurement : cela signifiait qu'il avait soupçonné à tort le général Trabulsi.

La nuit était totalement tombée lorsqu'il retrouva le

parking d'où il était parti. La petite voiture de Ryad Mousboungi n'avait pas bougé.

– Qu'est-ce qu'on fait ? demanda l'agent de la CIA.

– Vous regagnez votre voiture et vous rentrez chez vous, répondit Malko.

Ils se serrèrent la main et Ryad Mousboungi descendit de la Cherokee. Malko suivit des yeux l'agent de la CIA qui remontait dans sa voiture et prenait le chemin de la rue Trieste.

Soudain, une masse sombre surgit d'une voie menant au parc de transport Charles Helou, et s'arrêta au milieu du carrefour, bloquant la petite voiture. C'était un énorme camion .

Ryad Mousboungi, l'agent de la CIA, freina à mort pour ne pas l'emboutir, et repartit en marche arrière, en direction du parking. Malko, le pouls à 200, s'était rué sur sa radio.

– Incident rue Trieste, à l'ouest du parking ! lança-t-il.

Décidément, le général Mourad Trabulsi n'était pas aussi innocent qu'il le paraissait.

CHAPITRE XI

Au moment où Malko posait sa radio pour attraper son Sig-Sauer, une série de chocs sourds ébranlèrent la Nissan dont le pare-brise s'étoila à plusieurs endroits. De courtes flammes jaunes jaillissaient du coin d'un container, non loin de l'endroit où le camion avait barré la route.

Plusieurs silhouettes avaient jailli de l'ombre, derrière la voiture de Ryad Mousboungi.

Celui-ci fit une fausse manœuvre et encastra l'arrière de son véhicule dans une pile de containers. Aussitôt, plusieurs hommes entourèrent la voiture. L'un ouvrit la portière, côté conducteur et Malko le vit saisir l'agent de la CIA par sa veste et le jeter sur le sol. Il fut aussitôt ramassé par une sorte de géant qui le chargea sur son épaule et partit en courant vers le camion, le contourna et disparut aux yeux de Malko.

Celui-ci ouvrit la portière de la Nissan et, aussitôt, le feu redoubla, cognant la glace et le blindage de la porte. Il y avait deux armes automatiques qui tiraient. Malko comprit que s'il tentait de sortir, il était mort.

Sur la banquette, la radio émettait des glapissements rendus incompréhensibles par la fusillade. Malko comprit seulement :

« *Were coming*[1] »

Il referma la portière et lança son moteur, fonçant vers le camion, derrière lequel avaient disparu les kidnappeurs de Ryad Mousboungi.

Ceux qui couvraient leur fuite rompirent le contact à leur tour.

Le pare-choc du lourd 4 × 4 blindé heurta la petite voiture noire abandonnée au milieu de l'allée, l'écartant de son chemin. Il s'apprêtait à contourner le camion immobilisé au milieu du carrefour lorsque ce dernier explosa dans une gerbe de flammes et un bruit assourdissant.

La Nissan blindée fut balayée comme un fétu de paille, et projetée contre une pile de containers. Malko, sonné, perdit connaissance quelques secondes. Lorsqu'il rouvrit les yeux, il vit, à travers le pare-brise gondolé, un mur de flammes. Si la voiture n'avait pas été blindée, il aurait flambé comme un poulet à la broche.

Instinctivement, il voulut sortir et tenta d'ouvrir la portière. Impossible, celle-ci avait été déformée par l'explosion. Il poussa, donna des coups d'épaule.

En vain.

Des flammes commençaient à lécher le capot et une forte odeur de caoutchouc brûlé le prit à la gorge : les pneus avaient commencé à brûler... Il allait mourir asphyxié ou brûlé vif.

Avec l'énergie du désespoir, il passa à l'arrière et tenta d'ouvrir la portière.

Coinçée elle aussi.

S'allongeant sur la banquette, il appuya alors ses deux pieds contre la portière et se détendit de toutes ses forces. Elle s'ouvrit de quelques centimètres, en grinçant et l'âcre odeur de la fumée envahit le véhicule.

1. On arrive.

Malko donna de nouveau un violent coup de pied et, cette fois, l'ouverture fut suffisante pour qu'il puisse glisser à terre.

Devant lui le camion brûlait comme une torche. Il aperçut des phares qui s'approchaient, et une autre Nissan s'arrêta à côté de la sienne. Des hommes en descendirent et le traînèrent à l'abri, derrière leur véhicule.

Ray Syracuse surgit, pistolet au poing, et hurla.

– *My God* ! Qu'est-ce qui s'est passé ?

Malko se releva, en toussant.

– Ils nous attendaient ! fit-il. Une vraie embuscade. Ils ont enlevé Ryad Mousbongi.

– Avec quel véhicule ?

– Je ne sais pas. Il était derrière le camion.

– *Shit ! Shit ! Shit*[1] !

Le chef de Station de la CIA était hystérique. Deux de ses hommes, avec des extincteurs, éteignirent la Nissan de Malko, mais tous durent reculer, à cause de la chaleur dégagée par l'incendie du camion.

– Je demande un de nos hélicos ! cria Ray Syracuse. Il sera là dans cinq minutes. On va les rattraper.

Malko, encore étourdi, n'osa pas lui dire qu'il ne voyait pas bien comment : en ce moment, il y avait des centaines de voitures qui se dirigeaient vers le sud. Comment identifier la bonne...

***

Ils avaient changé deux fois de véhicule. D'abord, sous le pont de l'avenue général Fouad Chebab, et, ensuite, au croisement de l'hippodrome.

Désormais, ils étaient regroupés dans un fourgon

1. Merde ! Merde ! Merde !

Honda et une vieille Mercedes, précédés et suivis par deux grosses Kawasaki. Celle de tête aperçut à l'extrémité de l'avenue Hamir Frangieh les gyrophares d'un barrage de police. Averti, le conducteur du fourgon tourna aussitôt dans les petites ruelles du quartier de Horch.

Soudain, le grondement d'un hélicoptère volant très bas, domina la grondement de la circulation. L'appareil survolait, à très basse altitude, l'avenue Hamid Franjieh.

– *Khara* ! lança le chauffeur.

– N'aie pas peur, lança l'homme assis à côté de lui. Ils ne connaissent pas nos véhicules. Dans dix minutes, on est chez nous.

***

Penché à la portière ouverte du *BlackHawk* des « Marines », Malko scrutait le ruban lumineux des véhicules regagnant le sud de Beyrouth, des milliers, parfois pare-choc contre pare-choc… tandis que Ray Syracuse gardait le contact avec les véhicules de la CIA lançés à la poursuite des kidnappeurs.

L'hélicoptère les avait cueillis sur le parking du bâtiment des Douanes. Le général Ashraf Rifi les y avait rejoint.

Le dispositif s'était très vite mis en place, en vain jusque-là. Une colonne de flammes montait vers le ciel, là où le camion brûlait toujours.

Après son décollage, le « *BlackHaw*k » avait pris la direction de la banlieue sud, fief du Hezbollah. Les kidnappeurs n'étaient sûrement pas partis vers l'est, zone chrétienne, ou même vers Beyrouth ouest, Hamra, quartier sunnite où la circulation était particulièrement dense. Malko, en fixant le ruban lumineux en dessous de lui, serrait les dents de fureur.

Ils s'étaient fait avoir, comme des bleus. C'était évident, après coup, que leurs adversaires allaient tenter de s'emparer de celui qu'ils prenaient pour le traître. Le traquenard avait été bien monté. Ils volaient maintenant au-dessus de Borj El Brajnieh, le cœur du Hezbollahland. Un entrelacs de ruelles étroites, grouillantes d'activité avec des milliers de véhicules. L'hélico tournait en rond au-dessus de cette fourmilière.

– Nous perdons notre temps, cria Malko à Ray Syracuse. C'est impossible de les retrouver.

– J'ai fait mettre en place des barrages, tempéra le général Rifi, ils ont peut-être été interceptés…

– On rentre ! lança Ray Syracuse, le visage sombre. Je dois tout faire pour retrouver Ryad.

Ils ne se parlèrent plus jusqu'au QG des FSI où l'appareil se posa dans la cour. À peine furent-ils dans le bâtiment qu'un capitaine se précipita vers le général Rifi.

Ce dernier se retourna vers ses visiteurs, après lui avoir parlé.

– Les barrages n'ont rien donné.

Les barrages ne donnaient jamais rien…

– Essayez de remonter quelque part avec le camion, suggéra le chef de Station.

Dès qu'ils furent remontés dans la voiture qui attendait, il se tourna vers Malko.

– Il faut absolument retrouver Ryad ! Une seule personne peut nous aider, conclut-il, Mourad Trabulsi. Il a des contacts avec le Hezbollah.

Malko était ivre de rage. L'intermède voluptueux avec Sybil Murr était bien loin. Il lui jeta un regard plein d'amertume.

– Si Ryad a été kidnappé, il y a 99 chances sur cent pour que ce soit à cause de *lui*. Il nous a froidement trahis.

– Nous réglerons nos comptes plus tard, fit Ray Syracuse. D'abord, il faut retrouver Ryad.

Il était déjà en train de composer le numéro de Mourad Trabulsi. Sans résultat. Cela sonnait dans le vide et, à Beyrouth, il n'y avait pas de messagerie. Malko intervint.

– Hier, Mourad m'avait dit qu'il avait une réunion au Club de la Corniche, à l'heure de notre rendez-vous. Il y est peut-être encore.

– On y va ! lança Ray Syracuse.

***

Hassan Sadr fixa l'homme attaché sur une chaise de fer, au milieu de la pièce au sol de terre battue, sous-sol d'un des innombrables ateliers de mécanique de Borj El Brajnieh. Des membres du Hezbollah sécurisaient la zone, et, au cas plus qu'improbable où des policiers s'aventureraient dans le coin, ils avaient mille fois le temps de disparaître. Ce sous-sol était relié par une galerie à un magasin de tissu, cent mètres plus loin.

L'homme, les mains liées au montant de fer, avait les yeux bandés, le visage tuméfié. Pensivement, le chef des opérations du Hezbollah relut les papiers trouvés sur lui. C'était un chrétien maronite du nom de Ryad Mousboungi. Un ancien membre des Forces Libanaises, dont il avait encore une carte. Bizarre…

Car cet homme était supposé être un traître appartenant à une structure pro-syrienne mêlée au meurtre de Rafic Hariri. Or, aucun Chrétien n'y avait participé. Il reniflait un piège. Pourtant, l'homme qui l'avait averti de ce rendez-vous était digne de confiance.

Donc, lui aussi, s'était fait enfumer. Il devait absolument connaître la vérité.

– Otez-lui son bandeau, demanda-t-il.

Son subordonné lui jeta un regard étonné : jusqu'ici, le prisonnier n'avait vu aucun visage. Si leur chef le révélait, cet homme ne devait pas ressortir vivant… Obéissant, il arracha la large bande de scotch marron et le prisonnier cligna des yeux sous la lumière crue. Il semblait terrorisé.

– Qui es-tu ? demanda Hassan Sadr, ses papiers à la main.

Ryad Mousboungi déclina son identité. Noué par l'angoisse. Lui aussi avait compris.

Il décida de tenter le tout pour le tout.

– Je travaille pour les Américains, annonça-t-il. Depuis trois ans.

– Qu'est-ce que tu fais ?

– Des filatures, je recueille des informations. Mon chef s'appelle Mike.

L'homme du Hezbollah retint un sourire. Tous les Américains s'appellent « Mike ». Ils ne donnaient jamais leur vrai nom à leurs « stringers ».

– Qu'est-ce que tu faisais sur le port ?

Ryad Mousboungi avala sa salive. Il avait décidé de tenter la chance minuscule de sauver sa peau et de ne pas mentir.

– J'avais rendez-vous avec un agent américain. Je devais le rejoindre dans sa voiture et rester avec lui, puis regagner la mienne.

– Elle est à toi ?

– Oui.

– Où habites-tu ?

– À Sinn El Fil.

Quartier chrétien.

– Tu sais pourquoi tu étais là ce soir ?

Ryad Mousboungi secoua la tête.

– Non. On ne m'a donné aucune explication. Cela arrive souvent.

Hassan Sadr commençait à comprendre. C'était plus grave que ce qu'il avait pensé. Sa « source » s'était fait enfumer. Ce qui prouvait que les Américains se méfiaient de lui. Avant tout, il devait être absolument sûr que le prisonnier ne lui mentait pas.

– Très bien, dit-il, si tu dis la vérité, tu vas t'en sortir.

Pendant quelques secondes, il caressa l'idée de relâcher l'homme après l'avoir « retourné », mais c'était vraiment trop dangereux... Il devait mourir. Il sortit de la pièce, son adjoint sur les talons.

– Mets-le au frais et interroge-le demain matin, ordonna-t-il. C'est imprudent d'aller à sa voiture, ils nous attendent sûrement là-bas. Mais envoie des gens enquêter à Sinn El Fil.

Son adjoint retourna dans la pièce. Deux Hezbollah prirent chacun le prisonnier par une aisselle et le traînèrent dans le sous-sol voisin. Le sol était creusé de puits verticaux pleins d'huile de vidange.

Les deux hommes firent glisser le prisonnier dans l'un d'eux. Il ne se débattit même pas. Le liquide noirâtre et glacial lui arrivait jusqu'au menton. Il commença à grelotter. Quelque chose pesa sur sa tête : on venait de poser un couvercle de bois sur le fût. Il avait tout juste la place de tenir debout. S'il faiblissait, il se noyait dans l'huile. C'était une bonne méthode pour ramollir les prisonniers... Depuis le temps, le Hezbollah avait acquis une grande habitude des prisons clandestines...

Ryad Mousboungi essaya de crier, mais l'épais couvercle de bois étouffait ses appels. Il resta dans le noir à grelotter, priant pour avoir la force de demeurer debout toute la nuit.

***

Ray Syracuse posa le doigt sur une grande zone teinte en vert, qui s'étendait entre la Cité Sportive et l'aéroport de Beyrouth : le Hezbollahland.

– Je suis sûr qu'il est quelque part là-dedans, grommela-t-il. Seulement, personne n'a jamais pu y retrouver quelqu'un. Il y a des guetteurs partout, armés, et la police libanaise se refuse à intervenir là-bas.

Du QG des FSI, ils avaient foncé au club des officiers de la Corniche. Personne n'avait vu le général Trabulsi depuis la veille... Donc, il avait menti à Malko en prétextant une réunion pour ne pas se joindre au rendez-vous du port où devait se montrer Mr X. Malko bouillait de fureur.

– Il faut le trouver et lui en mettre deux dans la tête !

– Vous savez où il habite ?

– Non.

– Moi non plus. Et puis, j'éprouve la même envie que vous, mais s'il peut nous aider à retrouver Ryad Mousboungi, il faut l'épargner jusque-là.

– Vous avez raison, reconnut Malko, mais j'y crois peu.

– Rentrons à l'ambassade et continuez à l'appeler, conclut Ray Syracuse.

Depuis, ils tournaient en rond dans le bureau du chef de Station. Les heures passaient, sans apporter d'éléments nouveaux. Le général Rifi appelait régulièrement, sans rien avoir à dire non plus.

Ray Syracuse bâilla à se décrocher la mâchoire.

– OK, c'est inutile de passer une nuit blanche. On reprend demain matin. Mourad va bien finir par se manifester.

***

Le général Mourad Trabulsi n'entendait plus sonner son portable depuis un bon moment. La bouteille de Chivas Regal était vide et il s'était endormi tout habillé dans son appartement de célibataire.

Il rouvrit les yeux vers trois heures du matin. Il pleuvait et il avait froid. Son premier geste fut de vérifier son portable et de voir qui l'avait appelé. Il n'y avait que deux numéros. L'un trois fois, l'autre dix-sept fois. Il se dit que la nuit lui donnait un répit. Ensuite, il faudrait affronter la réalité.

Il allait se rendormir lorsqu'il pensa à aller au devant des problèmes : de toutes façons, sans Scotch, il n'arriverait pas à trouver le sommeil.

Alors, il composa le numéro qui l'avait le plus appelé. Ne s'attendant pas à ce qu'on réponde, mais une voix connue demanda aussitôt :

– Mourad ?

– Oui. Que se passe-t-il ?

– J'ai essayé de vous joindre plusieurs fois.

Le Libanais eut un rire un peu moins tonitruant que d'habitude.

– Mon cher ami, lorsque je suis avec une dame, je ne réponds pas au téléphone. Je viens seulement de rentrer chez moi. Je ne pensais pas vous avoir à cette heure.

– Il faut que je vous voie, fit Malko.

– Maintenant ? Pourquoi ?

– Je ne peux pas vous l'expliquer au téléphone. Il s'agit d'une chose importante. Très grave même.

Le Libanais s'ébroua.

– Bien. Où êtes-vous ?

– Dans ma chambre, au Phoenicia.

– Je peux être là dans une demi-heure. Dans le lobby.

– Je serai là.

Après avoir coupé la communication, Mourad Trabulsi se jeta sous la douche. Il avait besoin d'avoir l'esprit clair. Il se doutait de la raison de l'insistance de Malko et de Ray Syracuse. Et ce n'était pas encourageant…

***

Quelques Arabes en *dichdacha* traînaient encore dans les profonds fauteuils du salon de thé du Phoenicia, ainsi que deux putes russes en face du bar.

Le Phoenicia ne s'éteignait jamais complètement. Malko aperçut la silhouette massive du général libanais émerger de l'escalator et se leva pour aller à sa rencontre. Mourad Trabulsi portait des lunettes noires enveloppantes en dépit de l'obscurité. Pourtant, sa poignée de main fut aussi chaleureuse que d'habitude.

– J'ai besoin de vous, lança Malko, dès qu'ils se furent assis.

Mourad Trabulsi eut son petit fou rire habituel.

– À cette heure-ci ?

– J'aurais préféré vous joindre plus tôt, mais, nous n'avons pas de temps à perdre. Est-ce que vous avez des contacts avec le Hezbollah ?

– Oui, bien sûr, j'ai quelques contacts, confirma le Libanais. Pourquoi ?

– Pour faire passer un message, fit Malko. La vie

d'un agent de la CIA est en jeu. Je vous avais parlé d'un rendez-vous, hier soir, avec Mr X.

– Oui.

– Vous n'avez pas entendu parler de ce qui s'est passé ?

– Non. Ma réunion ayant été annulée, je suis parti à Broumana dîner avec une dame.

Malko lui raconta l'embuscade du port de Beyrouth et l'enlèvement de Ryad Mousboungi.

Mourad Trabulsi tirait nerveusement sur sa cigarette. Il interrompit Malko, d'une voix remarquablement calme.

– Comment le Hezbollah a-t-il eu vent de ce rendez-vous ?

– Nous l'ignorons encore, admit Malko, mais nous trouverons.

Le général Trabulsi hocha la tête.

– Ils ont des oreilles partout. Il ya eu une imprudence quelque part.

Malko se dit que Mourad Trabulsi méritait un Premier Prix de Conservatoire en rôle de composition. Il lui fallait toute sa volonté pour ne pas lui sauter à la gorge.

– Qu'attendez-vous de moi ? demanda Mourad Trabulsi.

– Que vous contactiez d'urgence le Hezbollah pour qu'ils sachent que la liquidation de Ryad Mousboungi serait considéré comme un acte extrêmement hostile et que la CIA réagirait en conséquence.

– Le Hezbollah ne cherche aucune confrontation avec les Américains. Cela, je le sais, réagit le Libanais.

– Cela donne un poids supplémentaire à votre message, souligna Malko.

Mourad Trabulsi n'ajouta rien. Les deux hommes se

serrèrent la main. Malko suivit des yeux le Libanais, avalé par l'escalator. Certain qu'il avait trahi.

Mais Ray Syracuse avait raison : avant tout, il fallait sauver Ryad Mousboungi.

***

Hassan Sadr s'était levé à six heures, comme tous les matins, pour la première prière, avant de gagner son bureau. Il y trouva un de ses adjoints chargé des « relations extérieures ». Celui-ci semblait ennuyé.

– Notre ami Mourad s'est manifesté, annonça-t-il. Je viens de le voir. Il avait un message des Américains. Ceux-ci prétendent que nous avons kidnappé un de leurs agents et veulent le récupérer...

Hassan Sadr demeura de marbre.

– Nous n'avons kidnappé personne, sinon, je le saurais, affirma-t-il. Nous avons abandonné ce genre de chose depuis longtemps. Tu peux le lui dire.

Wissam ne discuta pas. Lui aussi était étonné de cette démarche. Depuis longtemps, le Hezbollah tentait d'être un parti politique normal... Cependant, il savait aussi que les opérations menées par le groupe d'Hassan Sadr étaient totalement secrètes. Seul, le *Sayyed* Hassan Nasrallah était au courant.

Malgré tout, il s'apprêta à transmettre à son contact des FSI la réponse d'Hassan Sadr.

***

Hassan Sadr avait gagné, dans une vieille Mercedes grise précédée d'une moto, la cache où se trouvait Ryad Mousboungi. La démarche du général Trabulsi lui ôtait les doutes qu'il aurait pu avoir.

L'homme qu'il avait interrogé n'était pas celui qu'il cherchait. Il pouvait donc s'en débarrasser sans problèmes, sauf une déclaration de guerre à la CIA. Il regrettait désormais d'avoir découvert son visage. Dans le cas contraire, il aurait pu remettre le prisonnier en liberté.

Hélas, c'était trop tard.

Les deux hommes veillant sur l'atelier se levèrent vivement en le voyant. Ils dormaient sur place sur une sorte de bas-flanc. Hassan Sadr ne voulait pas perdre de temps. Il donna rapidement ses instructions et repartit.

***

Ryad Mousboungi luttait contre l'épuisement et le froid. Il avait eu toutes les peines du monde à ne pas se laisser couler pendant la nuit. Aussi, lorsque le couvercle de bois se souleva, il eut l'impression de revivre.

C'étaient les deux hommes de la veille. Ils se placèrent au-dessus de la fosse cylindrique et l'empoignèrent sous les aisselles, le hissant à l'extérieur. Il dégoulinait d'huile noire et malodorante, mais il les aurait embrassés.

Soudain, un des deux le courba vers le fût. Ryad Mousboungi tenta de lutter mais, déséquilibré, plongea la tête la première dans le liquide nauséabond. Il était si surpris qu'il avala de l'huile et s'étouffa presque instantanément.

Ses pieds s'agitèrent quelques secondes à la surface, puis disparurent sous la surface noirâtre. Sans émotion, les deux Hezbollahs remirent le couvercle de bois et le vissèrent soigneusement.

Un jour, peut-être, on le sortirait de là, pour le brûler ou le jeter à la mer, mais rien ne pressait.

***

Malko ne s'était pas rendormi, tournant et retournant des pensées moroses dans sa tête. Quelque chose lui disait qu'on ne reverrait pas Ryad Mousboungi, l'agent de la CIA. Il avait dû en voir trop pour être relâché.

Lorsque son portable sonna à huit heures, il sut que c'était Mourad Trabulsi.

– Ils ne savent rien, annonça le général libanais. J'ai pu m'entretenir avec un des responsables.

Malko n'afficha aucune émotion.

– Essayez encore ! demanda-t-il.

– L'homme à qui j'ai parlé ne me ment jamais, objecta Mourad Trabulsi. Pourquoi soupçonnez-vous le Hezbollah ?

– Parce qu'ils étaient les seuls à vouloir s'emparer de Mr X, à part les Syriens.

– Ce sont peut-être eux. À travers des gens du PPS ou des Palestiniens.

– Essayez quand même, insista Malko. Je vous propose de faire le point en fin de matinée.

– Onze heures, suggéra le Libanais ; je dois passer au bureau.

– Parfait, approuva Malko. Venez me prendre au Phoenicia.

Il alla se jeter sous sa douche. Avec l'impression d'avoir un bloc de glace à la place du cœur. Il était certain que Mourad Trabulsi était coupable. Et, en plus, il se sentait responsable.

Un peu plus tard, il appela Ray Syracuse pour lui faire part de la réponse négative de Mourad Trabulsi. De son côté, l'Américain n'avait aucune nouvelle.

– Venez à l'ambassade, suggéra-t-il, que nous fassions le point. J'ai aussi demandé à Ashraf Rifi de venir. Je vous envoie les « baby-sitters ».

– À onze heures et demie, demanda Malko.

Il raccrocha. Sa Cherokee blindée détruite la veille, il lui restait la Hyundai garée au Holiday Inn. Ce serait suffisant pour ce qu'il avait à faire.

Cette fois, il n'avait pas l'intention de demander à Ray Syracuse la permission de mettre deux balles dans la tête du général Mourad Trabulsi.

Son éthique à lui passait avant les règles de la Central Intelligence Agency.

CHAPITRE XII

La Cherokee blanche du général Mourad Trabulsi s'arrêta à onze heures pile devant l'hôtel Phoenicia. En voyant Malko devant la porte tournante, le Libanais descendit de la voiture et vint au devant de lui. Toujours souriant et jovial.

– Mon cher ami, je ne suis pas en retard ?

– Pas du tout, assura Malko. Cela vous ennuie si on prend ma voiture qui est plus discrète que la vôtre. Donnez rendez-vous à votre chauffeur au club de Kislik. Nous devons passer voir Ray.

– Pas de problème.

Malko l'observa tandis qu'il congédiait son chauffeur. Dès qu'il eut récupéré la Hyundai, ils descendirent Fakr El Din jusqu'à la Corniche, prenant ensuite l'avenue Mir Majid Aslane jusqu'à la rue Trieste.

– Où allons-nous ? demanda Mourad Trabulsi.

– Je veux vous montrer l'endroit de l'embuscade d'hier soir, expliqua Malko.

Le camion brûlé était toujours en travers de l'allée menant à la rue Trieste et Malko dut effectuer un long détour pour pénétrer dans la zone portuaire.

Il savait exactement où il allait. Grâce à sa prodigieuse mémoire, il retrouva facilement l'impasse cernée de containers où Sybil Murr lui avait administré une fellation royale, et stoppa devant le mur aveugle de containers. Cette fois, Mourad Trabulsi sembla surpris.

– C'est ici ? demanda-t-il.

Incrédule.

Malko ne répondit pas.

D'un geste naturel, il prit le Sig-Sauer glissé dans sa ceinture et le braqua sur le général libanais. Comme la voiture était exiguë, l'extrémité du canon touchait presque le ventre de Mourad Trabulsi.

– Mourad, dit froidement Malko, je vous ai amené ici pour régler un compte. Le vôtre. C'est vous qui avez donné au Hezbollah le lieu et l'heure du rendez-vous avec Mr X. C'était une histoire inventée de toutes pièces, mais vous êtes tombé dans le piège.

» Et Ryad Mousboungi, qui avait été engagé pour jouer le rôle de Mr X, est très vraisemblablement mort.

» Comme Louis Carlotti et Samira Toufic.

» Pour les deux premiers, je vous laisse le bénéfice du doute.

» Pour Ryad Mousboungi, non.

» Alors, je vais vous tirer une balle dans la tête. Ces murs de containers étoufferont la détonation. Cela fera un meurtre inexpliqué de plus à Beyrouth. On a l'habitude.

» Seule différence : celui-là est parfaitement justifié.

***

Mourad Trabulsi baissa les yeux sur l'arme braquée sur lui. En trente ans de carrière, grâce à sa proverbiale prudence, c'était la première fois qu'il se trouvait en face de quelqu'un qui voulait vraiment le tuer. Son regard se releva légèrement, invisible derrière ses lunettes noires, pour sonder celui des yeux dorés qui le fixaient, sans ciller. Il remarqua, sans en comprendre la cause, que quelques filaments verts dansaient sur l'or des prunelles.

Il avait très peu de temps pour évaluer la situation : c'est-à-dire s'il s'agissait d'un bluff ou s'il se trouvait à une pression de doigt de la vie éternelle. Le Sig-Sauer avait une détente très sensible.

– Vous n'avez rien à dire, général Trabulsi ? demanda la voix glaciale de son interlocuteur.

En même temps, le canon du Sig-Sauer se releva légèrement et Mourad Trabulsi le vit de face. Le projectile qui sortirait du pistolet automatique pénétrerait entre son œil et sa bouche…

Son instinct lui dit qu'il n'avait pas beaucoup de temps pour se décider. L'homme en face de lui voulait le tuer, pour régler un compte dont les paramètres ne changeraient plus. En quelque sorte, le prix du sang… Il avait le choix entre trois solutions pour tenter de sauver sa peau. Avec des chances inégales de réussite.

D'abord, mentir… Difficile avec un professionnel. Il s'était fait piéger. Tant pis pour lui.

Éluder, tenter d'enfumer l'agent de la CIA. Son instinct lui disait que ce n'était pas non plus une bonne idée. Il ne restait que la troisième solution : avouer. Sur le papier, la plus dangereuse, mais qui lui permettait de gagner du temps et de jouer l'unique atout qui lui restait.

La radio Nostalgie de la voiture diffusait une très vieille chanson de Juliette Gréco, « Le petit bal perdu », dont Mourad Trabulsi connaissait les paroles par cœur. Il se dit que s'il était encore vivant à la fin de la chanson, c'était bon signe.

– Mon cher ami, fit-il d'une voix à peu près maîtrisée, vous avez raison, j'ai trop parlé.

Il se tut. Il fallait en dire le moins possible. Garder des munitions.

– À qui avez-vous communiqué cette information ? répondit l'agent de la CIA.

– À quelqu'un du Hezbollah.

– Pourquoi ?

Le général Mourad Trabulsi esquissa un sourire timide.

– C'est une longue histoire. Dans ce pays, on ne survit pas longtemps, si on n'a pas des amis partout. J'en ai dans tous les camps, et je fais attention de ne jamais dire quoi que ce soit qui puisse nuire.

– Ça a pourtant été le cas, fit sèchement Malko. Je suis à peu près certain que Ryad Mousboungi est mort.

Mourad Trabulsi laissa filtrer un soupir résigné. Tant qu'à faire, autant essayer d'amadouer l'homme qui avait décidé de le tuer par une confession complète.

– C'est vrai, reconnut-il, et je m'en veux beaucoup. Vous savez que j'ai de bons rapports avec les Américains. Il y a trois ans, je vous ai sauvé la vie, si je me souviens bien. Mais ce n'est pas le problème. Je vais vous dire ce qui s'est passé.

» Comme je l'ai dit à Louis Carlotti, j'ai bien reçu un coup de fil d'un homme qui m'a annonçé posséder des informations sur le meurtre de Rafic Hariri. Et vouloir les communiquer aux Américains.

– Pourquoi pas à vous ?

– J'ai eu l'impression qu'il ne faisait pas confiance aux Libanais.

Il n'avait peut-être pas entièrement tort…

– D'ailleurs, continua Mourad Trabulsi, il a raccroché très vite… Je me suis dit que je devais transmettre l'information à Louis Carlotti. Cet homme avait promis de me rappeler, mais cela pouvait être un canular ou un escroc… Jadis, on a reçu des dizaines d'appels proposant de révéler où Ron Arad était enterré. Je les ai relayés aux Phalangistes, qui les ont transmis aux Israéliens. Tous étaient bidon.

– Alors, pourquoi Louis Carlotti a-t-il été assassiné ?

– Je dois conserver de bons contacts avec le Hezbollah. Je leur ai donc donné cette information en me disant que cela ne déboucherait sur rien, mais qu'ils m'en seraient reconnaissants.

Un délicat et dangereux jeu d'équilibriste…

– Jamais je n'aurais pensé que le Hezbollah s'attaquerait à un agent de la CIA. Jamais, répéta Mourad Trabulsi.

– Pourquoi l'ont-ils fait ?

Mourad Trabulsi secoua lentement la tête.

– Ils ont dû en parler aux Syriens et ceux-ci ont décidé de donner un coup d'arrêt. Ils sont imprévisibles, comme les requins, et tout aussi féroces.

– Samira Toufic faisait partie de l'opération ?

– Pas du tout, c'était seulement une « love story » entre elle et Louis. Je ne veux pas me dédouaner, mais je pense qu'ils seraient arrivés de toutes façons à l'assassiner.

– Donc, vous pensez que les Syriens sont derrière le meurtre de Rafic Hariri ?

Le général Trabulsi retrouva quelques couleurs et réussit à sourire.

– Bien sûr, comme tous ceux qui connaissent un peu le dossier, mais, en public, je dirai toujours le contraire. C'est trop dangereux de les accuser.

– Pourquoi vous être départi de votre neutralité pour

mettre le Hezbollah au courant de ce rendez-vous « inventé » ?

– J'avais appris la découverte du cadavre à Aanjar. Le Hezbollah savait que j'étais dans cette affaire. Qui commençait à se concrétiser. J'étais obligé de les mettre au courant de ce rendez-vous, sinon je me retrouvais sur leur liste noire.

– Vous saviez qu'ils allaient tenter d'enlever ou de tuer cet homme ?

Mourad Trabulsi inclina la tête.

– Oui, mais celui-ci, s'il possède des informations sur le meurtre de Rafic Hariri, ne peut être que très proche des Syriens du Hezbollah.

– Vous pensez que le Hezbollah a tué Rafic Hariri ?

Le Libanais eut un geste évasif.

– Je crois qu'ils ont participé, comme beaucoup de gens. On n'a que l'embarras du choix. N'oubliez pas qu'à cette époque, les Syriens occupaient le Liban. Tous ceux qui comptaient avaient été nommés par eux ou leur avaient fait allégeance.

Y compris Émile Lahoud, le président de la République.

Un ange, les ailes peintes aux couleurs syriennes, se mit à tourner dans l'habitacle. Cela rappelait l'occupation de la France par les Allemands. Là aussi, il y avait eu beaucoup de collaborateurs.

– Vous êtes vraiment intervenu pour Ryad Mousboungi ?

– Bien sûr. J'ai vu mon interlocuteur habituel. Je pense qu'il m'a menti, mais c'est impossible à prouver.

– Il y a une chance de retrouver Ryad Mousboungi ?

Mourad Trabulsi affronta le regard de Malko.

– Non, fit-il d'une voix égale. On ne le retrouvera

jamais. Il y a beaucoup de secrets enfouis à Borj El Brajnieh. On n'a jamais retrouvé personne.

Le silence retomba. Mourad Trabulsi avait la bouche sèche et son cœur cognait dans sa poitrine.

C'est Malko qui rompit le silence.

– Général Trabulsi, dit-il, vous êtes, même indirectement, responsable de la mort de deux agents de la CIA, dont l'un était votre ami. Donnez-moi juste une bonne raison de ne pas vous tuer, ici et maintenant.

Mourad Trabulsi s'efforça de répondre d'un ton mesuré.

– Je ne sais pas si cela peut vous empêcher de me tuer, mais je possède une information qui peut vous être très utile. Si le Hezbollah apprend que je l'ai communiquée à vous et pas à eux, ils me tueront. Cependant, je crois ne pas avoir le choix.

– Quelle information ? demanda Malko.

– Lorsque cette « source » m'a appelé, un numéro s'est affiché. Je ne l'ai pas dit à Louis Carlotti, car je voulais rester neutre.

– C'est une information sans valeur, répliqua Malko. Cet homme possède le numéro de Louis Carlotti, qui est toujours en service. Il peut nous joindre facilement.

Le général Trabulsi secoua la tête.

– Il ne le fera pas, après ce qui s'est passé hier soir. Il aura peur des fuites. Si c'est vous qui l'appelez, c'est différent.

– Quel est ce numéro ?

– 03643653. Un portable. J'ai vérifié c'est celui d'une carte prépayée, intraçable.

– Vous n'avez aucune idée de l'identité de cet homme ?

– Aucune.

Malko réfléchit quelques instants.

– Je vous fais une proposition. Je vous épargne et vous m'aidez à le retrouver.

C'était tomber de Charybde en Scylla, mais le Libanais n'avait guère le choix.

– Je ferai tout mon possible, promit-il avec toute la conviction dont il était capable.

***

Ali Mugniyeh, de la fenêtre de la chambre qu'il occupait dans une dépendance de l'ambassade d'Iran, pouvait apercevoir le nouvel immeuble de la télévision du Hezbollah, Al Manar. Superbe avec ses grandes arches « islamistes » et ses parois de verre.

En bas de Golf street, qui abritait le club de golf le plus chic de Beyrouth.

Le Hezbollah s'embourgeoisait ; jadis Al Manar occupait un immeuble pourri dans une ruelle de la banlieue sud, au cœur du « *Hezbollahland* », écrabouillé par les bombes israéliennes en 2006.

Ali Mugniyeh possèdait un passeport diplomatique iranien et occupait une fonction officielle au consulat d'Iran. En réalité, il était la courroie de transmission entre les Pasdaran iraniens, représentés à l'ambassade par un colonel, ami d'Ali Mugniyeh, et l'état-major du Hezbollah. À l'origine, Ali Mugniyeh était libanais, mais il avait quitté son pays depuis plus de quinze ans, même s'il y revenait officieusement.

Depuis le 12 février 2008, il y était revenu énormément, chargé par Téhéran d'une enquête officieuse sur le meurtre de Imad Mugniyeh.

Les Américains avaient mis sa tête à prix pour vingt-cinq millions de dollars avec quelques raisons. Venu de l'OLP palestinien de Yasser Arafat, il avait beaucoup

« travaillé » contre les Américains : l'enlèvement en 1982 du responsable de la CIA pour le Liban, William Buckley, torturé et finalement liquidé, après un bref séjour en Iran, c'était lui.

Le « hi-jacking » du Boeing de la TWA avec le meurtre en direct de son pilote, c'était aussi lui. Comme l'attentat contre les « marines » à Beyrouth, l'attaque du centre culturel israélien de Buenos Aires et de nombreuses actions moins connues. Installé à Téhéran, il faisait anonymement la navette entre l'Iran et le Liban, jamais pour très longtemps, se méfiant de tout le monde, y compris de ses alliés.

Aussi, en 2008, personne n'avait été étonné lorsqu'il avait été assassiné, à Damas, une ville où en principe, il était en sûreté, étant donné les excellentes relations des Syriens avec le Hezbollah.

Et pourtant, alors qu'il remontait dans sa voiture dans le quartier le plus sécurisé de Damas, à deux pas du siège du « Moukhabarat Al Askari », l'appuie-tête de son 4 × 4 avait explosé, le décapitant très proprement, pratiquement sans dégâts collatéraux. Son garde du corps, assis à côté de lui, n'avait été que légèrement blessé.

Bien entendu, la rue arabe et les autorités syriennes avaient accusé « l'ennemi sioniste », car c'était un modus operandi typiquement israélien : sophistiqué et efficace.

Par contre, les Iraniens avaient été furieux : Imad Mugniyeh était un homme à eux, important dans leur dispositif libanais. Quelqu'un de sûr, connaissant tous les dirigeants du Hezbollah.

Ali Mugniyeh avait été chargé par Téhéran d'effectuer une enquête sur la mort d'Imad Mugniyeh. Il était particulièrement qualifié pour cela : Imad Mugniyeh était son oncle, un homme qu'il avait toujours adoré et qui l'avait aidé dans sa carrière de terroriste. Son enquête avait pris plusieurs mois : il fallait avancer à pas de loup et il avait immédiatement senti les réticences des Syriens… Ceux-ci, en dépit de leurs protestations d'amitié, étaient visiblement mal à l'aise. D'ailleurs, aucun officiel syrien n'avait assisté à l'enterrement d'Imad Mugniyeh, à Beyrouth.

Pendant plus de six mois, Ali Mugniyeh avait interrogé beaucoup de gens, payé d'autres, utilisant les puissants réseaux pasdaran. Finalement, ses conclusions étaient claires. L'assassinat d'Imad Mugniyeh était une co-production Americano-Israélo-Syrienne… Étrange attelage qu'Ali Mugniyeh avait démonté avec soin. Les Américains voulaient depuis longtemps la peau d'Imad Mugniyeh : ils avaient dépensé des millions de dollars pour le traquer, y compris avec des navires de guerre.

Sans jamais y réussir.

Ils n'étaient pas assez implantés en Syrie pour y avoir des réseaux opérationnels. Alors, ils avaient procédé d'une autre manière… Profitant de la volonté syrienne d'échapper à son statut de paria, des gens de la CIA avaient recontacté un des patrons des Services Syriens, Assef Chawkat, qui avait été en contact avec l'Agence, après 2001. Pour aider les Américains à traquer les islamistes radicaux, leur ennemi commun. Dans ce domaine, Assef Chawkat avait fait ses preuves, décimant les Frères Musulmans syriens, avec une férocité qui lui avait valu l'estime d'Hafez El Assad. Ce dernier savait déjà que son gendre était un dur : il avait enlevé sa propre fille sans son autorisation pour l'épouser à Dubaï…

« *He has balls*[1] », comme disaient les Américains.

Le deal qu'on lui avait proposé en 2008, était simple.

1. Il a des couilles.

Coopérer à une opération qui plairait beaucoup à Washington et ne gênait en rien les Syriens : l'élimination d'Imad Mugniyeh. Ali Mugniyeh n'avait pas démonté tous les ressorts de l'opération, mais en connaissait les grandes lignes : le Service de Assef Chawkat avait discrètement coopéré en donnant des informations précises sur les déplacements d'Imad Mugniyeh qui passait obligatoirement par la Syrie pour se rendre au Liban.

Prévenus, les Américains avaient organisé son élimination avec un commando israélien venu de trois villes européennes différentes, sous de fausses identités.

Bien entendu, sur l'ordre d'Assef Chawkat, les Services d'Immigration syriens avaient fermé les yeux et les Israéliens étaient repartis trois jours plus tard sans être inquiétés.

Le Hezbollah, *aussi*, avait mené son enquête et était arrivé à la même conclusion, engageant Assef Chawkat. Seulement, ce dernier était le beau-frère du président actuel de la Syrie, Bachar El Assad... Même le Hezbollah ne pouvait y toucher.

Alors, ils avaient fait semblant d'ignorer la vérité.

Ali Mugniyeh, lui, n'avait pas pardonné. Tous les jours, il priait Allah de prendre soin de son oncle bien-aimé. Lui, se chargeait de le venger.

Dans sa famille, on ne laissait jamais un meurtre impuni. Ou alors, on était déshonoré.

Seulement, pour venger son oncle, il était seul. Les Iraniens avaient trop besoin des Syriens pour se venger ouvertement. Ils avaient remercié Ali Mugniyeh pour son enquête en lui demandant d'oublier tout ce qu'il avait appris. Un jour peut-être, on réglerait les comptes. Il suffisait qu'Assef Chawkat tombe en disgrâce.

Seulement, Ali Mugniyeh n'avait pas envie d'attendre

jusqu'aux calendes grecques. Lui aussi, savait que le beau-frère de Bachar El Assad était intouchable, mais ce n'était pas le cas de l'homme qui avait organisé, sur le terrain, le meurtre sophistiqué de Rafic Hariri, Assef Shahab, le « proconsul » syrien au Liban.

Certes, il n'avait pas fait sauter lui-même la charge explosive de plus d'une tonne qui avait pulvérisé la Mercedes blindée, mais il avait tout organisé.

C'est à travers lui qu'Ali Mugniyeh avait décidé de se venger. Pour ce faire, il ne pouvait compter que sur les Américains : les Libanais et, même, les Saoudiens, avaient trop peur des Syriens. Son plan était simple : donner à la CIA assez de preuves permettant de remonter à Assef Shabab. Ces preuves seraient communiquées au Tribunal Pénal International pour le Liban, à La Haye, et son procureur, le Canadien Daniel Bellemare, ne pourrait faire autrement que d'inculper le général syrien... Donc le régime syrien.

Ali Mugniyeh savait que ces preuves seraient accueillies comme pain bénit par le procureur : celui-ci n'avait rien dans son dossier, à part des suppositions.

Les Syriens avaient fait le ménage avec leur férocité habituelle : témoins et acteurs avaient été liquidés systématiquement. En plus, ils disposaient d'un atout sans prix : le représentant du procureur du TPI à Beyrouth, un Libanais, était un de leurs agents. Autrement dit, ils savaient tout ce que le tribunal savait et ignorait...

Bachar El Assad et Assef Shahab pouvaient dormir sur leurs deux oreilles.

Il y avait une mnuscule faille dans ce mur de silence. Une faille connue d'Ali Mugniyeh. Qui mènerait directement à celui qu'il voulait détruire.

Le témoin oublié. Ignoré même de la plupart des acteurs du meurtre.

Ali Mugniyeh savait qu'on ne le croirait pas sur parole. C'est la raison pour laquelle il avait décidé de donner une preuve de sa bonne foi en révélant l'emplacement du cadavre de celui qui avait revendiqué, à la demande des Syriens, le meurtre de Rafic Hariri et avait été ensuite liquidé.

Certes, cela ne reliait pas directement le régime syrien au meurtre de Hariri, mais montrait qu'il était au courant de beaucoup de choses.

Seulement, le Hezbollah s'était mis en travers de ses plans et il avait décidé de lever le pied tant qu'il ne serait pas rassuré.

Désormais, le Hezbollah savait qu'une « taupe » travaillait à nuire aux Syriens. Ceux-ci, aidés de leurs alliés libanais, feraient tout pour la découvrir et l'éliminer.

Ali Mugniyeh enfilait sa veste lorsqu'un de ses portables sonna. Un mobile qu'il n'utilisait jamais. Il regarda le numéro appelant s'afficher et éprouva une sensation bizarre.

C'était le numéro d'un mort.

CHAPITRE XIII

La sonnerie se répercutait dans le vide, dans un silence oppressant. À travers la grande baie vitrée, Malko fixait un pétrolier à l'ancre, en face de Maamaltein, le quartier des boîtes de nuit.

Ray Syracuse, lui, fixait un téléphone posé sur son bureau, branché sur le haut-parleur : celui de feu Louis Carlotti.

Le général Mourad Trabulsi, les yeux dissimulés derrière des lunettes noires, lui, ne fixait rien, mais la tension du bas de son visage indiquait qu'il n'était pas détaché de la situation, et même, qu'il priait probablement pour que ce numéro – celui qu'il avait communiqué à Malko une heure plus tôt, pour ne pas prendre une balle dans la tête – ne réponde pas. Car, s'il répondait, il se trouverait entraîné dans un processus extrêmement dangereux…

On en était à la septième sonnerie et Ray Syracuse allongeait la main pour interrompre l'appel lorsqu'il y eu un « clic » et une voix sortit du haut-parleur.

– *Aiwa*[1]

Aussitôt, Ray Syracuse se pencha vers le portable et demanda en anglais.

1. Oui.

– Vous savez qui vous appelle ?

– *Aiwa.*

– C'est vous qui avez envoyé un enfant rencontrer quelqu'un dans la…

– Pas détails, coupa sèchement la voix.

Il avaient donc affaire à Mr X, celui qui possédait des informations inédites sur les assassins de Rafic Hariri… Ray Syracuse passa la main sur ses lèvres et demanda.

– Vous avez d'autres informations de ce genre ?

– Oui.

– Vous seriez prêt à les communiquer ?

– Peut-être.

– Vous voulez de l'argent ?

– Non.

Depuis le début de la conversation, c'était la première fois que la voix monocorde exprimait une émotion. Une sorte de mépris… Le chef de Station de la CIA prit sa respiration et demanda.

– Comment ?

– Je ne sais pas.

– Vous êtes à Beyrouth ?

– Peu importe. Ne soyez pas trop curienx.

– Est-il possible de vous rencontrer ?

– Je vais voir.

Après ces trois derniers mots, la communication fut coupée.

C'est Mourad Trabulsi qui rompit le silence.

– Il a l'accent du Sud Liban, dit-il. Ce doit être un Chiite.

– La voix ne vous dit rien ?

– Non.

Il ôta ses lunettes noires et esquissa un sourire, plutôt crispé.

– Il semble méfiant.

Malko le fixa sans aménité.

– On le serait à moins. Depuis le meurtre de Rafic Hariri, tous ceux qui possédaient des informations sur l'attentat sont morts ou ont été assassinés...

Après la « confession » de Mourad Trabulsi, sur le port de Beyrouth, il avait ramené le Libanais à l'ambassade américaine afin d'exploiter immédiatement le numéro de téléphone de Mr X. Utilisant pour cela le portable de feu Louis Carlotti.

Les retrouvailles avec Ray Syracuse avaient été fraîches, pour ne pas dire plus... Lui et Malko auraient volontiers balancé le général libanais par une des grandes baies vitrées. Seulement, si c'était toujours un salaud, c'était *leur* salaud. Et il pouvait encore servir.

Les trois hommes se regardèrent et l'Américain lança.

– Qu'est-ce qu'on fait ? On le rappelle ?

Mourad Trabulsi secoua la tête.

– Non, il a déjà été très surpris que nous l'appelions. Il faut le laisser digérer et revenir vers vous.

Il n'avait pas dit « nous », souhaitant visiblement se désolidariser de l'opération...

Ray Syracuse lui jeta un regard glacial.

– Mourad, si vous dites un mot de ce que vous avez entendu dans cette pièce, vous aurez des ennuis, de gros ennuis...

Le général libanais lui jeta un regard plein d'ironie. Il avait retrouvé un peu de sa superbe.

– Mon cher ami, dit-il de son habituelle voix onctueuse, si le rôle que je viens de jouer revient aux oreilles de certaines personnes, je n'aurai pas d'ennuis, je serai mort...

Un ange passa, plongé dans ses prières... Malko s'ébroua

– Peut-on tenter d'en savoir plus sur ce numéro ?

– Oui, à travers les FSI, mais on prend un risque…

– Ils ne sont pas sûrs ?

Le général Trabulsi hocha la tête.

– Il y a des taupes chez eux, sinon, le colonel Eid n'aurait pas été assassiné. Il faudrait mieux attendre. Je pense qu'il rappellera.

– OK, fit Ray Syracuse, on va en rester là aujourd'hui. Mourad, je vous appelle dès qu'il y a du nouveau.

Le général Libanais se leva et serra les mains de ses interlocuteurs aussi vite qu'il le pouvait. Comme s'il s'échappait de l'enfer.

– Je vous donne une voiture pour revenir en ville, annonça Ray Syracuse. En plaques libanaises, avec des vitres fumées. Elle vous déposera où vous voulez…

Le général libanais manifesta son acquiescement par un sourire un peu crispé et sortit de la pièce.

Dès qu'ils furent seuls, le chef de Station de la CIA lança à Malko, retenant visiblement sa satisfaction.

– *Well done* ! *Well done* ! Vous m'avez pris par surprise. Vous avez bien fait. Je vous aurais probablement interdit de menacer le général Trabulsi.

- Je ne le menaçais pas, corrigea Malko, j'avais l'intention de le tuer. Ce que j'aurais fait s'il n'avait pas sorti ce joker… OK, que comptez-vous faire pour tenter d'identifier ce numéro de portable ?

– J'ai eu une idée, fit l'Américain. Je vais vérifier s'il ne se trouve pas dans la procédure du Tribunal Pénal pour le Liban.

– Comment ?

– Je vais envoyer un télégramme à notre Station d'Amsterdam. Qu'on nous communique tous les numéros de téléphones relevés dans la procédure. Ils ne peuvent pas refuser.

– Nous avons intérêt à être prudents, souligna Malko.

Si les Syriens identifient notre « source », il ne vivra pas assez longtemps pour nous aider.

***

Mourad Trabulsi broyait du noir, secoué sur l'asphalte inégale de la route de Tripoli, la gorge serrée par une angoisse sourde. Pour la première fois de sa longue carrière, il avait été pris au dépourvu. Maintenant que le génie était sorti de sa boîte, il fallait le gérer.

Ce qui l'inquiétait surtout, c'était la possibilité que les gens du Hezbollah apprennent son rôle.

Il se voyait déjà dans une cave de la banlieue sud, en face d'un militant Hezbollah muni d'une perceuse et décidé à le faire parler à tout prix…

Son statut d'officier des FSI ne le protégerait pas. Les Syriens ne reculaient devant rien, quand leur sécurité était concernée.

Il sursauta : le chauffeur de la CIA venait de se retourner et demandait poliment.

– Où voulez-vous que je vous dépose, Sir ?

Mourad Trabulsi allait dire « À Kislik » puis se ravisa. Il ne serait jamais assez prudent.

– Au carrefour Sodeco, dit-il.

De là, il prendrait un taxi. Lui aussi, se demandait qui était Mr X, le mystérieux informateur de la CIA. Et quelles étaient ses motivations. Il avait bien précisé qu'il ne s'agissait pas d'argent.

Donc, il s'agissait d'une vengeance.

Ce que révélait cet inconnu signifiait qu'il était dans le premier cercle des gens qui avaient liquidé Rafic Hariri. Donc, c'était soit un Syrien, soit un membre du Hezbollah. Le général Trabulsi avait toujours été persuadé que les « petites mains » de l'opération appartenaient au Hezbollah. Ceux en qui les Syriens avaient le plus confiance...

Il descendit au carrefour Sodeco et continua à pied, descendant l'avenue Solaiman Franjieh. Se creusant la tête pour trouver une piste.

Vengeance. Mais vengeance de quoi ? Un homme ne se dressait pas contre les Syriens sans une très bonne raison... Soudain, alors qu'il passait devant la pâtisserie Aziz, il eut une illumination : il allait étudier une affaire vieille de deux ans bientôt, mais qui pourrait justifier une vengeance sanglante contre les Syriens.

Du coup, ragaillardi, il entra dans la pâtisserie acheter quelques fruits confits.

Certes, il ignorait encore comment utiliser son éventuelle découverte, mais, plus il en saurait, plus il avait de chances de rester en vie.

***

Malko arrivait en haut de l'escalator du Phoenicia, plongé dans ses pensées, lorsqu'en levant la tête, il aperçut la princesse Gamra Al Shaalan Bin Saoud. La Saoudienne discutait avec un très beau jeune homme, probablement un de ses « sex toys », juste en haut des marches. Moulée dans un tailleur ajusté dont la veste ouverte permettait d'admirer le profil de ses seins en poire aux longues pointes dessinées par un fin cachemire jaune.

En voyant Malko, elle se tourna vers lui, une lueur furieuse dans ses magnifiques yeux bleus. D'un mot, elle congédia le « sex toy » et marcha vers Malko.

– Je vous avais appelé ! lança-t-elle. Vous ne m'avez même pas rappelée !

Sa voix rauque, basse, chargée de sensualité, tremblait de fureur. Malko s'excusa platement.

– J'allais le faire ! jura-t-il. Mais j'ai été plutôt bousculé. Nous pouvons dîner ce soir, si vous êtes libre.

La princesse saoudienne attendit qu'un nuage de femmes « bâchées » entourées de leur progéniture, soient avalées par l'escalator pour dire sèchement.

– Je ne suis pas à votre disposition.

– Dans ce cas, à votre convenance, proposa Malko, que cette rencontre changeait agréablement des dernières heures, s'apprêtant à prendre congé après avoir baisé la main de la belle Gamra. Lorsque celle-ci lui lança :

– Je veux acheter une robe pour une soirée donnée par des amis ce soir. Vous devez avoir du goût, accompagnez-moi à la boutique Aishi, dans le hall. Vous me conseillerez. Je suis certaine que vous savez choisir une robe qui mette une femme en valeur…

Ladite boutique était à vingt mètres de là, juste avant la « breakfast room ». La plus chère de Beyrouth.

***

Enfermé dans son bureau des FSI, Mourad Trabulsi se colletait avec une pile de dossiers : tous ceux des morts violentes survenues depuis cinq ans. Avant de vérifier son hypothèse, il voulait être certain de ne rien oublier.

Il avait éliminé tous les cas les plus flagrants d'ennemis de la Syrie, liquidés à Beyrouth. Ceux-là étaient des Chrétiens maronites ou des Musulmans sunnites. Aucun n'était susceptible d'avoir participé à l'assassinat de Rafic Hariri.

Il continua son épluchage fastidieux et, soudain,

tomba enfin sur ce qu'il cherchait : une énorme manchette du quotidien Hezbollah Al Akhbar : le meurtre d'Imar Mugniyeh à Damas, le 12 février 2008.

Celui-ci n'avait jamais été revendiqué, ni même éclairci, en dehors des accusations virtuelles contre « l'ennemi sioniste ».

À l'époque, Mourad Trabulsi avait un peu creusé l'affaire et acquis la certitude que les Syriens avaient été pour quelque chose dans la liquidation d'un terroriste dont la tête avait été mise à prix par les Américains depuis près d'un quart de siècle.

Il savait que le meurtre d'Imad Mugniyeh était mal passé chez la branche du Hezbollah acquise à l'Iran, dont les membres se servaient de la Syrie mais n'aimaient pas la famille El Assad qui n'était même pas chiite.

À leurs yeux, des chiens impies. Lorsque le président syrien Bachar Al Assad avait pris le pouvoir, il avait dû d'abord, se convertir à la religion chiite ! En effet, les Alaouites, communauté à laquelle il appartenait, étaient considérés comme une secte par les autres musulmans. Or, la Constitution syrienne exigeait que le président soit musulman…

Évidemment, ce n'était pas Imad Mugniyeh, proprement décapité, qui pouvait vouloir se venger.

Mais quelqu'un de son clan ou de sa famille pouvait vouloir faire payer aux Syriens leur rôle dans son assassinat. Ce n'étaient pas les Iraniens. Pour des raisons stratégiques, ils ne pouvaient pas se brouiller avec la Syrie.

Mourad Trabulsi continua à regarder les dossiers restants, mais le cœur n'y était plus. Il était quasiment certain d'être sur une piste crédible.

Peut-être se trompait-il du tout au tout, mais il fallait « fermer » cette porte-là…

La prochaine étape serait un voyage dans le sud. À

Teir Debba, le village natal d'Imad Mugniyeh. Là, on pourrait lui donner des informations sur les membres de la famille. Au Liban, on revenait toujours au village et les anciens connaissaient par cœur tous les arbres généalogiques.

Il referma ses dossiers, vérifia qu'aucune note ne traînait et sortit du bureau.

S'il parvenait à identifier la « taupe » prête à renseigner la CIA avant tout le monde, son espérance de vie augmentait considérablement…

***

La princesse Gamra émergea de la cabine d'essayage, drapée dans un fourreau surchargé de faux diamants qui la faisait ressembler à un arbre de Noël. En plus, la robe écrasait ses seins en poire… Devant la moue de Malko, elle tapa presque du pied !

– Enfin, glapit-elle, rien ne me va !

Son regard aurait foudroyé quelqu'un de moins influençable que Malko. Celui-ci demeura impassible.

– Princesse, vous êtes trop bien faite pour la Haute Couture, les mannequins n'ont ni seins ni hanches…

Cette fois, il crut qu'elle allait lui sauter à la gorge.

– Vous voulez dire que je dois m'habiller comme une bonne ? s'insurgea-t-elle. Chez H & M…

Déjà, elle replongeait dans la cabine d'essayage, sous le regard affolé de la jeune vendeuse.

Agacé, Malko se tourna vers celle-ci.

– Montrez-moi ce que vous avez de plus simple, demanda-t-il.

La vendeuse l'emmena jusqu'à un portant où étaient accrochées des robes sans verroterie, ce que les Libanaises considéraient presque comme des robes de chambre. Il les examina et tomba sur une robe pourpre cardinale, très simple. Du Versace. Très décolletée, très moulante, fendue devant très haut. Il la décrocha et regagna la cabine.

– Mais c'est une robe à moins de 2000 dollars ! gémit la vendeuse. La princesse n'achète jamais de choses comme ça.

Malko avait déjà tiré le rideau de la cabine. Debout dans un coin, uniquement vêtue d'un string mauve et de ses bottes, la princesse Gamra boudait. Malko eut l'impression que les pointes de ses seins se braquaient sur lui comme des armes. Il tendit la robe cardinale.

– Cela va sûrement vous aller !

– Mais il n'y a rien dessus ! protesta la Saoudienne. On ne la voit pas.

– *Vous*, on vous voit, expliqua Malko. Et vous n'aurez pas l'air d'un arbre de Noël.

Gamra prit la robe et referma le rideau d'un coup sec. Quelques secondes plus tard, elle ressurgit, vêtue de la robe Versace.

– Alors, vous êtes satisfait ? lança-t-elle.

Malko l'enveloppa du regard. Cette fois, la Saoudienne était extrêmement sexy. Le tissu élastique moulait ses seins jusqu'aux pointes et la longue fente devant donnait envie d'y enfoncer la main.

– Vous êtes superbe, assura Malko.

La Saoudienne secoua la tête.

– Si je vais dans un dîner avec ça, toutes les femmes penseront que mon mari m'a coupé les vivres… Je ne…

Malko l'interrompit sèchement.

– Mais tous les hommes auront envie de vous baiser.

Sa remarque frappa la Saoudienne comme une flèche. Elle se retourna vers la glace, mais apostropha la vendeuse :

– Et toi, qu'est-ce que tu en penses ?

– C'est très simple, très élégant, bredouilla la jeune Libanaise. Morte de peur.

Elle demeura immobile quelques instants puis, rentrant dans la cabine, lança à Malko.

– Venez !

À peine le rideau retombé, elle se tourna vers lui, le regard flamboyant.

– Vous me dites que tous les hommes auront envie de me baiser ? Eh bien, prouvez le moi.

Son regard le défiait sans équivoque. Elle s'offrait. L'étrangeté de la situation réveilla la libido de Malko. Sans lui répondre, il enserra entre ses doigts à travers le fin tissu, les longues pointes des seins, et commença à les tordre doucement, son regard dans celui de la princesse.

– Vous me faites mal, protesta-t-elle.

Malko esquissa un sourire.

– Menteuse.

Écartant les pans du décolleté en V, il saisit alors les seins à pleine main, les malmenant pour la plus grande joie de Gamra, qui se mit à émettre une sorte de ronronnement continu. Malko, d'un geste discret, se libéra. Il glissa la main gauche dans la longue fente remontant entre les cuisses, atteignit le string mauve et le fit glisser le long des jambes de Gamra. Elle s'en débarrassa d'un coup de pied et il put alors ouvrir ses cuisses aussi loin que le permettait la robe.

Lorsqu'il s'enfonça dans le ventre de la Saoudienne, il put constater que son excitation ne le cédait en rien à la sienne. Gamra respirait comme si elle venait de courir un marathon... D'elle-même, elle posa la pointe de sa botte sur la petite banquette destinée à poser les vêtements, afin que Malko puisse la prendre plus facilement... Quand, dans cette nouvelle position, il s'enfonça d'un coup au fond de son ventre, la princesse poussa une sorte de rugissement, qui dut s'entendre jusqu'à la réception.

Visiblement, elle s'en moquait.

Accrochant ses bras autour du cou de Malko, elle se mit à se balancer d'avant en arrière, se frottant au sexe qui la transperçait. Toute la cabine d'essayage en était secouée...

– Plus fort ! grogna-t-elle.

Il y eut un craquement sinistre : la robe venait de s'ouvrir sur vingt centimètres de plus...

Ils explosèrent ensemble. Malko avait complètement oublié où il se trouvait lorsqu'il entendit la vendeuse demander timidement, de l'autre côté du rideau.

– Vous aimez la robe, excellence ?

Malko n'eut que le temps de se retirer. La princesse Gamra, après avoir remonté le tissu sur ses seins et laissé retomber le bas, encore pleine de la semence de Malko, jaillit de la cabine, et interpella la vendeuse.

– Vous l'avez dans quelle couleur ?

– Euh, fit la jeune Libanaise, je ne sais pas.

– Je les prends toutes, trancha la princesse saoudienne.

Tournée vers Malko, elle ajouta.

– Merci de vos conseils. À une autre fois.

Elle rentra dans la cabine et Malko, sous les regards admirateurs des vendeuses, reprit le chemin de sa chambre.

***

C'est son portable qui réveilla Malko, le lendemain matin. Ray Syracuse, le chef de Station de la CIA, paraissait très excité.

– J'ai reçu une réponse de Hollande ! annonça-t-il. Je vous envoie un véhicule sécurisé. Je crois que nous allons toucher le jackpot, ajouta-t-il, d'un ton mystérieux.

Intrigué, Malko se demanda ce qu'il avait pu trouver dans un dossier en grande partie vide, à tel point que le tribunal Pénal pour le Liban n'arrivait pas à formuler un acte d'accusation qui tienne la route.

CHAPITRE XIV

Ray Syracuse tendit à Malko une liste tapée sur une feuille de papier blanc : dix numéros de téléphone, tous des portables libanais commençant par 03. Au milieu, l'un d'eux était souligné en rouge.

– Qu'est-ce que c'est ?

– La liste des dix portables utilisés pour la préparation du meurtre de Rafic Hariri. Ils ont été utilisés un mois avant le 14 février 2005, et, le jour de l'attentat, par des gens qui suivaient le convoi à la trace. Ensuite, ils n'ont plus jamais été utilisés.

– Comment a-t-on connu ces numéros ?

– Grâce à un logiciel très pointu offert par les Français aux FSI. Permettant de déceler toutes les anomalies dans les utilisations d'un portable. C'est le capitaine Wissam Eyd, assassiné en janvier 2008, qui avait mis la méthode au point.

– D'où viennent-ils ?

– On l'ignore. Ils utilisaient tous des cartes prepaid achetées anonymement.

– Et les appareils eux-même ?

– On ne sait rien. Ils ont pu être achetés n'importe où, même en dehors du Liban. Ces numéros n'ont jamais lancé d'appels vers l'extérieur, se bornant à communiquer les uns avec les autres. La découverte du capitaine Eyd n'a mené nulle part. Or, celui qui nous a téléphoné utilise un de ces numéros. C'est la preuve qu'il a participé activement au meurtre de Rafic Hariri.

Malko demeura silencieux : c'était effectivement un pas de géant.

– Il n'y a plus qu'à prier pour que Mr X se manifeste, conclut Malko.

– Pour l'instant, nous ne bougeons pas, conclut le chef de Station de la CIA. Si, dans trois jours, il n'a pas donné de signe de vie, on le rappellera.

– Vous ne pouvez pas localiser l'appel ?

– Si, mais je serais obligé de demander l'aide des FSI. Je ne veux pas attirer l'attention sur ce numéro. Car, si *nous* ignorons qui utilise ce portable, d'autres peuvent le savoir. Et, à ce moment, ce serait le désigner à la vindicte de ceux qui veulent le faire taire.

– Et Mourad ?

– Il m'a dit qu'il avait une mission à Tyr : il est parti pour deux jours dans le sud. Je pense qu'il tient à être le plus possible à l'écart. Il est mort de peur.

Il y avait de quoi.

Malko s'abstint de parler de la princesse Gamra dans cette ambiance studieuse.

***

Le général Mourad Trabulsi avait déjeuné à l'entrée du village de Taar Debba, dans une boucherie-restaurant, de quelques brochettes d'agneau et d'une salade de tomates.

Depuis le matin, il faisait le tour des anciens du village avec une prudence de serpent, prétendant être à la recherche d'un déserteur des FSI, originaire du village. Au passage, se documentant sur la famille Mugniyeh.

Leur maison était toujours là, habitée par la très vieille mère des deux frères, morts tous les deux. L'un tué par les Américains, l'autre par les « Sionistes ». Bien entendu, Mourad Trabulsi ne posait aucune question précise, sachant qu'ici tout était rapporté au Hezbollah qui tenait solidement la région. Presque dans chaque demeure, il y avait des portraits de l'Ayatollah Khomeiny et de Nassan Nasrallah. Il en avait même vu un de Mahmoud Ahmadinejab…

Tout en buvant son café turc, il fit le point de ses découvertes. Imad Mugniyeh avait encore une famille importante. Un oncle vivant à Tyr, marié à une Allemande, une flopée de cousins et trois neveux, dont ici, personne ne savait grand-chose.

Il avait quand même recueilli leurs prénoms : Ali, Hassan, Mahmoud. Il était en train de finir son café, quand un jeune homme barbu vint s'attabler en face de lui. Un regard perçant, malgré l'attitude décontractée.

Mourad Trabulsi fut tout de suite sur ses gardes. Cela sentait le Hezbollah à plein nez. Le nouveau venu lui adressa un sourire engageant :

– Qu'Allah te protège, mon frère ! Est-ce que je peux t'aider ?

Mourad Trabulsi lui adressa un sourire chaleureux.

– Veux-tu partager mon repas ? Il reste des brochettes.

– Merci, mon frère, j'ai déjà déjeuné, fit l'inconnu. On m'a dit que tu étais à la recherche de quelqu'un du village.

– Absolument, confirma le général Trabulsi. Mon chef, le général Ashraf Rifi, le patron des FSI, m'a demandé si je pouvais retrouver la trace d'un certain Ali Al Mansour. Il a servi chez nous et a déserté. Comme il est originaire de ce village, j'ai voulu voir s'il était revenu ici. Hélas, personne ne le connaît.

Le jeune inconnu le fixait attentivement.

– Alors, tu appartiens aux FSI ?

Dans la région, les FSI n'étaient pas bien vus, alliés au clan Hariri. Mourad Trabulsi regarda ostensiblement sa montre.

– Il va falloir que je retourne à Beyrouth. Tu peux me laisser un numéro de mobile, si j'ai besoin d'un tuyau.

– Je n'en ai pas, fit le jeune homme, mentant visiblement. Mais si tu reviens, va à la mosquée et demande Mahmoud. *Allah maak*[1] !

Il se leva, salua la main sur le cœur et s'éloigna, enfourchant une vieille moto qui disparut dans un nuage de poussière.

Mourad Trabulsi était soucieux. Bien entendu, il n'avait pas prononcé le nom d'Imad Mugniyeh, mais il savait que ce jeune Hezbollah allait interroger tous ceux à qui il s'était adressé. Et transmettre son rapport à Beyrouth. Il espérait que personne ne s'étonnerait qu'un général des FSI vienne dans ce village perdu s'enquérir d'un modeste sous-officier chiite disparu…

Il paya et regagna sa voiture. Il avait au moins une piste pour commencer ses recherches. C'était une course contre la montre. Il n'y avait plus qu'à prier pour que le Hezbollah ne suive pas le même raisonnement que lui.

Eux, possédaient des moyens plus rapides que lui de localiser les membres de la famille Mugniyeh. Et, si besoin est, de les éliminer, même à titre de précautions.

Les Syriens ne prenaient jamais de risques.

***

1. Qu'Allah t'accompagne.

Ali Mugniyeh avait du mal à se concentrer, en dépit de l'intérêt du discours du colonel des Pasdaran qui leur faisait un cours sur les derniers armements israéliens. Depuis sa conversation avec le représentant des Américains, il savait qu'il était à un virage. Soit il ne donnait pas suite à leur demande de rendez-vous et dans ce cas, il ne risquait rien, soit il acceptait de rencontrer quelqu'un afin de livrer ce qu'il savait...

Mais il prenait alors un risque énorme.

Au cours d'une réunion secrète avec la branche « sécurité » du Hezbollah, dirigée par un pro-Syrien, il avait appris que l'appareil était mobilisé pour découvrir le traître qui avait livré aux Américains l'emplacement de la tombe de Ahmed Abu Adass.

Bien entendu, personne ne le soupçonnait, puisqu'il faisait partie de la garde rapprochée de Hassan Nasrallah et représentait la branche « pro Iran » du conseil de sécurité du Hezbollah.

Au cours de cette réunion, il avait quand même appris quelque chose : deux hommes étaient particulièrement surveillés. D'abord, un agent de la CIA nommé Malko Linge qui habitait le Phoenicia et semblait avoir pris la suite de celui liquidé par le Hezbollah.

Visiblement, ce message n'avait pas suffi et les Américains continuaient leurs recherches.

Et, au cours de cette réunion, un autre nom était venu à la surface : le général Mourad Trabulsi, pourtant considéré comme un élément plutôt bienveillant à l'égard du Hezbollah. Certes, il avait averti de la volonté des Américains de poursuivre leur enquête, mais un rapport de la veille, venu du sud Liban, avait attiré l'attention. Le général s'était rendu dans le village de Tarr Debba et avait posé beaucoup de questions, sans que l'on comprenne la raison de cette visite. Or, ce n'était pas un homme à perdre son temps.

Ali Mugniyeh était demeuré impassible. Le village visité était le berceau de sa famille. Et c'était le général Trabulsi qu'il avait appelé lorsqu'il avait décidé de commencer sa vengeance. Sachant sa proximité des Américains.

Bien sûr, il y avait d'autres agents de la CIA à Beyrouth, mais c'étaient les deux interlocuteurs les plus probables.

Son regard se leva et tomba sur une photo fixée au mur, au milieu de celles d'autres martyrs : celle de son oncle Imad Mugniyeh.

Ce qui raviva immédiatement sa haine. Comme il était en bout de table, personne ne pouvait lire par-dessus son épaule. D'un geste naturel, il prit son portable et tapa un court SMS qu'il expédia et effaça aussitôt.

Les dés étaient jetés.

***

Le général Mourad Trabulsi s'était lancé dans un véritable travail d'archiviste à travers tous les dossiers consacrés au terrorisme libanais et, spécialement, à la famille Mugniyeh qui, venant du sud Liban, avait émigré à Beyrouth au milieu des années 70. Beaucoup étaient morts. Il restait l'oncle d'Imad Mugniyeh, qui ne bougeait pas de Tyr, trois neveux, les enfants de son frère, liquidé par la CIA et plusieurs cousins, répartis un peu partout, l'un vivant même en Colombie...

C'étaient les trois neveux qu'il avait ciblés. Installé dans le sous-sol des archives, il venait enfin de retrouver leurs fiches à la Sûreté Générale, grâce à la complicité d'une vieille copine. Il les examina une par une.

Éliminant déjà le premier, prénommé Imad, comme son oncle : il avait été tué dans le sud Liban au cours d'une opération israélienne.

Un autre vivait en Iran où son oncle l'avait emmené et, aux dernières nouvelles, s'y trouvait toujours. Il semblait être le responsable des opérations secrètes menées en Afrique, spécialement au Soudan et en Somalie. On n'avait même pas une photo de lui.

Il restait le troisième : Ali, 33 ans, qui, lui aussi, avait émigré en Iran. Mais la Sûreté Générale pro-syrienne dirigée jusqu'en 2005 par Jamil Sayed, homme lige des Syriens, le soupçonnait de faire de fréquents séjours au Liban, sous un faux nom et avec un passeport iranien.

C'était maigre, mais mieux que rien. Mourad Trabulsi décida que sa prochaine démarche serait le « criblage » de l'ambassade d'Iran à Beyrouth, qui avait de nombreux liens avec le Hezbollah.

Il remonta trois étages et rejoignit son bureau, appelant aussitôt un de ses adjoints, le Major Tabet, chargé de la surveillance des ambassades. Après lui avoir recommandé la discrétion, Mourad Trabulsi lui demanda de lui apporter la liste du personnel « sensible » de l'ambassade d'Iran.

Il y avait une douzaine de fiches, surtout des Pasdaran, un représentant du Ministère du renseignement iranien, un de la Sécurité Militaire, avec chacun une fiche détaillée et une photo. Mourad Trabulsi s'arrêta sur la fiche d'un certain Mahmoud Tudeh, dont la photo, prise au télé, montrait un visage barbu et creusé, au regard brûlant. Quelques mots lui sautèrent au visage : la fiche indiquait que sous l'identité iranienne, se cachait très vraisemblablement Ali Mugniyeh, citoyen libanais, neveu d'Imad Mugniyeh, assassiné le 12 février 2008 à Damas.

Il referma le dossier et alla le rendre au Major Tabet.

– Merci, dit-il, je n'ai pas trouvé ce que je cherchais.

Il était presque certain d'avoir identifié la « taupe » au sein du Hezbollah. Il restait à utiliser cette information. Pour sauver sa peau.

*
* *

Le portable de Malko couina : un SMS venait d'arriver. Il l'ouvrit : le texte était très court.

« Vol Iranair 513. Lundi 16 h 55.

Son pouls s'envola en voyant le numéro qui avait émis ce message. C'était celui de Mr X., l'homme qui possédait des preuves contre les Syriens.

CHAPITRE XV

– Le vol 513, en provenance de Téhéran, se pose bien à 16 h 55, annonça Ray Syracuse, le lundi.

– Vous avez pu vérifier la liste des passagers ? demanda aussitôt Malko.

– Pas encore et ce n'est pas facile. Il n'y a rien à faire au départ de Téhéran, je ne l'aurais qu'à travers les Libanais et je ne veux pas leur donner de mauvaises idées. De toutes façons, celui qui nous intéresse ne se trouve pas en Iran…

– Évidemment, reconnut Malko, mais je ne m'explique pas le lien de ce rendez-vous. Cela signifierait que notre « taupe » a quelque chose à voir avec l'Iran.

– Ça n'a rien d'étonnant, le Hezbollah est très proche de Téhéran, rappela l'Américain. Et en plus, un aéroport est un endroit propice pour une rencontre : on peut se perdre dans la foule. Seulement, celui de Beyrouth est *aussi* tout près de la zone Hezbollah et il y a encore beaucoup de « créatures » syriennes qui y travaillent. Ce n'est pas un endroit « safe » pour nous.

– Il faut quand même aller à ce rendez-vous…

– Bien sûr, approuva l'Américain, mais en prenant beaucoup de précautions. Je vais en parler à Mourad.

– Ce n'est pas imprudent, après ce qu'il a fait ?

– Il marche avec nous désormais et il connaît bien la zone. Il ne prendrait pas le risque de vous balancer.

– Que Dieu vous entende ! soupira Malko. Il eut soudain une idée. Vous pourriez nous procurer la liste des vols qui arrivent dans le même créneau horaire ?

Après tout, la référence au vol de Téhéran pouvait être un leurre.

***

Mourad Trabulsi buvait du petit lait. Ce que venait de lui apprendre le chef de Station de la CIA confirmait ses soupçons. Le lien avec l'Iran. La « taupe » devait être Ali Mugniyeh. Habitant à l'ambassade d'Iran, possédant un passeport iranien, cela le mettait en partie à l'abri du Hezbollah pro-syrien.

La question était de savoir s'il allait *vraiment* se montrer. Même dans la foule, c'était difficile de prendre contact dans l'aéroport, en permanence surveillé par les hommes du Hezbollah. Que cachait ce rendez-vous ?

Il aurait donné cher pour se rendre lui-même à l'aéroport, mais il lui était impossible de se montrer là-bas ouvertement. Le Hezbollah soupçonnerait immédiatement une manip...

Côté sécurité, il faisait confiance aux Américains. Ils allaient mettre le paquet pour assurer la sécurité de Malko. Il se décida pour une cote mal taillée. Il irait, mais resterait à l'extérieur, dans un « sous-marin », un fourgon des FSI aménagé pour la surveillance policière. Prétendant officiellement qu'il voulait s'assurer de la présence d'un membre des Pasdaran, à l'arrivée du vol de Téhéran. Garé devant l'aérogare, il pourrait quand même observer pas mal de choses et aurait sous la main plusieurs de ses hommes prêts à intervenir. En tous cas, si Ali Mugniyeh se trouvait à l'arrivée du vol, c'était la preuve qu'il était la « taupe ».

Mourad Trabulsi se dit qu'il avait une longueur d'avance sur ses « alliés » américains. Une information de cette importance pouvait se négocier très cher…

Ce qui lui permettrait de continuer à filer des jours tranquilles à Beyrouth, sans trembler chaque fois qu'il mettrait sa voiture en route.

***

Malko avait garé sa voiture, une Toyota anonyme en plaques libanaises, fournie par la CIA, dans le grand parking en face de l'aérogare flambant neuve de Beyrouth. Bien entendu, le dispositif de protection mis en place par Ray Syracuse était opérationnel depuis le début de l'après-midi. Des agents, noyés dans la foule du hall d'arrivée, tous armés.

Lui, avait quand même pris un Sig-Sauer, à tout hasard. *Normalement*, seul l'expéditeur du SMS savait qu'il était là. Sauf si quelqu'un d'autre avait utilisé le numéro de Mr X.

Il rejoignit la foule qui attendait en face de la porte coulissante par laquelle passaient les passagers à l'arrivée. Une demi-douzaine de vols provenant de différents pays, en deux heures. Celui de Téhéran s'était posé vingt minutes plus tôt. Malko regarda autour de lui, scrutant la foule habituelle des aéroports : des familles, quelques femmes seules, des hommes avec des pancartes pour se signaler à ceux qu'ils attendaient.

À quoi pouvait ressembler l'homme avec qui il avait rendez-vous ? Comment entrerait-il en contact avec lui ? Allait-il l'appeler sur le portable de Louis Carlotti ?

Les passagers du vol de Téhéran commençaient à sortir. Il sursauta.

Probablement poussé par la foule, un jeune homme venait de s'appuyer brièvement à son dos. Malko se retourna, mais, déjà, l'inconnu s'éloignait : ce n'était pas celui qu'il attendait.

***

Hassan Sadr recevait un visiteur lorsque son portable sonna. Celui-ci le reliait à ses équipes sur le terrain. Il reconnut tout de suite la voix de son chef de mission, un certain Kassem.

– Il attend quelqu'un, annonça l'homme du Hezbollah. Il y a un vol en provenance de Téhéran, un de Ryad et un de Zürich. Il est armé.

– Comment le sais-tu ?

– Je me suis approché de lui, j'ai senti la crosse d'une arme sous sa veste.

Ce n'était pas extraordinaire qu'un agent de la CIA en mission porte une arme. Mais qu'est-ce que celui-là faisait à l'aéroport ?

Il avait été suivi depuis son départ du Phoenicia. Depuis l'incident de la zone portuaire, Hassan Sadr avait affecté une équipe de six militants à sa filature, afin de ne pas le lâcher d'une semelle. Persuadé qu'il continuait à s'intéresser au Hezbollah. Il devait absolument découvrir qui le renseignait. Très peu de gens savaient où était enterré Ahmed Abu Abass. Dieu sait ce que ce traître pouvait encore avoir révélé aux Américains.

Une évidence s'imposa à Hassan Sadr : la présence de cet agent de la CIA à l'aéroport de Beyrouth était probablement liée à l'affaire en cours.

– Ne le lâchez pas, recommanda-t-il à Kassem, et tenez-moi informé en temps réel.

***

Les derniers passagers du vol Iranair 513 de Téhéran franchissaient maintenant en rangs serrés la porte coulissante donnant sur le hall d'arrivée. Malko les suivait des yeux distraitement, sachant que la surprise ne viendrait pas de ce côté-là. Le vol s'était posé une heure plus tôt, à 17 h 10.

Devant lui, des barbus s'étreignaient avec fougue, des familles se retrouvaient au milieu des piaillements des enfants.

Il était le seul non oriental de la foule : on ne pouvait pas le rater.

Le temps passait. Les passagers du Téhéran-Beyrouth se faisaient plus rares. Une femme poussait un énorme chariot, entourée de trois bambins, enveloppée dans l'abaya noire des Chiites, accueillie par un envol de voiles noirs.

Il se dit qu'il allait repartir bredouille. Qu'était-il arrivé à Mr X ?

***

Ali Mugniyeh avait l'impression d'avoir froid, en dépit de la chaleur lourde régnant dans le hall d'arrivée, mal conditionné.

La délégation en provenance de Téhéran qu'il était venu accueillir tout à fait officiellement, dirigée par Hussein Taieb, le nouveau directeur du Renseignement des Pasdaran, se faisait attendre. Les douanes libanaises étaient toujours pointilleuses avec les officiels iraniens.

Ce qui était peut-être un bien.

En effet, il avait donné rendez-vous à cet agent de la CIA avec l'intention, si c'était possible, de lui remettre une liste de dix noms qui tenait sur une carte de visite enfouie au fond de sa poche.

Une liste qui, si on la trouvait sur lui, le ferait pendre à un croc de boucher, pour commencer.

Flanqué d'un membre des Pasdaran affecté à l'ambassade d'Iran de Beyrouth, il avait eu largement le temps d'examiner les gens massés derrière les barrières de sécurité, face à la grande porte coulissante à travers laquelle passaient les passagers à l'arrivée.

Repérant immédiatement l'agent de la CIA.

Ils n'étaient qu'à quelques mètres l'un de l'autre. En théorie, il pouvait se rapprocher de lui et lui glisser la carte, même sans échanger un mot. Celui qui l'accompagnait, Choadjeddine Nassiri, ne cessait de regarder les femmes d'un air concupiscent et ne se méfiait évidemment pas de lui.

Seulement, grâce à cette longue attente, Ali Mugniyeh avait eu le temps d'observer la foule. Y repérant sans mal un nombre inhabituel de membres du Service de Sécurité du Hezbollah. Ce n'était sûrement pas pour le protéger : il ne risquait rien, avec son passeport diplomatique.

Il y avait donc une autre raison à leur présence…

Et cette raison pouvait être la surveillance de l'agent de la CIA, repéré depuis longtemps.

Ce qui rendait suicidaire tout contact avec ce dernier. Au moment où il prenait la décision de ne rien faire, les trois Iraniens surgirent enfin, tous sourires. Ali Mugniyeh en connaissait un, qui l'embrassa trois fois et lui glissa un gros sac de pistaches, spécialité iranienne.

Précédant les trois visiteurs, Ali Mugniyeh s'éloigna vers la sortie.

Sans se retourner.

Il avait eu très peur et il se dit soudain que c'était idiot de risquer sa vie pour venger son oncle. Il aurait au moins essayé. Il ne voulait pas communiquer ses informations par téléphone ou SMS : cela pouvait être enregistré et laissait des traces. Comme il ne sortait de l'ambassade d'Iran qu'escorté, il lui était impossible de donner rendez-vous.

Lorsqu'il prit place dans la Mercedes officielle de l'ambassade, sa décision était prise.

Il abandonnait sa vengeance.

***

À l'intérieur de son sous-marin, le général Mourad Trabulsi exultait. Grâce aux photos de son dossier, il avait formellement reconnu Ali Mugniyeh. N'étant pas à l'intérieur de l'aérogare, il ignorait si un contact avait eu lieu ou non, mais désormais, il était certain d'avoir identifié Mr X.

Au moment de repartir, il aperçut Malko Linge qui sortait de l'aérogare. Seul. Il s'arrêta au bord du trottoir, attendant que la circulation ralentisse, pour gagner le parking, en face. Ali Mugniyeh l'avait-il contacté ?

Il le saurait par les Américains.

***

Hassan Sadr avait cessé toutes ses autres activités pour suivre minute par minute ce qui se passait à l'aérogare de Beyrouth.

Pourquoi l'agent américain attendait-il le vol de Téhéran ? D'après ses hommes, il n'avait parlé à personne, n'avait été abordé par personne.

Un de ses hommes appela.

– Il s'en va, annonça-t-il.

Hassan Sadr allait dire « démontez » lorsqu'une idée lumineuse lui vint à l'esprit. Cet agent américain connaissait sûrement l'identité du traître ! Il tenait donc une occasion inespéré de l'apprendre à son tour.

Rapidement, il donna ses instructions à son agent et alerta une des permanences du Hezbollah de Borj El Brajnieh.

***

Malko s'apprêtait enfin à traverser lorsqu'il sentit une présence derrière lui. Il se retourna, découvrant un jeune barbu au regard froid, qui lui souffla en anglais :

– *The yellow Honda. Follow me* [1].

Déjà, il s'éloignait en direction d'une voiture jaune garée à un endroit interdit, juste après la sortie du parking où se trouvait le véhicule de Malko.

Ce dernier exultait. Comme dans la Bekaa, ce rendez-vous était sérieux. L'homme qui venait de l'aborder n'était sûrement pas Mr X., mais il fallait le suivre. Il traversa et attendit d'être dans le grand ascenseur menant au parking, pour taper un texto destiné à Ray Syracuse :« contact ».

***

Le général Mourad Trabulsi avait assisté au « tamponnage » de Malko. D'abord surpris, puis inquiet. Il

1. La Honda jaune. Suivez-moi.

suivit des yeux le jeune homme qui regagnait la voiture jaune garée cent mètres plus loin ; il s'y installa mais ne démarra pas.

Donc, il attendait peut-être Malko, parti chercher sa voiture…

Mourad Trabulsi, qui avait vu Ali Mugniyeh, ne s'attendait pas à un contact sous cette forme, mais tout était possible.

Cinq minutes plus tard, il vit surgir la Toyota conduite par Malko. Ce dernier ralentit en arrivant à la hauteur de la voiture jaune, qui démarra aussitôt, en direction de la sortie de l'aéroport. Mourad Trabulsi quitta son poste d'observation et jeta à son chauffeur.

– Tu suis la Toyota jaune, pas trop près.

Il avait l'impression que le dispositif de protection américain s'était cantonné à l'aérogare : personne n'était sorti derrière Malko. Les agents de la CIA avaient reçu mission de protéger une éventuelle rencontre, pas de suivre Malko, hors de l'aérogare.

***

La petite voiture jaune remontait l'avenue Camille Chamoun, en direction du nord. Celle-ci se transformait en autoroute, un peu plus loin, parallèle à la route côtière menant à Tyr. À gauche, c'était un quartier de buildings modernes, à droite, le fouillis des ruelles de Borj El Brajnieh.

Concentré sur sa conduite, Malko ne quittait pas des yeux la voiture jaune.

Celle-ci ralentit. Ils approchaient de la mosquée Al Rassoul Al Azar.

Le conducteur de la voiture jaune mit son clignotant et tourna à droite dans une ruelle s'enfonçant perpendiculairement à l'avenue Camille Chamoun, dans Borj El Brajnieh. Après une brève hésitation, Malko s'engagea à sa suite. Ralentissant dans la ruelle étroite, encombrée de piétons, de charrettes, de véhicules garés n'importe comment.

Trois cents mètres plus loin, la ruelle se scindait en deux. Le conducteur de la voiture jaune tourna à gauche, s'enfonçant encore plus profondément dans le ghetto hezbollah.

Malko commença à s'inquiéter. Il se trouvait dans un véritable labyrinthe de ruelles sans noms, bordées d'ateliers, de boutiques, de maisons à moitié démolies. Pas un étranger. Pas un policier. Imposible de s'orienter. Personne ne pouvait se diriger là-dedans sauf si on y était né...

Par prudence, il ôta le Sig-Sauer de sa ceinture et le coinça sur le siège voisin. Les passants se ressemblaient tous : des barbus et des femmes « bâchées ». Il était à des années lumière du centre élégant du Beyrouth moderne.

Il essaya de prendre son portable pour avertir Ray Syracuse mais il n'arrivait pas à composer le numéro en roulant et il ne pouvait pas s'arrêter, sous peine de perdre la voiture jaune, dont le conducteur, lui, semblait très bien savoir où il allait. Ils roulaient déjà depuis un bon quart d'heure dans ce labyrinthe. Son inquiétude grimpa d'un cran. À un carrefour, il venait d'apercevoir un homme en treillis, coiffé d'une casquette de toile, un Motorola à la main. Un « policier » du Hezbollah, qui lui jeta un regard intrigué.

Si seulement il avait su comment rebrousser chemin, il n'aurait pas hésité. Mais c'était impossible : son seul point de repère était la petite voiture jaune qui se faufilait devant lui.

***

En voyant disparaître la voiture jaune dans l'inextricable labyrinthe des ruelles de Borj El Brajnieh, Mourad Trabulsi comprit instantanément ce qui se passait : Malko était tombé dans un piège !

Sans qu'il sache comment, le Hezbollah avait été mis au courant du rendez-vous de l'aéroport et l'attirait chez lui, là où personne ne pourrait lui venir en aide.

– Arrête toi ! ordonna le général libanais à son chauffeur.

Ils étaient à dix mètres de l'endroit où les deux véhicules avaient tourné. Fiévreusement, le Libanais prit son portable et appela Ray Syracuse.

– Il y a un problème, annonça-t-il, j'ai peur que Malko se soit fait enfumer.

Mis au courant, le chef de Station demanda aussitôt.

– Vous ne pouvez pas intervenir ?

– Non, avoua Mourad Trabulsi : nous avons des ordres pour n'aller *sous aucun prétexte* dans le *Hezbollahland.* C'est un accord politique. En plus, je n'ai qu'un seul homme avec moi et mon véhicule se ferait immédiatement repérer. Où est le dispositif qui était en place à l'aéroport ?

– Nous avons démonté, avoua l'Américain, et mes hommes ne connaissent pas la banlieue sud. Qu'est-ce qu'on peut faire ?

– Il faut qu'il sorte de là à tout prix, insista le Libanais. Ils vont sûrement essayer de le kidnapper. Là-bas, c'est facile. J'espère qu'il n'est pas trop tard. Avertissez-le immédiatement. Je reste sur place.

Il coupa la communication, la gorge serrée par l'angoisse : il avait tout intérêt à ce que Malko échappe au

Hezbollah : prisonnier, il parlerait. Personne ne résistait à une perceuse bien utilisée. Donc, le Hezbollah apprendrait *son* rôle. Il aurait tout juste le temps d'attraper un avion, pour ne jamais revenir au Liban…

Il alluma une cigarette et se mit à prier, lui qui était plutôt athée.

***

– Qu'est-ce qu'on fait ? demanda Kassem. Il est toujours derrière nous.

– Vous êtes où ?

Le Hezbollah l'expliqua à son chef.

– Échappez-lui, ordonna celui-ci. Mes hommes prennent la suite.

Avec un second portable, il donna ses ordres. Désormais, l'agent des Américains ne pouvait plus lui échapper. Une fois planqué dans un sous-sol du Hezbollah, ils auraient tout le temps de le faire parler… En plus, il n'y avait aucune preuve contre eux : il n'avait pas rendez-vous à l'aéroport avec un membre du Hezbollah.

***

Malko saisit son portable qui sonnait et dut ralentir. Presque au même moment, la voiture jaune accéléra et tourna dans une petite voie encore plus étroite que la ruelle où il se trouvait. Malgré tout, il stoppa à son tour en poussant un juron : un taxi vide lui barrait la route, laissant la voiture jaune s'éloigner. En quelques secondes, elle eut disparu. Il répondit à son portable.

La voix tendue de Ray Syracuse lui envoya une giclée d'adrénaline dans les artères.

– Malko ! *You are framed*[1] ! Dégagez le plus vite possible.

– Je vais essayer, dit Malko, mais je ne sais pas où je suis !

– J'envoie du monde dans Camille Chamoun avenue, continua Ray Syracuse, mais ils ne seront pas là tout de suite. Essayez de faire demi-tour.

Malko tenta de garder son sang-froid : il ne disposait d'aucun point de repère dans ce fouillis de ruelles sans nom, qui se ressemblaient toutes. Pas un seul bâtiment élevé, aucun dégagement. Subitement, il réalisa qu'il était *vraiment* en danger.

Brutalement, il passa la marche arrière et exécuta ensuite un demi-tour, repartant d'où il était venu.

Même le soleil ne pouvait pas le guider. Il tenta de s'orienter, mais, très vite, s'aperçut qu'il tournait en rond. Pas question de demander son chemin, on ne parlait qu'arabe et on n'aurait pas renseigné un étranger.

Il jeta un coup d'œil dans le rétroviseur et son pouls grimpa au ciel : le taxi qui l'avait bloqué était désormais derrière lui. Il venait juste de s'arrêter quelques secondes pour charger quatre jeunes gens.

La traque était commençée.

Il continua, accroché à son volant, ignorant totalement dans quelle direction il allait. À un moment, il crut apercevoir un bâtiment assez haut et, pour s'en rappeler, tourna dans une voie à sens unique, encore plus étroite que les autres.

Soudain, un étrange engin surgit devant lui. Un scooter à trois roues, tenant toute la largeur de la voie, chevauché par un énorme barbu en jaune, un vrai bibendum.

1. Vous êtes manipulé.

L'engin fonçait dans sa direction, bloquant toute la largeur de la ruelle.

Et derrière lui, le taxi bourré de jeunes gens se rapprochait.

Il était coincé.

CHAPITRE XVI

Malko écrasa le frein. Quelques secondes plus tard, sa Toyota fut ébranlée par un choc violent à l'arrière. Le taxi venait de l'emboutir volontairement. À peine eut-il stoppé que deux hommes en jaillirent, pistolet au poing, et coururent vers la Toyota.

En un éclair, il imagina ce qui allait arriver : une fois dans une planque du Hezbollah, personne ne pourrait plus rien pour lui.

Un des agresseurs saisit la poignée de sa portière et tenta de l'ouvrir : heureusement, les portes étaient bloquées automatiquement pendant la marche. Malko prit sa décision en une fraction de seconde et écrasa l'accélérateur. La Toyota fit un bond en avant et l'homme accroché à la portière roula sur le sol.

Malko donna volontairement un coup de volant à gauche, afin de heurter le tricycle jaune sur le côté.

Sous ce choc violent, l'énorme conducteur en jaune s'envola et retomba sur un étal de fruits et légumes. Dans un vacarme de tôles froissées, la Toyota balaya le tricycle et parvint à se faufiler entre un mur et l'engin. Malko faillit renverser une femme en abaya noire qui l'insulta. D'un coup d'œil, il vit le taxi que cherchait à se faufiler à son tour dans la ruelle.

Celle-ci faisait un coude vingt mètres plus loin et il perdit de vue ses poursuivants. Fonçant toujours au hasard. Il fallait absolument qu'on lui vienne en aide. Sinon, il tournerait dans ce labyrinthe jusqu'à la panne d'essence…

Il allongea la main pour prendre son portable posé sur le siège.

Rien !

L'appareil avait dû glisser sur le plancher lors du choc avec le taxi. Pas question de s'arrêter pour le retrouver, ses adversaires étaient sûrement à ses trousses.

Comme un automate, il se mit à enchaîner les ruelles, toutes identiques, complètement perdu, avec une seule idée : échapper aux tueurs du Hezbollah.

Bien sûr, il était armé, mais, dans ce quartier chiite où la population était uniformément hostile aux étrangers, cela ne le mènerait pas loin.

***

Hassan Sadr jonglait avec ses portables et le Motorola posés sur son bureau. En contact avec ceux qui traquaient l'agent de la CIA. Au fur et à mesure de ses appels, un de ses adjoints reportait sur une carte la position du véhicule poursuivi. Il se trouvait en plein cœur de Borj El Brajnieh et Hassan Sadr n'était pas trop inquiet : visiblement, le conducteur de la Toyota ne savait pas où il allait, repassant parfois deux fois au même endroit.

Le chef des opérations du Hezbollah commença à donner des ordres précis, établissant des barrages improvisés dans plusieurs rues autour de la voiture traquée. Son conducteur finirait bien par venir s'y jeter.

Chaque barrage était dirigé par un membre du Service

de Sécurité du Hezbollah qui savait où il fallait immédiatement transporter le prisonnier.

C'était une question de minutes...

Les Américains et leurs alliés libanais n'allaient pas tarder à réagir, même s'ils n'étaient pas en position de force : depuis longtemps, aucune force de police ne se risquait plus ni à Borj El Brajnieh, ni à Haret Hrerk.

***

– Il ne répond plus, lança Ray Syracuse dans son portable. Ces salauds l'ont attrapé.

Le chef de Station de la CIA avait envie de vomir ! Toute la Station était sur le pont et trois équipes de la CIA avaient été dépêchées vers le Hezbollahland, mais le temps qu'elles y arrivent, ce serait trop tard... À l'autre bout du fil, Mourad Trabulsi répondit aussitôt.

– J'alerte le général Rifi. On va essayer d'emprunter un hélico à l'armée pour l'envoyer sur la zone...

– Mais qu'est-ce qu'il peut faire ? objecta Ray Syracuse. Il ne va quand même pas bombarder le quartier...

– Non, bien sûr, reconnut le général libanais, mais s'il pouvait repérer la voiture en volant très bas, il pourrait le guider ou effrayer ceux qui le poursuivent.

– OK ! Tentez le coup.

Ray Syracuse se planta devant la grande carte de Beyrouth, redevenue soudain une ville hostile comme au temps de la guerre civile. Dix minutes plus tard, le téléphone sonna. Il décrocha, la gorge serrée, craignant qu'on lui annonce la capture de Malko.

C'était encore Mourad Trabulsi.

– On a de la chance ! annonça-t-il. Un « Apache » de l'armée venait de se poser aux FSI, ramenant Ashraf Rifi d'une tournée. Il vient de redécoller. Il sera sur zone dans dix minutes.

– C'est grand, là-bas ! soupira l'Américain.

En plus, il fallait voler extrêmement bas pour distinguer ce qui se passait dans les rues étroites. Un second appel : la première équipe de la CIA était arrivée à la lisière de Borj El Brajnieh, le long de l'avenue Camille Chamoun, et demandait des instructions.

– Restez là et priez ! lança Ray Syracuse.

Il n'allait pas les envoyer dans ce labyrinthe hostile, sans avoir localisé Malko.

Il but une grande gorgée de café froid et jura entre ses dents. Décidément, cette opération n'apportait que des problèmes. Même la découverte du cadavre à Aanjar ne représentait pas une avançée significative : aucun lien concret avec les Syriens.

***

Malko freina en débouchant sur un carrefour un peu plus dégagé que les autres. Trois voies en partaient. Dans le rétroviseur, il aperçut une voiture sombre qui le talonnait depuis peu.

Au hasard, il prit à gauche. La ruelle était bordée d'immeubles plus modernes que le reste du quartier, la chaussée un peu plus large. Tout à coup, un flot d'adrénaline faillit faire exploser ses artères ; cent mètres devant lui, deux voitures étaient immobilisées en travers de la chaussée, formant une chicane sur laquelle veillait un civil armé d'une Kalach.

Sans réfléchir, il prit à droite, parcourut cinquante mètres et stoppa : c'était une impasse.

Marche arrière : il repartit dans la direction opposée, frôlant au passage la voiture qui le poursuivait. Il aperçut en un éclair des barbus à l'air mauvais. L'un d'eux, avec un pistolet.

Ce qui ne l'inquiéta pas outre mesure : s'ils avaient voulu le tuer, ils auraient essayé depuis longtemps. Ils le voulaient vivant. Il se retrouva au carrefour précédent et, cette fois, prit tout droit.

Cinquante mètres plus loin, il poussa un hurlement de joie. Entre deux grands immeubles, il venait d'apercevoir le ruban d'une autoroute urbaine surélevée.

Enfin un point de repère !

Il accéléra, tournant, virant, zigzaguant, essayant de garder la même direction. Et, enfin, il déboucha dans une rue en contrebas du ruban d'asphalte, soutenu par d'énormes piliers en béton.

Seulement, il se trouvait en *contrebas*, sur une voie courant parallèlement à l'autoroute !

Un 4 × 4 plein de barbus surgit d'une voie transversale. À quelques secondes près, il bloquait Malko.

Celui-ci continua, les dents serrées. Il ne pouvait quand même pas s'envoler pour rejoindre le ruban de béton qui courait au dessus de sa tête.

Désormais, le 4 × 4 était sur ses talons. Et, soudain, il aperçut à une centaine de mètres devant lui, une rampe d'accès !

En s'y engageant à fond la caisse, il eut l'impression de s'envoler vers le ciel ! Une chose le frappa aussitôt : quand il déboucha sur le ruban asphalté, il n'y avait aucun véhicule. Il lui sembla que la voie se dirigeait vers l'Est. De toutes façons, il arriverait bien quelque part.

Tout à coup, il poussa un juron : cinquante mètres devant lui, l'autoroute se terminait en impasse au dessus du vide. Inachevée. Même pas une rampe pour regagner le niveau inférieur. Il freina, effectua un brutal demi-tour et repartit par où il était venu. Pied au plancher, le 4×4 désormais à ses trousses.

***

– Je pense que nous l'avons repéré, annonça sur fond de crachotements, le pilote de l'hélicoptère des FSI. Il se trouve sur le Jamal Abdel Nasser freeway. Un véhicule 4×4 est à sa poursuite...

– Vous pouvez intervenir ? demanda aussitôt Ray Syracuse.

– Négatif, tant qu'ils ne manifestent pas d'intentions hostiles. Nous ignorons qui se trouve dans ce véhicule.

Toujours la « prudence » libanaise.

– OK, concéda la chef de Station, descendez aussi bas que possible, afin que l'on vous aperçoive. Lui et eux.

– Affirmatif, confirma le pilote des FSI.

– *Stay put*[1] insista l'Américain, je veux être informé en temps réel.

– *Roger*[2].

La ligne demeura ouverte. L'Américain regarda sur la carte l'emplacement du freeway. Il s'agissait d'une branche qui partait de l'autoroute menant à l'aéroport pour s'enfoncer vers l'Est, en direction de Hazmiveh, mais qui n'avait pas été terminée, s'arrêtant au milieu de Borj El Brajnieh. Si Malko ne se faisait pas attraper et tuer, il allait rejoindre le flot de la circulation à hauteur de la Cité Sportive. L'Américain prit son portable et alerta l'équipe la plus proche.

1. Restez en ligne.
2. OK.

***

Malko conduisait, un œil sur le rétroviseur, l'autre sur le ruban asphalté devant lui. Heureusement, à part quelques camions, il n'y avait personne…

Un second véhicule roulait derrière le 4 × 4, qui semblait beaucoup plus rapide… Sur sa droite, il apercevait la mer et, devant lui, l'autoroute menant à l'aéroport.

Soudain, un grondement puissant domina le bruit du moteur de la Toyota. Une ombre passa devant son pare-brise et il aperçut un hélicoptère « Apache » aux couleurs libanaises, qui volait au-dessus de lui !

Il n'était plus seul.

L'hélico ralentit et se mit à voler parallèlement à l'autoroute, à la même vitesse.

Encore un kilomètre avant de rejoindre la voie principale. Il s'aperçut que sa chemise était collée à son torse par la transpiration…

***

Hassan Sadr jonglait avec ses trois portables, organisant la poursuite de l'agent de la CIA, du fond de son QG. La voix d'un de ses hommes annonçant l'arrivée de l'hélicoptère lui arracha un cri de fureur.

Il se fit expliquer la situation et prit sa décision.

– Décrochez !

Pas question d'avoir un incident avec les FSI. Il ignorait les instructions reçues par l'équipage. En plus, il ne voulait pas que l'on identifie les occupants du 4 × 4.

Il coupa posément ses portables et se mit à réfléchir. L'intervention des FSI signifiait que l'homme qu'il avait tenté de kidnapper était important… Il ne s'était pas aventuré sans une raison sérieuse dans la zone hezbollah et il ne disposait d'aucune protection... Persuadé qu'il suivait celui avec qui il avait rendez-vous...

Ce qui confirmait l'existence d'un rendez-vous à l'aéroport avec le « traître » qui avait déjà livré des informations à la CIA.

Pourquoi l'aéroport ?

Pourquoi cet homme était-il resté devant les arrivées au moment de celle du vol de Téhéran ? Il n'avait approché personne, n'avait parlé à personne. Ses militants seraient debriefés mais Hassan Sadr n'en attendait pas grand-chose.

Évidemment, un aéroport était un bon endroit de rencontre et il n'était pas certain que l'agent de la CIA ait attendu quelqu'un en provenance de Téhéran. On pouvait lui avoir fixé un créneau horaire pour se trouver devant les arrivées.

Il se dit qu'en interrogeant un par un les « choufs » qui se trouvaient sur place, il récolterait peut-être un élément nouveau.

Les Syriens qui le talonnaient tous les jours allaient être furieux. Le fait de ne pas découvrir la « taupe » leur semblait incompréhensible, car le champ des recherches était limité.

Hassan Sadr décida de reprendre le dossier Hariri afin de tenter d'isoler des éléments suspects.

Pourtant, il était absolument certain que tous les gens susceptibles de trahir avaient été liquidés. Ne demeuraient que les insoupçonnables.

C'est parmi eux que se cachait le traître.

Comme toujours.

***

Malko avait été récupéré en face de la station-service Mobil Al Aram par deux équipes de la CIA, dans des 4 × 4 blindés. Pendant quelques minutes, il avait soufflé, repris un rythme cardiaque normal et retrouvé son portable pour appeler Ray Syracuse.

– Je me suis fait avoir, avoua-t-il. J'ai suivi l'homme avec qui je pensais avoir rendez-vous, Mr X. Ensuite, c'était trop tard pour faire marche arrière.

– Vous vous en êtes sorti, c'est le principal, conclut le chef de Station. Laissez votre voiture au Phoenicia et revenez à l'ambassade pour un briefing.

» Nous avons au moins une certitude : le Hezbollah était au courant du rendez-vous. Comment l'ont-ils appris ?

***

Ali Mugniyeh avait du mal à suivre la réunion avec les Pasdaran qu'il avait été chercher à l'aéroport. Un de ses hommes était venu lui glisser un mot au début du meeting, annonçant que Hassan Sadr, le chef de Opérations du Hezbollah, avait convoqué une réunion à onze heures du soir, à son QG, pour discuter d'une affaire importante : une tentative de pénétration des Américains dans le système hezbollah.

Cette annonce avait suffi pour que le pouls d'Ali Mugniyeh grimpe au ciel.

Les questions se bousculaient dans sa tête. Que savait exactement Hassan Sadr ? Était-il soupçonné ? Il avait pourtant pris toutes les précautions, n'avait adressé ni signe, ni regard à l'homme de la CIA. Sa venue à lui à l'aéroport était programmée depuis longtemps. C'était un déplacement officiel. Personne ne pouvait lui reprocher quoi que ce soit.

Cependant, il connaissait les méthodes d'investigations du Hezbollah. Hassan Sadr allait tout éplucher et certainement remarquer sa présence à l'aéroport. Certes, il était insoupçonnable, mais cela ne suffisait pas. Il faisait aussi partie des rares survivants de l'affaire Hariri, avec une poignée de militants, tous plus sûrs les uns que les autres. L'un d'eux avait été en contact direct avec l'homme qui avait tout organisé :

Assef Shahab.

S'il était mis en cause, ce dernier n'aurait que deux alternatives. Soit se tirer une balle dans la tête avant qu'on ne le « suicide », soit fuir et demander la protection du Tribunal International pour le Liban.

En faisant des révélations.

Certes, son espérance de vie n'était pas terrible, mais ce serait pour lui la moins mauvaise solution.

Ali Mugniyeh eut un geste machinal, comme pour chasser une mouche. Tout son plan était à l'eau. Si lui, ne voulait pas finir dans une prison clandestine du Hezbollah, torturé à mort, il devait abandonner sa vengeance.

Et, même ainsi, il n'était pas certain à 100 % de s'en sortir.

Il se bénit de n'avoir jamais révélé son identité aux Américains. C'était sa meilleure assurance sur la vie.

– *Haroi Mugniyeh, befar me*[1]...

La voix déférente de son adjoint iranien l'arracha à sa méditation. Il ôta ses lunettes et hocha gravement la tête.

– Je crois que vous avez raison, dit-il, il faut diversifier nos sources d'armement.

1. Monsieur Mugnyeh, s'il vous plaît...

CHAPITRE XVII

Tout en écoutant Ray Syracuse tirer les conclusions de se qui s'était passé à l'aéroport et ensuite, Malko avait encore devant les yeux les ruelles étroites de Borj El Brajnieh où il fonçaït, la peur au ventre, entouré de visages hostiles. Une fois de plus, il avait frôlé l'horreur…

Pas seulement la mort, mais bien pire. Comme s'il avait lu ses pensées, Ray Syracuse lâcha :

– Vous l'avez échappé belle !

– D'autant plus qu'on aurait pu me torturer, j'aurais été bien incapable de livrer le nom de l'homme avec qui j'avais rendez-vous puisque je ne le connais pas, précisa Malko, avec un sourire ironique.

Un ange passa, une perceuse sous les ailes et, après quelques instants de silence, le chef de Station demanda.

– À votre avis, que s'est-il passé ?

– Le plus vraisemblable, répondit Malko, c'est que Mr X a été démasqué, qu'il a parlé et que les gens du Hezbollah avaient projeté de m'enlever pour compléter leur victoire.

L'Américain eut un geste désabusé.

– Je pense comme vous. Nous revenons au point de départ. En pire. Car il y a gros à parier que notre

« source » est désormais neutralisée et que nous n'entendrons plus jamais parler d'elle. Donc, on peut faire une croix sur l'affaire Hariri. Il faudra que le Tribunal International pour le Liban se débrouille avec ce qu'il a, c'est-à-dire, pas grand-chose…

– Je crains que vous n'ayez raison, reconnut Malko. Je ne vais pas m'éterniser à Beyrouth. Il n'y a plus rien à y faire.

– Attendez ! Avant de clore définitivement ce dossier, je vais quand même demander l'avis de cette fripouille de Mourad Trabulsi.

Malko eut un sourire amer.

– Après ce qu'il nous a fait ! C'est peut-être encore lui qui a balancé le rendez-vous de l'aéroport au Hezbollah, pour « racheter » ses écarts de conduite, vis-à-vis d'eux.

Ray Syracuse émit un soupir ironique.

– Nous sommes au Liban. Ici, tout est possible, y compris les retournements d'alliance les plus inattendus. On dit que les Arméniens et les Libanais sont prêts à vendre leur mère pour obtenir quelque chose. La seule différence, c'est que les Libanais la livrent…

Malko se leva. Il avait l'impression d'avoir les jambes en coton. Il baissa les yeux sur sa Breitling : seulement sept heures moins dix. Pourtant, il avait l'impression d'avoir tourné des heures dans Borj El Brajnieh.

– Je vais me détendre un peu, annonça-t-il.

– *Wait a minute* ! coupa le chef de Station. Nous sommes *sûrs* désormais que le Hezbollah vous a identifié et pense que vous savez qui est Mr X. Même s'ils l'ont éliminé, ils peuvent vouloir encore vous kidnapper… Donc, vous ne bougez plus sans « baby-sitters » et vous n'allez plus dans les quartiers pourris. Je mets deux Nissan à votre disposition et vingt-quatre agents.

– Vingt-quatre ! sursauta Malko. Pourquoi pas un régiment de « marines » ?

L'Américain sourit.

– Cela ne fait que trois « *shifes* [1] » de huit heures. À l'Agence, nous sommes très à cheval sur les horaires de travail. Je vais les prévenir. Normalement, je devrais vous imposer le port permanent d'un gilet pare-balles. C'est le règlement.

– Pour les citoyens américains, souligna Malko ironiquement. Moi, je n'ai pas de veuve à qui verser une pension…

***

Mourad Trabulsi ne répondait pas… Malko n'avait pas insisté.

À chaque jour suffit sa peine.

Il était revenu au Phoenicia dans un véritable convoi blindé. Tout en sachant que sa meilleure protection était de ne jamais emprunter le même itinéraire à heure fixe. Tous ceux assassinés par les Syriens étaient des gens d'habitudes.

Le soir tombait. Rapidement, comme toujours, et les lumières de la marina brillaient de l'autre côté de la Corniche. Bien qu'il n'eût pas de plan pour sa soirée, il n'avait pas envie de la passer seul. Il avait décliné l'invitation à dîner du chef de Station. Il avait assez parlé de l'affaire Hariri pour la journée…

Il repensa alors à la princesse Gamra, qu'il n'avait pas revue depuis son « essayage » chez Aishi. Sans préavis, il y avait une chance sur mille qu'elle soit libre…

Il la tenta et appela.

1. Vacations.

L'accent un peu rauque de la princesse saoudienne lui envoya des frissons dans la colonne vertébrale.

– C'est Malko, annonça Malko.

– Attendez ! fit la Saoudienne.

Il obéit. Le portable émettait des bruits qu'il eut d'abord du mal à identifier : on aurait dit quelqu'un en train de se faire administrer un massage cardiaque. Il réalisa soudain que c'était tout simplement les soupirs saccadés d'une femme en train de faire l'amour.

Il allait raccrocher quand les soupirs firent place à un cri bref, puis le silence retomba. Rompu quelques instants plus tard par la princesse Gamra.

– Vous êtes là ?

– Oui, confirma Malko, mais je ne voudrais pas vous déranger…

– Vous ne me dérangez pas, affirma la Saoudienne. C'était seulement Selim qui me disait au revoir.

Elle était aussi mondaine que si elle parlait d'un baisemain. Pourtant, ses ovaires devaient encore frissonner. Le nommé Selim avait une façon très virile de prendre congé.

Quelle torride salope !

– Je voulais vous inviter à dîner, expliqua Malko. J'ai eu quelques émotions aujourd'hui et j'aimerais me changer les idées.

– J'ai décidé de ne pas dîner aujourd'hui, répliqua Gamra Al Shaalan Bin Saoud. Sinon, je n'entrerai plus dans les robes que nous avons achetées. Que vous est-il arrivé ?

– J'ai failli être enlevé par des gens du Hezbollah, expliqua Malko.

La princesse saoudienne cracha comme un chat en colère.

– Ces chiens d'admirateurs d'Ali ! Qu'Allah les fasse

périr en enfer pour l'éternité. C'est vrai, vous méritez de vous détendre, mais je ne veux pas dîner. Par contre, j'irais bien au Casino du Liban voir leur dernier spectacle, les ballets de Georgie. Vous voulez m'y emmener ?

– Avec joie, assura Malko, en se forçant un peu.

Comme toujours, après s'être tiré d'un mauvais pas, il avait une furieuse envie de faire l'amour.

Mais cela valait mieux que de passer la soirée seul.

***

Le général Mourad Trabulsi contemplait son portable posé sur la table basse avec méfiance, comme s'il s'apprêtait à le mordre. L'appareil avait enregistré les appels de Malko, et cela ne présageait rien de bon. Il n'était pourtant pour rien dans la tentative de kidnapping.

Revenu à son bureau après son passage dans la banlieue sud, il avait suivi les péripéties du sauvetage de Malko. Depuis ce qui s'était passé à l'aéroport de Beyrouth, le Libanais s'attendait aussi, à chaque seconde, à recevoir un appel de Hassan Sadr.

Il héla le barman du Club des Officiers et lui commanda un autre Chivas Regal.

Il avait besoin de réfléchir.

Il ne s'expliquait pas comment le Hezbollah avait tendu ce piège à Malko. Sauf si la « taupe » l'avait balancé. Or, quelque chose ne collait pas : Mourad Trabulsi avait la quasi-certitude que la « taupe » était Ali Mugniyeh. Or, ce dernier, s'il avait été démasqué, ne serait pas venu librement à l'aéroport.

Sa présence là-bas ne pouvait être une coïncidence. Il avait sûrement eu l'intention de prendre contact avec Malko, mais avait changé d'avis. Avait-il découvert la présence d'agents du Hezbollah ? ou s'agissait-il seulement d'un « essai », afin de vérifier si l'agent de la CIA était surveillé. Avec un homme aussi prudent qu'Ali Mugniyeh, ce n'était pas impossible…

En tous cas, s'il était bien Mr X, il allait se tenir tranquille, rentrer dans sa coquille, jusqu'à nouvel ordre. Prudence élémentaire. Si Mourad Trabulsi avait pensé à lui comme traître possible, le Hezbollah pouvait avoir tenu le même raisonnement.

Du côté américain, ce n'était pas brillant pour Mourad Trabulsi : ils devaient se dire qu'il était seul à pouvoir avoir balancé le rendez-vous. D'autant qu'il y avait l'antécédent fâcheux de la zone portuaire.

On ne prête qu'aux riches…

Lorsqu'il eut terminé son Chivas, la décision de Mourad Trabulsi était prise : pour se refaire une virginité avec les Américains, il n'avait qu'une solution : leur faire un très beau cadeau. L'identité de Mr X.

***

La princesse Gamra Al Shaalan Bin Saoud était éblouissante : un haut argenté, très décolleté, révélant les deux tiers de sa magnifique poitrine, un maquillage un peu forcé, faisant ressortir ses yeux bleus et un pantalon de soie noire moulant comme un gant, qui mettait en valeur sa croupe callipyge. Elle s'était tellement arrosée de Shalimar que Malko fut pris d'une quinte de toux lorsqu'elle monta dans le 4×4. Il avait négocié avec ses huit « baby-sitters » pour qu'ils le laissent seul dans le véhicule, pour avoir un peu d'intimité, et se tassent dans les deux autres 4×4 de la CIA.

Ceux-ci n'échappèrent pas à l'œil avisé de la princesse saoudienne qui remarqua aussitôt :

– Vous avez une escorte ?

– Oui.

À Beyrouth, ce n'était pas extraordinaire. Elle hocha la tête et dit simplement.

– J'espère que ces salauds d'adorateurs d'Ali vont nous attaquer pour qu'on en envoie quelques-uns en enfer.

La princesse était d'humeur espiègle…

– Vous êtes superbe ce soir ! dit Malko en lui baisant la main.

Gamra lui adressa un sourire éblouissant et les ailes de son nez palpitèrent de plaisir.

– Merci, fit-elle de sa voix rauque.

Tout en démarrant, Malko laissa glisser sa main droite jusqu'à la cuisse de la Saoudienne. Celle-ci, spontanément, les écarta légèrement.

– Vous pouvez me caresser ! dit-elle d'une voix enjouée. C'est excellent de jouir avec tous ces beaux jeunes gens autour de nous.

Effectivement, les deux 4 × 4 ne les lâchaient pas d'une semelle. Malko, après avoir emprunté la route cotière, moins encombrée que le freeway de Tripoli, commença à masser lentement le sexe gainé de soie noire. Gamra ne tarda pas à réagir, fermant les yeux et se laissant aller sur le siège.

Malko sentait son ventre réagir sous ses doigts. Le bassin de Gamra ondulait légèrement et sa respiration s'accélérait. Soudain, en traversant Antelias, elle poussa un bref cri et resserra brutalement les cuisses. Quelques instants plus tard, elle tourna la tête vers Malko et eut un rire nerveux.

– Merci, c'était très bon.

– Vous ne vivez que pour le sexe ! ne put s'enpêcher de remarquer Malko.

Un sourire gourmand découvrit des dents éblouissantes.

– Je remercie tous les jours Allah de m'avoir faite belle ! soupira-t-elle. Ainsi, je peux choisir les hommes dont j'ai envie. Le sexe est ce qu'il y a de mieux au monde. J'aime être désirée.

Lorsqu'une demi-heure plus tard, ils s'arrêtèrent devant le Casino du Liban, les huit gardes du corps bondirent dehors, certains avec des M.16, d'autres, plus discrets, leurs T-shirts déformés par leur artillerie.

La princesse Gamra leur adressa un sourire hautain mais complice avant de monter les marches, balançant sa croupe de rêve, comme pour les remercier d'avoir assisté involontairement à son petit orgasme.

Malko avait envie de voir des ballets georgiens comme d'aller se pendre…

Le spectacle était commençé lorsqu'ils s'installèrent dans un box en U, face à la scène. Ils se glissèrent au fond du U, deux « baby-sitters » en surélévation derrière eux et quatre autres répartis sur les branches du U… Au moment où les danseurs déboulaient sur la scène, Malko sentit quelque chose effleurer son entrejambe, sous la table. D'abord, il pensa à un rat et sursauta. Jusqu'à ce qu'il croise le regard espiègle de la Saoudienne.

Celle-ci avait ôté un de ses escarpins et le caressait du bout de son pied. À cinquante centimètres des « baby-sitters », heureusement absorbés par le spectacle.

Tandis que les danseurs sautaient comme des cabris sur la scène, Malko sentit son érection se développer. Désormais, Gamra, presque allongée sur la banquette, le massait avec tout son pied.

C'est l'intensité de son regard qui déclencha l'orgasme de Malko, secoué d'un spasme peu discret, qui échappa heureusement aux « baby-sitters ».

***

Hassan Sadr, enfermé dans son bureau, ne voyait pas le temps passer, tenant le coup grâce à du thé très sucré.

Après l'incident de l'aéroport, il avait décidé de revisiter tous les documents secrets qu'il possédait sur l'opération Hariri.

Il s'arrêta soudain sur une note rapportant comment feu Imad Mugniyeh avait rendu compte à Assef Shahab de l'opération, en compagnie de son neveu Ali. Une semaine avant l'attentat. Imad Mugniyeh était mort, mais son neveu Ali, lui, était vivant. C'était même *lui* qui se trouvait à l'aéroport, en même temps que l'agent de la CIA qu'ils avaient tenté de kidnapper.

Le chef des Opérations du Hezbollah fixa longuement la feuille de papier. Troublé. La famille Mugniyeh avait accompagné le Hezbollah depuis ses débuts. C'était une légende.

Pourtant, il referma le dossier, en proie à une sorte de malaise, se disant que rien n'était impossible.

Or, c'était son travail de débusquer l'impossible. Il éteignit et regagna la salle où se trouvaient ses gardes du corps. À minuit dix, il était temps de se coucher.

Il se demanda s'il allait faire part de ses soupçons à Hassan Nasrallah, mais décida d'avoir quelque chose de concret à se mettre sous la dent. Ali Mugniyeh était protégé par les Iraniens, ce qui le rendait presque intouchable…

C'est en prenant place dans sa vieille Mercedes qu'il repensa au rôle attribué aux Syriens dans la mort d'Imad Mugniyeh.

***

– Attendez-moi ! lança Malko aux « baby-sitters », emboîtant le pas à la princesse Gamra. Celle-ci s'arrêta devant la porte de son immeuble avec un sourire provoquant.

– Vous pouvez entrer, si vous voulez, lança-t-elle à Malko, mais nous ne ferons pas l'amour. Et vous ne pourrez pas me violer. Regardez.

Elle prit la main de Malko et la posa sur la ceinture du pantalon de soie noire. Ses deux extrémités en crocodile noir étaient passées dans un petit cadenas doré…

Devant le désappointement visible de Malko, la Saoudenne lança.

– *Yaharam*[1].

– Tu as un crédit. La prochaine fois, tu auras encore plus envie de moi et je serai ton objet de plaisir, prête à accepter tous tes caprices. *Allah maak*[2] !

***

Le général Assef Shahab n'arrivait pas à trouver le sommeil. Désormais, chaque fois que le téléphone sonnait, chez lui ou à son bureau, son pouls grimpait au ciel. Ce pouvait être une convocation de Bachar El Assad. Qui se terminerait par un « suicide ».

Le général syrien savait que le jeune président ne prendrait *aucun* risque, si on lui apprenait qu'Assef Shahab représentait un risque, aussi léger soit-il,

1. Pauvre de toi !
2. Qu'Allah t'accompagne.

d'implication de la Syrie dans le meurtre Hariri ; il n'hésiterait pas une seconde à faire sauter le fusible.

En dépit de trente ans de bons et loyaux services.

Or, Assef Shahab avait beau envoyer des messages désespérés à Hassan Sadr pour savoir si on avait identifié le traître au sein du Hezbollah, il n'avait pas eu encore de réponse positive.

Il se leva, bousculant sa femme couchée en travers du lit, à laquelle il n'avait même pas fait l'amour, tant il était tendu, et gagna le bureau voisin. Après avoir ouvert le coffre, il en sortit une mince chemise rose ne contenant qu'une seule feuille de papier, où était inscrite une liste d'une vingtaine de noms. Beaucoup étaient barrés. Ce qui signifiait qu'ils avaient été déjà liquidés. Il en restait une dizaine : des militants dévoués et sûrs, que personne n'avait jamais inquiétés.

Tous des Libanais.

Eux connaissaient son rôle dans le meurtre de Rafic Hariri et l'un d'eux l'avait même rencontré à Aanjar... Il regarda longuement la liste, referma le dossier et le remit dans le coffre. Dès le lendemain matin, il enverrait un messager sûr à Beyrouth pour ordonner leur liquidation. Rassuré, il alla se recoucher, caressant au passage la chute de reins de sa femme endormie.

Il en était fou, mais, s'il avait fallu, il l'aurait fait liquider aussi.

CHAPITRE XVIII

Le général Mourad Trabulsi vint au devant de Malko, plus jovial et exubérant que jamais. C'est ce dernier qui l'avait appelé, mais, visiblement, le Libanais était heureux de le voir. Ils s'installèrent à une table près de la terrasse du Club des Officiers, et, comme toujours, Mourad Trabulsi regarda autour de lui avant de dire à voix basse.

– Mon cher ami, je dois vous féliciter.

– De quoi ?

La voix de Mourad Trabulsi baissa encore d'un cran.

– De leur avoir échappé, mon cher ami !

Raidi, Malko demanda.

– Comment savez-vous ce qui s'est passé à l'aéroport ?

– J'étais là-bas, fit simplement l'officier libanais.

– Où ? Je ne vous ai pas vu.

– Vous ne pouviez pas. Personne ne m'a vu.

Il expliqua à Malko sa technique du « sous-marin » et comment il avait assisté à son arrivée et à son départ, suivant derrière la voiture jaune.

– Pourquoi ne pas m'avoir suivi dans Borj El Brajnieh ? demanda aussitôt Malko Vous m'auriez évité un très mauvais *trip*.

Mourad Trabulsi secoua la tête.

– Je ne pouvais pas, j'étais avec un homme de mon Service. Il pensait que je surveillais des Iraniens. Et puis, je croyais que Monsieur Syracuse vous avait assuré une protection efficace.

– Dans l'aérogare, oui, mais ce qui s'est passé ensuite, n'était pas prévu.

Une idée lui traversa l'esprit brutalement.

– Si vous ne vouliez pas intervenir, pourquoi vous trouviez-vous là ?

– Pour identifier quelqu'un, répliqua Mourad Trabulsi d'un ton mystérieux.

– L'homme qui m'a demandé de le suivre ?

– Non.

– Vous l'avez photographié ?

– Oui, bien sûr, mais il n'est pas important. C'était juste un appât pour vous entraîner dans la banlieue sud et vous kidnapper.

– Le Hezbollah connaissait mon rendez-vous ?

– Apparemment oui, et ce n'est pas moi qui leur ai donné l'information. J'ignore comment ils en ont eu connaissance. Mais lorsque vous êtes arrivé à l'aéroport, j'ai eu l'impression que vous étiez suivi. Ils auraient tenté de toutes façons de vous enlever.

– Pourquoi ?

Le général eut un sourire.

– Parce qu'ils sont persuadés que vous savez qui est Mr X. Or, ils le veulent à tout prix, pour l'éliminer.

Malko n'avait pas touché à son café. Déstabilisé.

– Comment pouvez-vous être aussi sûr que l'homme qui m'a abordé n'était pas celui que j'ai eu au téléphone ?

Le sourire de Mourad Trabulsi s'accentua.

– Parce que celui que vous pensiez rencontrer était là, lui aussi. Je l'ai même photographié…

Malko le fixa, incrédule.

– Vous plaisantez ?

Le Libanais plongea la main dans la poche intérieure de sa veste et en sortit une enveloppe qu'il brandit devant Malko.

– Les photos sont là…

– Comment l'avez-vous identifié ?

Fou rire, rentré et habituel.

– Je vous expliquerai, promit le général Trabulsi. Je suis presque certain que c'était lui.

– Lui, qui ?

Mourad Trabulsi eut un sourire onctueux.

– Je préfère le dire à Monsieur Syracuse. C'est une information extrêmement sensible.

– Pas de problème, accepta Malko, je l'appelle immédiatement.

***

Hassan Sadr contemplait le mot manuscrit accompagnant une liste de dix noms, qu'il venait d'extraire d'une enveloppe apportée une demi-heure plus tôt par un messager sûr, membre du Service de Sécurité du Hezbollah, assurant les liaisons secrètes entre Beyrouth et Damas. Muet comme une tombe et d'une discrétion totale. Il savait beaucoup de choses mais se serait plutôt fait arracher la langue que de les révéler.

Il ignorait d'ailleurs ce qu'il avait amené. Tous les jours, les Syriens faisaient parvenir des instructions à leurs affidés libanais, qu'ils soient chiites, chrétiens ou palestiniens.

Jamais de téléphone ni de mail. Un message en un unique exemplaire, qui devait être détruit après lecture par son destinataire. Ce que fit Hassan Sadr, en allumant la feuille, puis l'enveloppe avec son briquet.

Pensif et perturbé.

Ce n'était pas la première fois que le général Assef Shahab lui donnait l'ordre de préparer une liquidation, mais il s'agissait généralement d'ennemis affichés de la Syrie, pas de militants dévoués du Hezbollah. Même lorsqu'il ne resta que des cendres du message, il avait gravé dans sa tête les dix noms. Des gens qu'il connaissait tous, qui travaillaient avec lui depuis des années.

Des hommes parfaitement sûrs...

Évidemment, Assef Shahab devait avoir une raison impérieuse d'exiger leur élimination. Les Syriens ne se laissaient jamais guider par leurs sentiments, mais par leurs impératifs stratégiques.

Seulement, Hassan Sadr ne pouvait se lancer dans cette liquidation massive sans un ordre de Hassan Nasrallah en personne : les Syriens étaient certes des alliés précieux mais ce n'étaient pas eux qui dirigeaient le Hezbollah.

Hassan Sadr prit le portable crypté fourni par les Iraniens qui lui servait à communiquer avec le secrétaire de Hassan Nasrallah. Lorsqu'il l'eut en ligne, il lui expliqua qu'il avait besoin d'urgence d'être reçu par le « Sayyed [1] ».

Le secrétaire enregistra et promit de transmettre sa demande.

Hassan Sadr, en dépit de sa place élevée dans la hiérarchie de la branche militaire du Hezbollah, ne savait

1. Descendant du prophète.

jamais où se trouvait physiquement Nasrallah. Le *Sayyed* surgissait, entouré de ses gardes du corps, dans les endroits les plus invraisemblables, se partageant entre une dizaine de « résidences » secrètes.

C'est à ce prix que les Israéliens et les Américains n'avaient pas réussi à l'assassiner.

Après avoir formulé sa demande d'audience, il alla dans le coffre où il rangeait ses archives prendre les dossiers des agents condamnés par les Syriens.

Il les parcourut sans rien trouver qui justifie l'ordre de Damas. Pourtant, tous ces hommes étaient surveillés par une unité de Pasdaran qui traquait les agents doubles travaillant pour les Sionistes ou les Américains et se trompait rarement.

Pour se couvrir, il rédigea une brève note à l'intention de Assef Shahab, assurant qu'il avait reçu son message et que le nécessaire serait fait.

Il comprenait d'autant moins l'ordre de l'ex « protecteur » du Liban qu'il s'agissait de simples comparses qui n'avaient quitté la banlieue sud que pour aller dans le quartier chrétien préparer l'attentat...

Il avait été tenté, brièvement, d'envoyer promener le général syrien, mais le Hezbollah ne pouvait se passer de la Syrie. C'était le cordon ombilical qui le reliait à l'Iran. La clef de sa survie : armes et argent transitaient par la Syrie, permettant au Hezbollah d'être un mouvement puissant, politiquement et militairement.

***

Ray Syracuse, qui était venu accueillir le général libanais et Malko sur le perron de l'ambassade américaine, fixa le général Trabulsi avec incrédulité. Et même méfiance.

– Vous prétendez connaître l'identité de cette « source » au sein du Hezbollah ? Pourquoi ne l'avez-vous pas dit plus tôt ?

Mourad Trabulsi eut un sourire désarmant et son habituel rire tonitruant.

– Parce que je l'ignorais jusqu'à hier.

– Qui est-ce ?

– Attendez ! trancha le Libanais. J'ai besoin, avant, d'un accord de votre part. Je risque ma vie. Je veux que vous me garantissiez un stage aux États-Unis pour deux ans.

» Bien rémunéré.

– Pourquoi deux ans ?

– Parce que dans deux ans, je serai mis à la retraite et je pourrai aller vivre ailleurs qu'au Liban.

Ray Syracuse échangea un regard avec Malko qui lui fit signe d'accepter.

– Très bien, dit-il, je peux m'engager à cela, mais je ne vous garantis pas dans quelle partie des États-Unis vous serez envoyé.

– Aucune importance ! Je sais m'adapter, assura Mourad Trabulsi.

Après un bref silence, le Libanais, après avoir bu un peu de café, commença sa démonstration.

– Depuis le début de cette affaire, expliqua-t-il, je suis intrigué par la motivation de Mr X. Il n'a jamais demandé d'argent et prend des risques énormes. Donc, il veut se venger de quelque chose.

– De quoi ? jappa Ray Syracuse. Nous ne savons rien de lui.

Mourad Trabulsi eut un sourire malin.

– C'était vrai. Cela ne l'est plus. Je suis persuadé que cet homme veut nuire aux Syriens. Des révélations les mettant en cause dans l'affaire Hariri les gêneraient beaucoup, s'il existe des preuves… Or, le Hezbollah est allié avec les Syriens.

– Où voulez-vous en venir ?

Mourad Trabulsi fixa l'Américain avec un sourire innocent.

– Vous souvenez-vous de l'assassinat d'Imad Mugniyeh, l'année dernière ?

– Évidemment. Quel est le lien ?

– Vous savez qui l'a assassiné ?

– Les « Schlomos [1] », pour notre compte.

– Certes, reconnut le Libanais, mais si vous vous rappelez les circonstances, il leur a fallu une aide locale, à Damas.

– C'est possible, reconnut Ray Syracuse.

– C'est certain, trancha Mourad Trabulsi. Le meurtre a été commis à cent mètres du « Moukhabarat Al Askari ». Là où on demande ses papiers, même à un chat errant.

Ray Syracuse semblait agacé par cettc démonstration.

– OK ! Ok ! admit-il, mais si vengeance il y a, c'est plutôt des Israéliens et de nous qu'il faudrait se venger. Les Syriens, au pire, ne sont que des complices.

Mourada Trabulsi approuva de la tête.

– C'est juste, mais vous savez peut-être que ce meurtre a été très mal vécu par les dirigeants du Hezbollah. Ils ont interdit aux officiels syriens de venir assister aux funérailles d'Imad Mugniyeh à Beyrouth…

» Ils ne pouvaient pas faire plus, ils ont trop besoin d'eux. Par contre, il peut se trouver au sein du mouvement Hezbollah un ou dcs individus qui souhaitent se venger à titre *personnel*.

1. Israéliens.

Ray Syracuse fronça les sourcils.

– Soyez plus précis !

Mourad Trabulsi le fixa bien en face.

– Hier, à l'aéroport de Beyrouth, il y avait un homme que je soupçonne d'être la « taupe » au sein du Hezbollah. Il s'appelle Ali Mugniyeh et c'était le neveu préféré d'Imad Mugniyeh. Ceux qui le connaissent disaient même qu'il l'adorait...

– Que faisait-il à l'aéroport ?

– Il venait, officiellement, accueillir une délégation d'Iraniens. Il vit à Beyrouth avec un passeport diplomatique iranien et occupe une fonction officielle à l'ambassade d'Iran. En plus, il appartient à la branche majoritaire du Hezbollah, beaucoup plus proche des Iraniens, chiite comme eux, que des Syriens « athées » car alaouites.

– Vous pensez qu'il voudrait venger son oncle ?

– C'est parfaitement vraisemblable, assura Mourad Trabulsi. Ali Mugniyeh occupe depuis longtemps une place importante dans la hiérarchie militaire du Hezbollah et possédait sûrement des informations sur une opération comme l'attentat contre Hariri.

Ray Syracuse semblait perplexe.

– Donc, ce serait lui qui aurait fixé rendez-vous à Malko à l'arrivée du vol de Téhéran ?

– Oui.

– Pourquoi ne s'est-il pas manifesté ?

– Peut-être parce que l'aérogare grouillait d'agents du Hezbollah sur les traces de Malko. Peut-être aussi ce premier rendez-vous était-il un test. C'est un homme prudent.

Un ange passa, volant très bas. Ils venaient peut-être de faire un pas de géant. Ray Syracuse s'ébroua.

– Supposez que vous ayez raison. Comment entrer en contact avec Ali Mugniyeh désormais ?

Mourad Trabulsi arbora un sourire prudent.

– Cela va être délicat, et il faut d'abord, pour cela, qu'il soit encore vivant…

CHAPITRE XIX

Ray Syracuse fixa le Libanais, interloqué.

– Que voulez-vous dire ?

– Nous ignorons pourquoi on vous a tendu un piège à l'aéroport, expliqua le Libanais. Si Ali Mugniyeh est bien la « taupe », peut-être les gens du Hezbollah l'ont-ils découvert à cette occasion. La simultanéité de votre présence et de la sienne a pu éveiller leurs soupçons. Et alors…

Il laissa sa phrase en suspens.

La théorie de Mourad Trabulsi sur une vengeance d'un neveau d'Imad Mugniyeh séduisait Malko. Dans le monde arabe, faire payer le prix du sang était une pratique courante et un homme comme Ali Mugniyeh ne pouvait se venger ouvertement des Syriens.

– Comment pourrions-nous être fixés ? demanda-t-il.

– En le rencontrant, répondit aussitôt Mourad Trabulsi, mais c'est très difficile. Le moindre contact avec lui peut déclencher la foudre.

– Quel est son rôle officiel à l'ambassade d'Iran ?

– Il est l'adjoint du colonel des Pasdaran qui gère la liaison avec le Hezbollah. Un certain Reza Toudeh.

Le silence retomba : c'était rageant d'avoir peut-être

identifié Mr X et de ne pouvoir entrer en contact avec lui.

– Il doit bien avoir une vie sociale ? avança Malko.

– Une vie sociale, oui, mais très limitée, expliqua Mourad Trabulsi. Les Iraniens ne se montrent que très peu.

– Ali Mugniyeh doit bien se rendre à des réceptions officielles…

Le Libanais approuva.

– Bien sûr, mais dans très peu d'ambassades.

Malko caressait une idée séduisante.

– Les Iraniens fréquentent-ils les Saoudiens ? demanda-t-il.

– Peu, laissa tomber Mourad Trabulsi. Vous avez une idée ?

– Peut-être, reconnut Malko, mais je dois la creuser. En attendant, que pouvons-nous faire ?

– Pas grand-chose, reconnut le général libanais. Je vais déjà essayer de vérifier s'il est toujours vivant.

C'était évidemment la condition *sine qua non*…

Malko décida sans attendre, de mettre sur pied le plan qu'il venait d'imaginer. En utilisant judicieusement la volcanique princesse Gamra Al Shaalan Bin Saoud.

***

La voix de la princesse saoudienne était douce comme du miel du Hadjaz.

– Je pensais bien que tu me rappellerais, roucoula-t-elle. Un homme comme toi n'aime pas rester sur sa faim. Alors, comment veux-tu que je m'habille ce soir ?

– Fais-moi la surprise, répondit Malko, qui ne pouvait pas avouer à la pulpeuse Gamra que le but de ce dîner n'était pas seulement de profiter de tous ses orifices naturels.

***

Hassan Sadr allait quitter son bureau lorsqu'un nouveau messager arriva de Damas. Le trajet ne prenait que deux heures, surtout si on ne perdait pas de temps à la frontière

Il ouvrit l'enveloppe : le bristol neutre à l'intérieur ne comportait qu'une seule phrase :

– Il faut commencer *immédiatement.*

Posément, il le brûla comme le précédent. Contrarié. Il n'avait toujours pas obtenu le rendez-vous avec Hassan Nasrallah, mais ne pouvait pas désobéir à Assef Shahab.

L'homme qui lui avait apporté le message, resté debout devant son bureau, annonça respectueusement.

– Le général Shahab vous demande de venir lui rendre visite demain, à dix heures, à son bureau.

– À Damas ?

– À Damas.

– Bien, admit sans discuter le chef de la Sécurité du Hezbollah. Retourne là-bas et dis-lui que je serai à l'heure. Qu'il m'envoie une voiture à Chtaura afin que je ne perde pas de temps.

Intérieurement, il était glacé de terreur. Quand on allait à Damas, on ne savait jamais quand on revenait et même si on en revenait.

Il savait aussi que les Syriens ne se payaient pas de mots. Dès que le messager fut ressorti, il décida de faire un geste afin de ne pas arriver les mains vides à Damas, et fit appeler le chef de sa sécurité rapprochée, chargé aussi de l'élimination des traîtres.

– J'ai de mauvaises nouvelles, annonça-t-il. Tarik Douq a été « tamponné » par des agents sionistes. Il faut agir très vite.

– On va l'interroger ? suggéra son adjoint.

– Inutile, coupa Hassan Sadr. J'ai déjà tout le dossier. Va chez lui demain matin, très tôt, et appelle-moi quand ce sera fait.

***

La princesse Gamra Al Shaalan Bin Saoud avait troqué son pantalon de soie « verrouillé » contre un tailleur Dolce Gabbana à la jupe très courte, qui la rendait beaucoup plus accessible. Même si la jupe moulait moins bien sa chute de reins... Par la veste ouverte du tailleur, Malko découvrit deux seins magnifiques, soutenus par une guêpière de dentelles noires... Elle avait mis les petits plats dans les grands. Pourtant, elle lui jeta un regard inquiet.

– J'ai l'impression que je ne te plais pas ce soir. Tu as baisé ailleurs ?

Malko ne put s'empêcher de sourire. Elle lisait décidément dans ses pensées.

– Tu me plais beaucoup, affirma-t-il et je compte te le prouver très vite. Ce soir, tu seras ma femme objet. Je ferai de toi ce dont j'aurai envie.

Les lèvres épaisses de la princesse saoudienne se retroussèrent dans un sourire gourmand et son pied sous la table, partit vers l'entrejambe de Malko.

La salle plutôt sombre du « Bound », un des derniers restaurants à la mode, autorisait ces petits gestes intimes.

Malko se dit qu'il fallait vider l'abcès. Sinon, ses performances sexuelles s'en ressentiraient. Penché sur la table, il dit à mi-voix :

– J'ai un problème, que tu peux peut-être m'aider à résoudre… Comptes-tu des amis à ton ambassade ?

Gamra Al Shaalan Bin Saoud le fixa, étonnée, presque vexée.

– Des amis ? Mais ils sont tous à mes ordres ! Tu sais quand même qui je suis…

– Bien sûr, confirma Malko. Connais-tu le représentant au Liban de Mikrin Al Saoud ?

C'est-à-dire le chef des Services saoudiens, le *General Intelligence Department*.

Le regard de la Saoudienne s'éclaira.

– Bien sûr, Sultan Bin Khalid. C'est un homme charmant. Il me mange dans la main.

À l'intonation de sa voix, Malko fut certain que la barbouze saoudienne comptait parmi les amants de l'insatiable Gamra. Ça tombait bien.

– Pourquoi me demandes-tu cela ?

Malko avait décidé de se jeter à l'eau.

– J'enquête sur le meurtre de Rafic Hariri. J'ai besoin de rencontrer discrètement un des officiels de l'ambassade d'Iran. Il n'acceptera jamais de me voir, mais répondra peut-être à une invitation officielle de votre part.

– Ça tombe bien, fit Gamra, dans quatre jours, c'est notre Fête Nationale. Il y aura beaucoup de diplomates invités. Tu veux un rendez-vous demain avec lui ?

– Si c'est possible. Je ne viendrai pas seul. Le chef de Station de la CIA à Beyrouth sera là aussi… Il le connaît sûrement.

La Saoudienne avait déjà sorti de son sac son portable Vertu en platine. Elle appuya sur une touche, eut une brève conversation en arabe, coupa et lança à Malko.

– Demain, deux heures, à l'ambassade, Inch Allah. Maintenant, occupe-toi de moi.

***

Mourad Trabulsi regarda derrière lui, lorsque son chauffeur franchit la grille du Club des Officiers. Le fait que le Hezbollah n'ait pas pris contact avec lui l'inquiétait. Cela signifiait peut-être qu'à leurs yeux, il n'y avait plus rien à se dire.

Et qu'il était le suivant sur la « hit-list ».

Il n'osait pas demander une protection supplémentaire à sa hiérarchie, car il serait obligé d'expliquer pourquoi et cela, il n'y tenait vraiment pas... Plus il y pensait, plus la théorie Imad Mugniyeh lui plaisait.

Lorsque le chauffeur le déposa devant chez lui, il scruta soigneusement les alentours avant de descendre.

***

Malko n'avait même pas ôté son tailleur à Gamra. Les poignets liés aux montants du lit par deux cravates Hermès, la jupe Dolce Gabbana retroussée sur ses hanches, la princesse saoudienne se faisait sodomiser avec une grâce très royale.

Chaque fois que Malko s'enfonçait dans ses reins de tout son poids, elle poussait un gémissement ravi et les talons de ses escarpins martelaient ses cuisses, comme pour marquer la mesure. Soudain, d'une toute petite voix pleine de timidité, elle demanda :

– *Ayété*, baise-moi un peu de l'autre côté.

Malko se dit qu'il ne fallait surtout pas la contrarier et la détacha. Aussitôt sur le dos, les cuisses écartées, le regard voilé, elle l'accueillit avec un grognement de satisfaction et supplia, dès qu'il entra en elle.

– Défonce-moi !

Elle était inondée, écartelée, écrasée sous le poids de Malko qui avait l'impression de la forer jusqu'à l'estomac... Enfin, lorsqu'il explosa au fond de son ventre, elle poussa un cri qui traversa les cloisons.

Malko se dit que son rendez-vous avec le représentant des Services saoudiens était bien parti.

***

Tariq Douk avait l'habitude de se lever tôt. Ensuite, il se rendait à la permanence du Hezbollah de Borj El Brajnieh pour y prendre des ordres.

Il venait d'enfiler un T-shirt lorsqu'on frappa à la porte. Après s'être assuré que sa femme était bien dans la cuisine, il alla ouvrir.

Se trouvant nez à nez avec deux de ses camarades de la branche militaire du Hezbollah. Un peu surpris, il les fit entrer. Leurs visages fermés l'inquiétèrent.

– Il y a un problème ? demanda-t-il.

– Tu es seul ? demanda un des deux.

– Non, Farida est là.

– Envoie-la faire des courses.

Sans discuter, Tariq alla ouvrir la porte de la cuisine et lança à son épouse.

– Va chercher des galettes et des oranges.

Bien dressée, elle se drapa dans son abaya et sortit aussitôt de l'appartement. Lorsqu'ils furent seuls, il fit face à ses deux visiteurs.

– Qu'est-ce qui se passe ?

L'un d'eux jeta d'un ton méprisant.

– Tu ne le sais pas ?

Désarçonné, le jeune militant Hezbollah secoua la tête.

– Non, *wahiet allah*[1].

– Tu es un chien, tu trahis avec les sionistes !

Tariq tombait des nues. Il protesta violemment.

– Tu es fou, mon frère ! Je n'ai jamais rencontré un sioniste de ma vie ! J'ai même combattu contre eux, il y a trois ans...

Son interlocuteur secoua la tête.

– C'était pour mieux nous tromper...

Soudain, le second membre du Hezbollah alla ouvrir la fenêtre et sortit sur l'étroit balcon. Tariq pâlit : il savait ce que cela signifiait.

– Attends, suppia-t-il, on va aller voir l'Émir.

L'autre ne lui répondit même pas. Le second revint dans la pièce et le ceintura par-derrière, tandis que le premier lui braquait un pistolet sur le ventre.

Ils le traînèrent jusqu'au balcon couvert par des claies. On se trouvait au seizième étage d'un immeuble neuf, en bordure d'une voie animée.

Un coup de crosse étourdit Tariq. Il réalisa à peine qu'on le soulevait du sol et poussa un cri ultime en se sentant projeté à l'horizontale dans le vide. Son corps tournoya pendant quelques secondes, puis s'écrasa sur le trottoir, à côté d'un marchand ambulant de pistaches.

Ses deux assassins étaient déjà dans l'ascenseur, paisibles ; on savait, dans le quartier, que les « suicidés » hezbollahs étaient des traîtres. Sa femme aurait du mal à refaire sa vie.

***

Mourad Trabulsi qui se levait tôt, avait mis la radio. Il était en train de se raser lorsqu'on annonça un

1. Je le jure sur Allah.

« suicide » dans la banlieue sud : un jeune homme appartenant au Hezbollah s'était jeté par la fenêtre.

Mourad Trabulsi faillit se couper. Jetant son rasoir, il monta le son. En vain. On passait déjà à autre chose. Une intuition fulgurante lui fit prendre son téléphone pour appeler la permanence des FSI. Heureusement, l'officier de permanence le connaissait et il ne perdit pas de temps.

– Envoie une équipe à Borj El Brajnieh, demanda-t-il. Un type a sauté par la fenêtre. Il faut recueillir tous les éléments. Fouillez l'appartement. Ramenez tout ce qui peut être utile.

» Je serai au bureau dans une heure.

***

Hassan Sadr descendit de la voiture qui l'avait amené de Beyrouth, qui repartit aussitôt, le laissant à l'entrée du bourg de Chtaura. Un gros village chrétien. Il fit quelques pas au milieu du marché et, soudain, l'appel de phares d'une vieille Toyota arrêtée en face d'un hôtel, attira son attention. Lorsqu'il monta à bord, le chauffeur fit simplement.

– *Mehraba* [1].

– *Mehraba*, répondit poliment Hassan Sadr. Vingt minutes plus tard, ils arrivaient à la frontière syrienne. Ignorant le poste frontière, le conducteur s'engagea à gauche dans un chemin escaladant la colline nue. Cinq cents mètres plus loin, ils trouvèrent un check-point de l'armée syrienne avec des chicanes ; le conducteur fit deux appels de phares et le soldat syrien écarta les barbelés de la chicane. Le conducteur n'eut même pas à ralentir.

1. Bonjour.

C'était la route contrôlée par l'armée syrienne utilisée par les membres du Service voulant passer d'un pays à l'autre sans laisser de traces.

***

Mourad Trabulsi, finalement, s'était coupé. Il débarqua aux FSI en tamponnant son menton et gagna directement le bureau de l'officier de permanence. Celui-ci lui adressa un sourire complice.

– Ils viennent juste de rentrer ! Viens voir ce qu'ils ont rapporté.

Un bric à brac était étalé sur la table : une Kalachnikov, des chargeurs dans des étuis de toile, de l'argent syrien, des papiers tachés de sang, des clefs et deux téléphones portables, strictement semblables. Des Nokia bon marché qui ne permettaient pas de faire des photos, ne faisaient pas la cuisine, mais fonctionnaient parfaitement.

Mourad Trabulsi leur ouvrit le ventre à tous les deux et en sortit les puces, qu'il empocha. Avant tout, il voulait vérifier son intuition.

Regagnant son bureau, il sortit une liste de son coffre : dix numéros de portables commençant tous par 03. Il activa le premier portable et appela le sien. Un numéro s'afficha qu'il compara à la liste posée sur la table. Cela ne correspondait pas... Il essaya alors l'autre puce et, lorsque le second numéro s'afficha, il crut avoir un infarctus : le numéro qui s'affichait correspondait au n° 3 de sa liste ! C'est-à-dire à un des appareils utilisés pour la préparation de l'assassinat de Rafic Hariri. Ce que tout le monde recherchait depuis trois ans !

Il avait envie de sauter de joie. C'était la première

brèche dans le mur infranchissable dressé par le Hezbollah.

Puis, il réalisa ce que signifiait cette découverte : le Hezbollah avait commencé à faire le ménage, et il allait continuer. Comme il ne connaissait pas les noms des autres utilisateurs de ces appareils, il était impuissant.

C'était désormais une course mortelle contre la montre. Qu'il devait gagner, sinon, le Hezbollah et les Syriens gagneraient définitivement.

CHAPITRE XX

Ray Syracuse contemplait le portable amené par le général Trabulsi, comme si c'était un objet maléfique. Juste un Nokia bas de gamme noir qui valait 40 dollars, partout à Beyrouth.

– Peut-on savoir où et par qui il a été vendu ? demanda Malko.

– Cela sera difficile, reconnut Mourad Trabulsi. Je vais envoyer quelqu'un voir l'importateur.

– Cela donnera quand même une indication, rétorqua Ray Syracuse. Et le type qui est passé par la fenêtre ?

– C'est un meurtre, confirma le Libanais. Sa femme a dit à la police que deux inconnus étaient venus lui rendre visite et que son mari lui avait demandé de sortir. À son retour, Tariq Douk gisait sur le trottoir, mort.

– C'était un membre du Hezbollah ?

– D'après la Sûreté Générale, un membre de la branche militaire ; en 2006, il avait combattu dans le sud. C'est à peu près tout ce qu'on sait de lui. Ils sont des centaines avec le même profil. Payés au mois par le Hezbollah qui veille soigneusement sur eux.

– Et ses assassins ?

– Sûrement des membres du Service de Sécurité du Hezbollah. C'est leur méthode. Ils vont faire courir le bruit que Tariq Douk travaillait avec « l'ennemi sioniste » et sa femme va retourner dans son village du sud pour échapper à l'opprobre.

– Donc, cet innocent jeune homme faisait partie du commando qui a préparé et exécuté le meurtre de Rafic Hariri. Pourquoi avait-il conservé ce portable accusateur ?

Mourad Trabulsi secoua la tête.

– On ne le saura jamais. Peut-être un simple oubli.

Malko secoua la tête.

– Il y a des chances pour que ce soit le premier de la liste. Si le Hezbollah a décidé de faire le ménage, ils y passeront tous.

C'était « Les dix petits nègres », le roman policier d'Agatha Christie.

Mourad Trabulsi ôta ses lunettes fumées.

– Je vais faire l'impossible pour retrouver le vendeur de ce téléphone, affirma-t-il. Il a peut-être gardé la trace de ses acheteurs, mais j'en doute. Ici, tout se paie en liquide.

– Essayez quand même, demanda Ray Syracuse. Tourné vers Malko, il ajouta : Et votre projet saoudien ?

– J'ai rendez-vous tout à l'heure, à deux heures, avec Sultan Bin Khalid.

– Je le connais, fit l'Américain, il n'est pas facile, il va demander des instructions à Ryad.

– J'ai peut-être un moyen de pression, fit mystérieusement Malko.

***

– C'est un ordre du *Rais*, martela Assef Shahab. Il faut l'exécuter, sans discuter.

Hassan Sadr n'avait pas envie de discuter mais aurait

donné n'importe quoi pour être ailleurs. Il avait d'abord poireauté plus d'une heure dans une pièce sombre jusqu'à ce qu'un civil débraillé lui fasse parcourir de longs couloirs jusqu'à un bureau spacieux avec vue sur la vieille ville où siégeait le responsable de la région de Damas.

Assef Shahab ne lui avait pas proposé de s'asseoir. Assis derrière son bureau, massif, la moustache grise bien taillée, il avait commencé par l'invectiver à cause du retard mis à exécuter son ordre.

Hassan Sadr n'avait pas osé lui dire qu'il obéissait *d'abord* à Hassan Nasrallah. Si l'autre le voulait, il ne ressortirait jamais de ce bâtiment du *Moukhabarat* et personne n'entendrait plus jamais parler de lui...

– Je vais exécuter les ordres du *Rais*, fit-il humblement. J'ai déjà commencé.

De toutes ses forces, Assef Shahab frappa son bureau du plat de sa main, si fort, que le vase de fleurs se renversa.

Servilement, Hassan Sadr se précipita pour le redresser et essuya l'eau qui tachait le cuir vert avec son mouchoir.

Assef Shahab lui hurla en plein visage.

– On ne commence pas ! On exécute. Tous ces chiens devraient déjà être morts.

Intérieurement, le patron des Opérations Intérieures du Hezbollah se rebiffa : ces « chiens » c'étaient les meilleurs de ses hommes... Des militants irréprochables.

Assef Shahab était déjà debout, le visage sombre. Il fit le tour du bureau et lança :

– Je t'attends ici, dans quatre jours. Il faut que tout soit fini.

– *Wahiet Allah*, ce sera fait, bredouilla Hassan Sadr.

Battant en retraite. Le Syrien ne lui serra pas la main, se contentant de le suivre d'un regard sombre.

On pouvait voir la peur dans ses yeux. Le Libanais ne s'y trompa pas. C'était la cause de sa fureur.

Même si Shahab le terrorisait, lui était terrorisé par Bachar El Assad. Il pouvait monter dans sa voiture et être abattu, peut-être même par son chauffeur... Il était si affolé qu'il se trompa de chemin et déboucha devant deux sentinelles gardant un couloir. Elles l'apostrophèrent brutalement et le fouillèrent. Il expliqua d'où il venait et l'un d'eux lui indiqua la sortie.

Dehors, il respira avec volupté l'air frais. La voiture qui l'avait amené l'attendait. Pour tromper son angoisse, il lui demanda de faire un détour par la confiserie Ghrabi où il voulait acheter des fruits confits : les meilleurs de la région. Ensuite, une fois sorti de la ville, il laissa son regard errer sur les innombrables portraits d'Hafez El Assad, plantés sur les collines arides des deux côtés de la route. Délavés par la pluie, de guingois. Ils écrasaient les quelques portraits de Bachar Al Assad, pourtant au pouvoir.

Ils franchirent rapidement le poste frontière de Maasnab et il fut soulagé de retrouver le Liban. Tout en sachant qu'à Beyrouth, les Syriens, en sus du Hezbollah, disposaient de tueurs aguerris, les Chrétiens du PPS ou des Palestiniens qui haïssaient les Chiites.

La mort dans l'âme, Hassan Sadr se dit qu'il allait devoir obéir aux ordres de Assef Shahab.

Liquider les hommes qui avaient pris part à l'attentat contre Hariri, même s'ils étaient totalement sûrs.

Les Syriens étaient comme les mafieux ; ils ne prenaient aucun risque.

***

Ali Mugniyeh était partagé ente la fureur et le découragement. Dès qu'il avait appris le « suicide » du jeune militant hezbollah, il avait compris... Il n'était pas le seul à posséder les listes de ceux qui avaient participé au meurtre de Rafic Hariri...

Cela signifiait que les Syriens avaient décidé de faire le ménage, sans attendre. Bientôt, la liste qu'il voulait communiquer aux Américains n'aurait plus aucune valeur. Tous les participants seraient morts et sa vengeance s'évanouirait.

Lui, pour l'instant, ne risquait rien, mais il ne pouvait plus prendre le risque d'entrer en contact avec les gens de la CIA. Il fallait leur faire parvenir la liste Hariri. Anonymement. En souhaitant que le Hezbollah ne puisse pas remonter jusqu'à lui. En théorie, cela paraissait simple, mais il était, involontairement, étroitement surveillé. D'abord, par ses officiers de sécurité pasdaran qui ne le lâchaient pas d'une semelle, dès qu'il sortait de l'ambassade, ensuite, si le Hezbollah le soupçonnait, il y avait sûrement des malfaisants qui rôdaient.

Impossible de poster une lettre.

Sa routine était immuable : il allait de son bureau au petit appartement qu'il occupait avec une douzaine d'Iraniens, dans le compound de l'ambassade. Dès qu'il sortait en ville, il était solidement encadré de gens qui surveillaient les moindres de ses faits et gestes.

Téléphoner était hors de question : le Hezbollah écoutait sûrement son portable et les Syriens peut-être aussi.

Il ne pouvait avoir confiance en personne.

C'était sans solution, sauf s'il trouvait un moyen sûr de faire parvenir la précieuse liste aux Almméricains.

Son portable sonna.

– C'est Hassan Sadr, annonça son correspondant. Nous venons de découvrir une cellule d'espions sionistes dans nos rangs. Je voudrais vous voir pour vous en parler.

– Cet après-midi, après la troisième prière, proposa Ali Mugniyeh.

Il raccrocha, pensif.

Pourquoi Hassan Sadr voulait-il l'entretenir d'un problème qui ne le concernait pas ?

***

La princesse saoudienne arborait une tenue particulièrement modeste – longue abaya blanche descendant jusqu'aux chevilles – presque pas de maquillage et un sage hijab, quand même un foulard de Dior.

Sultan Bin Khalid, son petit bouc bien taillé, ses yeux un peu proéminants, son visage joufflu et ses façons maniérées, aurait pu poser pour un calendrier islamiste.

Vêtu à l'européenne, cravaté, très affable, il venait d'accueillir dans son bureau la princesse Gamra Al Shaalan Bin Saoud, Ray Syracuse et Malko.

Le représentant du *General Intelligence Department*, simple fonctionnaire saoudien sans une goutte de sang princier, s'inclina jusqu'à terre, la main sur le cœur, à un mètre de la princesse Gamra.

On sentait que, sans la présence des deux autres visiteurs, il aurait volontiers nettoyé ses escarpins avec sa langue.

Gamra Al Shaalan Bin Saoud daigna effleurer de la main son abaya blanche à la place du cœur et l'interpella en arabe de sa belle voix rauque.

Son discours fut très court, coupé de *aiwa* [1] d'une servilité admirable.

1. Oui.

Lorsqu'elle eut terminé, elle se tourna vers Malko et laissa tomber en anglais.

– Mr Sultan Bin Khalid fera ce que vous lui demanderez. Je lui ai dit que c'était un ordre de Ryad. Je vous laisse, le reste ne m'intéresse pas.

Elle se dirigea vers la porte, suivie à distance par les courbettes du représentant des Services saoudiens. Dès qu'elle en eut franchi le seuil, ce dernier désigna à ses visiteurs deux fauteuils en faux Louis XV mais tapissés d'or, avec un sourire presque aussi onctueux et demanda respectueusement.

– Que puis-je faire pour vous ?

– Dans trois jours, l'ambassade organise une réception pour votre fête nationale, attaqua Malko.

– Absolument, confirma le Saoudien. Vous souhaitez y être invités ? Cela ne pose aucun problème.

Il allongeait déjà la main pour saisir son téléphone quand Malko l'interrompit.

– Je vous en remercie, mais ce n'est pas tout. Nous souhaiterions aussi, Mr Syracuse dont vous connaissez les fonctions, et moi-même, faire inviter certaines personnes.

– Vos invités seront les miens, affirma aussitôt Sultan Bin Khalid.

– Il s'agit de membres de l'ambassade d'Iran à Beyrouth, précisa Malko d'une voix égale.

Un ange passa, enveloppé dans un drapeau iranien. Sultan Bin Khalid semblait s'être tassé dans son grand fauteuil. Il reprit son souffle et annonça posément.

– Ces invitations ne dépendent pas de moi, mais de notre ambassadeur. Cependant, je pense qu'il accédera à votre demande, sachant de qui elle vient...

L'ombre parfumée au Shalimar de Gamra Al Shaalan

Bin Saoud traversa lentement le bureau. Ray Syracuse semblait tétanisé.

Malko continua avec le même sourire innocent.

– Les bénéficiaires de cette invitation, qui doit être *officielle*, seraient certains de vos homologues iraniens. Est-il possible de savoir s'ils ne sont pas déjà invités ?

Sultan Bin Khalid s'ébroua comme s'il émergeait d'un cauchemar.

– Certainement, mais j'en doute.

Il décrocha son téléphone, tapa un numéro à trois chiffres, et apostropha un interlocuteur en arabe. À son aboiement agressif, Malko comprit qu'il s'agissait d'un subordonné. Le représentant des Services raccrocha.

– L'ambassadeur de la République Islamiste d'Iran est en effet invité.

– Parfait, approuva Malko. Je vous demande de consulter la liste diplomatique. Vous y trouverez un certain Ali Mugniyeh, qui occupe « officiellement » un poste au consulat, mais qui est en réalité le représentant à l'ambassade d'Iran du Hezbollah.

– Je le connais ! jappa Sultan Bin Khalid, avec une moue dégoûtée. Nous avons échangé des informations sur certains trafics de drogue.

– Parfait, continua Malko, je souhaite donc qu'il soit invité à cette réception, mais pas seul, de façon à ne pas donner l'impression qu'il a été « ciblé ».

– Je comprends, fit aussitôt le Saoudien.

Il se plongea dans la liste diplomatique, en prit une autre dans un tiroir et conclut.

– Il faudrait qu'il vienne avec deux autres membres de l'ambassade d'Iran.

– Pouvez-vous, rapidement, lui faire parvenir une invitation ? *Comme* si elle venait de vous.

Sultan Bin Khalid eut un très léger sursaut.

– Mais, elle viendra de moi ! Seulement, c'est une décision qui ne peut venir que de mon ambassadeur. Je ne suis…

Malko l'interrompit, avec un sourire désarmant.

– Eh bien, transmettez-lui notre demande.

Il y eut un silence.

Lourd.

Puis, de nouveau, le fantôme de la princesse Al Shaalan Bin Saoud traversa la pièce et le Saoudien se leva avec un sourire crispé.

– Je vais voir si Son Excellence peut m'accorder quelques minutes.

Il s'enfuit, comme s'il avait des Chiites à ses trousses. À peine la porte refermée, Ray Syracuse explosa.

– *My God* ! Je n'en crois pas mes oreilles. D'habitude, ce petit con me reçoit comme si j'étais son domestique ! Qu'est-ce que vous lui avez fait ?

– Moi, rien, assura Malko. Disons que la princesse Al Shaalan Bin Saoud, qui a un certain poids dans cette ambassade, lui a conseillé de nous écouter avec attention.

Ray Syracuse, qui avait le sens des convenances, s'abstint de demander ce que *Malko* avait fait à la princesse saoudienne.

La porte se rouvrit : ce n'était qu'un employé apportant un plateau de jus de fruits et d'orangeades.

Ils eurent le temps d'en boire deux avant que la porte ne se rouvre sur Sultan Bin Khalid.

Épanoui.

– Mon ambassadeur s'est déclaré très heureux de rendre ce modeste service à nos alliés indéfectibles, les Américains, annonça-t-il d'une voix légèrement emphatique. Les invitations seront transmises par porteur aujourd'hui même. Les vôtres aussi, bien entendu.

– Mon gouvernement vous en remercie, lança Ray Syracuse, émergeant de son mutisme volontaire.

Afin de montrer en quelle estime il les tenait, Sultan Bin Khalid raccompagna ses deux visiteurs jusque dans la cour où étaient garés les deux 4×4 de la CIA. Il demeura sur le perron, tandis que les véhicules s'éloignaient vers la sortie de la rue Marie Curie.

Ray Syracuse poussa un profond soupir.

– *Well done* ! reconnut-il. Maintenant, il n'y a plus qu'à souhaiter que notre ami soit toujours vivant, qu'il accepte cette invitation et que nous arrivions à établir un contact.

» Sinon, votre amie la princesse Gamra aura travaillé pour rien.

– *Inch Allah* ! fit Malko, philosophe. Au moins, nous aurons tout essayé.

CHAPITRE XXI

Hassan Haref avait quitté Beyrouth vers huit heures du matin et arriva à Kfar Tchnit, près de Nabatiye, vers onze heures, gagnant aussitôt un petit atelier de mécanique tenu par un membre du Hezbollah. En réalité, une des permanences du réseau clandestin militaire. Le militant Hezbollah avait reçu l'ordre par texto de s'y rendre, sans explication. Ce qui était généralement le cas.

Il gara sa moto devant le petit atelier, tombant sur le propriétaire qui l'étreignit de son bras unique, l'autre ayant été perdu au combat contre les Israéliens.

– *Kifak*[1], Abu Hassan ?

– On m'a dit de venir te voir, expliqua Hassan Haref.

– Viens, je vais te dire pourquoi.

Hassan Haref le suivit jusqu'à un petit bureau au fond de l'atelier, aux murs tapissés d'affiches des « martyrs » de toutes les guerres. Deux hommes se trouvaient là. Ils sourirent, mais leur regard était fuyant. Hassan Haref se sentit tout à coup mal à l'aise. Il ouvrait la bouche pour demander la raison de sa présence lorsqu'un des deux hommes écarta son blouson, découvrant brièvement la crosse d'une arme qu'il saisit aussitôt. Comme il

1. Comment ça va, Abu Hassan ?

l'arrachait de sa ceinture, le cran de mire accrocha le cuir et l'arme demeura coincée, quelques fractions de seconde.

Hassan Haref avait compris. Il bondit hors du bureau, comme une fusée, fonçant vers l'extérieur.

Il aurait peut-être atteint la rue si un mécanicien, debout dans la fosse, ne lui avait envoyé un coup de marteau dans les chevilles. Sous la douleur, Hassan Haref trébucha et tomba à genoux. Il était en train de se relever lorsque l'homme au pistolet lui tira une balle dans la tête, pratiquement à la verticale.

Foudroyé, le jeune militant Hezbollah tomba à plat ventre. Son meurtrier lui tira encore au jugé trois balles dans le corps, tandis que son copain descendait le rideau de fer. L'arme étant munie d'un silencieux, l'exécution n'avait fait aucun bruit.

***

Mourad Trabulsi avait l'air d'avoir avalé le soleil, qui brillait en cette fin d'après-midi sur Beyrouth.

C'est lui qui avait demandé à rencontrer Ray Syracuse, d'urgence. Malko se trouvait à l'ambassade également. L'Amériain l'y ayant ramené après leur visite chez les Saoudiens.

– J'ai trouvé ! annonça-t-il en pénétrant dans le bureau du chef de Station de la CIA.

– Le marchand qui a vendu le portable à Tariq Douk ? demanda aussitôt Malko.

– Oui. Il sortit une carte de sa poche et lut : Siddiq, rue 27, secteur 16, Harak Hreith.

En plein « *Hezbollahland* ».

– J'ai la liste de tous les appareils vendus en 2004 à

ce magasin. C'est l'importateur Nokia qui me l'a donnée.

Malko doucha son enthousiasme.

– C'était il y a cinq ans. Il faudrait déjà vérifier si la boutique existe toujours.

– J'ai déjà envoyé un de mes hommes en moto ! fit Mourad Trabulsi. Nous serons fixés dans une heure au plus.

Ray Syracuse proposa de s'asseoir autour de la table basse et sortit un pot de son ignoble café…

– Admettons que la boutique existe toujours, enchaîna Malko, que faisons-nous ?

– Nous avons besoin de l'aide d'Ashraf Rifi, admit Ray Syracuse. Lui seul a autorité pour perquisitionner et arrêter le propriétaire, si besoin est.

– Ne nous emballons pas, beaucoup de petites boutiques ferment après deux ans d'existence, tempéra le Libanais.

Ray Syracuse se mit à expédier les affaires courantes, tandis que Malko et le général Trabulsi bavardaient de choses et d'autres.

Le portable de Mourad Trabulsi sonna vingt minutes plus tard. La conversation fut brève.

– La boutique est toujours là ! annonça le Libanais.

***

Un silence de mort régnait dans la salle de conférence au deuxième étage des FSI, face au bureau du général Ashraf Rifi. Celui-ci, très élégant dans son uniforme bleu-pétrole, rejoignit les trois hommes déjà présents. La veille au soir, Ray Syracuse avait transmis l'information recueillie par Mourad Trabulsi au général Rifi, qui avait convoqué les participants pour une réunion à onze heures.

– J'ai le feu vert du Premier Ministre pour perquisitionner cette boutique, annonça-t-il.

Comme le Premier Ministre était Saad Hariri, le fils du président assassiné, ce n'était pas vraiment une surprise.

Le général Rifi enchaîna :

– Il me faut au moins trois heures pour organiser cette expédition. La boutique se situe en plein cœur de la zone hezbollah. Aucun service de police n'y va jamais. Aussi, dès que nous pénétrerons dans le quartier, nous serons immédiatement repérés. Il faudra donc faire vite et anticiper des réactions possibles.

– Lesquelles ? demanda Malko.

– Des barrages de militants hezbollah, éventuellement, une opposition armée, mais c'est peu probable. Par contre, le retour peut être plus hasardeux… Là-bas, ils sont chez eux. Je vous propose un départ d'ici à 1 h 30. C'est le général Trabulsi qui dirigera l'opération.

***

Hassan Sadr sentit son pouls s'envoler. Un de ses militants qui dirigeait la circulation dans Harek Hreith signalait un convoi de quatre véhicules des FSI qui venait de s'engager dans le quartier et demandait des instructions.

– Où vont-ils ? demanda aussitôt Hassan Sadr.

– Vers l'est.

Il chercha ce qui pouvait se trouver dans le périmètre, sans trouver.

C'était exceptionnel que les FSI interviennent dans la banlieue sud, d'autant qu'il ne s'y passait rien de particulier. Donc, il y avait une raison précise. Un seul homme pouvait l'informer : Mourad Trabulsi.

Il composa le numéro de son portable, sans obtenir de réponse, et demeura le regard glué sur l'écran muet de la télé. Se disant que cette expédition était probablement liée à l'affaire Hariri. Le matin même, il avait envoyé à Nabatiyeh une « équipe » sûre liquider un de ceux qui avaient suivi à la piste le convoi de Rafic Hariri. Touché par un obus israélien, il était cloué sur son lit depuis trois ans, ce qui allait faciliter les choses. Après Hassan Haref, cela ferait le troisième. Hassan Nasrallah avait finalement donné son feu vert à la liquidation exigée par les Syriens.

Reprenant son portable, il appela son adjoint.

– Suivez-les, ordonna-t-il, je veux être tenu au courant en temps réel. Qu'une équipe d'intervention se tienne prête.

Cela ne le réjouissait pas d'entrer en conflit avec les FSI, mais il n'aurait peut-être pas le choix. Sur son portable vert, il appela le secrétaire de Hassan Nasrallah et le mit au courant.

Puis, il alluma une cigarette. Dans le labyrinthe des ruelles de la banlieue sud, on ne pouvait pas deviner la direction des FSI. Il aurait fallu un hélicoptère et il n'en avait pas. Désormais, toutes les trois minutes, un de ses hommes lui signalait le passage du convoi. Une Range-Rover, sûrement blindée, précédée par un « pick-up », suivie d'une seconde Range-Rover et d'un autre « pick-up », sur le plateau duquel était installé un canon de 20 mm à tir rapide.

Le secrétaire de Nasrallah rappelait.

– Le Sayyed te recommande d'être très prudent, annonça-t-il. Il ne faut pas d'affrontement avec les FSI. Ce serait un geste politique grave.

Hassan Sadr encaissa.

Tout cela ne lui disait rien qui vaille.

La voix qui éclata dans son portable, quelques secondes plus tard, ne le rassura pas.

– Un hélicoptère les a rejoints et vole au-dessus d'eux, annonça un de ses adjoints.

De mal en pis.

Hassan Sadr regarda la carte où son adjoint reportait de minute en minute la position du convoi. Il se dirigeait bien vers l'est, une zone sans intérêt particulier. Même pas une prison clandestine.

Où pouvaient-ils aller avec ce déploiement de forces ?

***

Malko, tassé entre le chauffeur de la Range-Rover et le général Mourad Trabulsi, regardait les visages effarés des passants qui se jetaient dans les boutiques pour éviter d'être écrasés par les véhicules qui roulaient aussi vite que le permettait l'étroitesse des ruelles. Sur ses genoux, le général libanais tenait une vieille carte datant du mandat français où les rues étaient encore numérotées ainsi que les secteurs.

Quelques mots en arabe sortirent de sa radio.

– On nous suit ! annonça Mourad Trabulsi. Deux voitures pleines de civils armés.

Il jeta une interjection au chauffeur qui vira brutalement dans une rue encore plus étroite.

Autre communication et il ajouta.

– L'hélico de l'armée est là. Il n'est pas sûr de pouvoir se poser. Nous nous rapprochons.

Le motard qui avait été reconnaître les lieux deux heures plus tôt, lui avait tracé l'itinéraire. Devant eux, une rue descendait en pente douce jusqu'à une mosquée plantée au milieu d'une petite place.

– C'est la rue, annonça Mourad Trabulsi.

Il sortit son pistolet de son holster, Malko gardant son Sig-Sauer dans sa ceinture. Une minute plus tard, la Range-Rover stoppa brutalement. Mourad Trabulsi parlait sans arrêt dans sa radio.

Ses hommes sautèrent à terre et Malko aperçut pour la première fois, l'hélico qui passait au dessus de la mosquée.

Une douzaine d'hommes des FSI, en tenue de combat, tenait la ruelle sous le feu de leurs M.16. À l'arrière, un sergent braquait le canon de 20mm sur les deux voitures pleines de militants.

– On y va ! lança Mourad Trabulsi.

Malko sauta à terre dans son sillage devant l'entrée d'une minuscule boutique de portables. Une petite vitrine encombrée de publicités, une vitrine exposant une centaine de portables, un comptoir en longueur. Un jeune barbu les regarda, ahuri comme les quelques clients. Interpellé par le général libanais, il balbutia quelques mots.

Déjà, deux des soldats le tiraient à l'extérieur. En un clin d'œil, il fut enfourné à l'arrière de la Range-Rover, entre deux membres des FSI.

Le convoi repartait déjà, laissant en arrière-garde le « pick-up » tenant en respect les militants hezhollah. L'opération n'avait pas duré plus d'une minute.

– Vous ne laissez personne sur place ? s'étonna Malko.

– Non, trop risqué. Cela pourrait dégénérer. C'est lui le patron et il travaille tout seul. De toutes façons, en quatre ans, ils ont eu le temps de faire le ménage. *Yallah* !

Un silence pesant régna jusqu'à la sortie du quartier : à chaque croisement, ils pouvaient se trouver devant des RPG7. Si les militants hezbollah décidaient de récupérer le prisonnier par la force, ils ne pouvaient pas engager une bataille rangée, même si l'hélicoptère tournait toujours au-dessus de leur tête.

***

Hassan Sadr débarqua de sa vieille Mercedes grise, en compagnie du secrétaire de Hassan Nasrallah. La boutique de téléphones portables était vide, porte ouverte, gardée par deux militants du Hezbollah armés de Kalachnikovs. Devant, des badauds commentaient l'événement.

– Q'est-ce qu'ils ont pris ? demanda Hassan Sadr.

Un des gardes répondit.

– Rien, ils ont juste emmené Amir. Ils ne lui ont même pas laissé le temps de prendre son portable…

Un comble.

Le chef des Opérations du Hezbollah regardait pensivement la boutique. Lui savait *pourquoi* les FSI étaient intervenues et cela l'inquiétait beaucoup, même si toutes les précautions avaient été prises depuis longtemps pour ne laisser aucun indice.

Si les FSI étaient arrivées jusqu'à cette boutique c'est qu'elles avaient des informations précises. Cela signifiait que Assef Shahab avait raison : il fallait accélérer le « nettoyage ». Hassan Sadr ne comprenait pas *comment* les FSI étaient remontées jusqu'à cette boutique. Aucun des dix Nokia utilisés pour la préparation de l'opération de l'attentat Hariri n'avait été acquis par une personne identifiable et tous avaient été payés cash.

Il ordonna à ses hommes de rafler tout ce qui restait dans la boutique, puis, de la fermer et remonta dans sa voiture.

Se disant qu'il avait encore sept « contrats » à remplir avant de pouvoir retrouver le général syrien, la tête haute.

***

L'interrogatoire se déroulait au troisième sous-sol du bâtiment principal des FSI et c'était un capitaine du *Maaloumat* qui le menait.

Au centre de la pièce, le propriétaire de la boutique, les mains menottées derrière le dos, dans son jean déchiré et son T-shirt douteux. Buté, mauvais, fixant ses trois interrogateurs par en dessous. Le capitaine entra dans le vif du sujet.

– Tu sais pourquoi tu es là ?

– *Wahiet Allah, la*[1] ! gémit le prisonnier d'une voix plaintive. Je n'ai rien fait de mal.

– Tu vends beaucoup de téléphones par jour ? demanda le capitaine.

Le suspect secoua la tête.

– Ça dépend. Quelquefois deux ou trois, ou dix, certains jours.

– Tu gagnes bien ta vie ?

– Non, c'est très dur, j'ai quatre enfants à nourrir, heureusement que le Sayyed offre l'école gratuitement à tous ceux de mon quartier.

– Tu fais partie du Hezbollah ?

– Non, mais je les respecte.

– Un jour, enchaîna l'officier du *Maaloumat*, tu as

1. Sur Allah, non !

vendu une dizaine de téléphones d'un coup. À une seule personne. Tu t'en souviens sûrement…

Le jeune homme leva un regard sincèrement étonné.

– *Wahiet Allah*, non ! Cela ne m'est jamais arrivé. Deux parfois, c'est le maximum, un homme qui en achète un pour sa femme…

Sans avertissement, le policier placé à sa gauche, le gifla à toute volée, si fort qu'il bascula de sa chaise. On le releva en le secouant un peu et le capitaine enchaîna d'une voix sévère.

– Il faut te souvenir, sinon, tu vas rester ici très longtemps.

– Je ne sais rien ! jura le marchand de téléphones. Je ne sais même pas pourquoi vous m'avez emmené. Ma femme va être inquiète.

– Rassure-toi ! fit le capitaine d'un ton ironique, tout le quartier t'a vu partir avec nous. Elle ne pense pas que tu es avec une autre femme.

» Alors, essaie de te souvenir, sinon…

– Je ne sais pas, gémit le jeune homme, je vends des dizaines de téléphones par mois, je ne demande jamais le nom de ceux qui les achètent.

– Tu vends aussi des cartes pré-payées.

Sentant le piège, le jeune homme inclina la tête affirmativement.

– *Aiwa*. Mais là, je demande une carte. Il y a un registre sous le comptoir.

– On vérifiera. Revenons aux téléphones.

– Je n'ai jamais vendu dix appareils d'un coup. D'abord, ce serait quand ?

– Il y a longtemps, plus de cinq ans.

Le jeune homme releva la tête avec un sourire triomphant.

– Il y a cinq ans, je n'étais pas là, je travaillais à Tyr

chez mon oncle. Il faudrait demander à celui à qui j'ai racheté la boutique.

– Qui ?

– Ahmed Siddiq. C'était début 2006, je crois, j'ai les papiers.

Le capitaine demeura d'abord foudroyé par cette révélation, puis aboya.

– Où il est ce Siddiq ?

– Il est parti vivre en Syrie, je ne sais pas où. Il a déménagé quand il a vendu la boutique.

CHAPITRE XXII

– C'est foutu ! laissa tomber, désabusé, Ray Syracuse. Pourtant, Mourad avait bien travaillé. Désormais, ils savent que nous sommes sur la piste des « dix petits nègres » et ils vont les liquider, si ce n'est pas déjà fait.

» Comme Ali Mugniyeh, notre « source ».

Mourad Trabulsi arborait, lui aussi, une tête d'enterrement. L'échec de l'opération le forçait à l'exil. Jamais les Syriens ne lui pardonneraient d'avoir coopéré avec la CIA.

Quant à Malko, il essayait de dominer sa fureur. Depuis le début de l'affaire, il se heurtait à un mur élastique et féroce. Il avait sous-estimé les Syriens et leurs alliés. Il voulut se raccrocher à un dernier espoir.

– La réception chez les Saoudiens a lieu après-demain, dit-il. Si Ali Mugniyeh vient, il y a encore une chance.

Ray Syracuse secoua la tête, dégoûté.

– Je vous laisse aller boire de l'orangeade tiède. Ça va être sinistre et surtout, inutile… Il ne sera pas là.

– On ne peut pas se décommander, argua Malko. La princesse Al Shaalan Bin Saoud a mis tout son poids dans la balance pour nous aider. Moi, j'irai.

Mourad Trabulsi regarda sa montre.

– Je dois y aller.

Ils se séparèrent dans une atmosphère lourde. Le jour tombait. Malko avait le moral dans les chaussettes. Savoir que quelqu'un détenait la liste des complices des Syriens et ne pas pouvoir la récupérer tandis que le Hezbollah faisait le ménage tranquillement, il y avait de quoi devenir fou…

***

Hassan Sadr avait lancé ses meilleurs hommes à la recherche des sept survivants de l'équipe qui avait coopéré au meurtre de Rafic Hariri, cinq ans plus tôt. Trois étaient toujours dans la banlieue sud et seraient liquidés dans les quarante-huit heures.

Il en manquait quatre qui se trouvaient un peu partout au Liban. Un se trouvait à Tripoli, deux autres à Saida, où ils suivaient des cours de sabotage.

Il avait envoyé au début de la journée une équipe liquider celui qui pouvait se révéler le plus dangereux. Un certain Najjam Zakka. C'était le seul des dix à avoir eu un contact avec Assef Shahab, chez qui il avait été prendre des consignes à Aanjar.

On frappa à la porte de son bureau et il cria d'entrer. C'étaient ses deux militants. À leur air penaud, il comprit immédiatement qu'il y avait un problème.

– C'est fait ? demanda-t-il pour conjurer le sort.

Le plus audacieux des deux baissa la tête.

– Non, *sidi*, il n'était pas chez lui.

***

– Vous ne l'avez pas attendu ?

– Sa femme a dit qu'il était parti en voyage. Qu'elle

ignorait où il se trouvait. Nous avons laissé quelqu'un en planque.

– Envoyez des gens dans son village natal, ordonna Hassan Sadr. Il *faut* le retrouver.

Les deux hommes repartirent sans un mot. Laissant Hassan Sadr effondré. S'il ne retrouvait pas très vite le fugitif, c'était sa tête qui allait sauter.

Il décida de ne rien dire jusqu'à nouvel ordre. Mais, il connaissait Najjam Zakka. Ce n'était pas un homme à voyager. S'il avait disparu, c'est qu'il avait compris qu'il se trouvait sur la liste.

***

Ali Mugniyeh regardait pensivement l'invitation reçue la veille de l'ambassade d'Arabie Saoudite. Il connaissait son homologue, Sultan Bin Khalid, mais ce dernier n'avait jamais sympathisé.

En plus, les Saoudiens n'invitaient les Iraniens qu'au compte-gouttes. Évidemment, on était en Orient où les pires ennemis s'embrassaient chaleureusement avant de s'égorger.

Pourtant, il avait l'impression que cette invitation n'était pas fortuite.

Il avait eu vent de l'expédition des FSI à Harek Hreith. Les Américains ne désarmaient pas, mais il ne comprenait pas *comment* ils étaient remontés jusqu'au marchand de téléphones.

D'un autre côté, il savait que Hassan Sadr était en train de faire le ménage pour le compte des Syriens et assistait, impuissant, à la disparition de sa vengeance.

Ces dix opérateurs étaient les seuls liens avec les Syriens. L'un d'eux surtout, Najjam Zakka qui avait reçu ses ordres directement de Assef Shahab et pouvait donc témoigner contre lui. Si l'ex-proconsul syrien du Liban était impliqué, c'était tout le système politique syrien qui l'était. Donc Bachar El Assad.

Il prit sa décision, presque sans réfléchir.

Il se rendrait à l'ambassade de l'Arabie Saoudite et prendrait avec lui la précieuse liste, qu'il tenterait de remettre à quelqu'un du camp adverse, comme on jette une bouteille à la mer.

S'il était surpris, c'était alors sa vie qui était en jeu. Mais, au moins, il aurait tenu la promesse qu'il s'était faite à lui-même : venger son oncle.

Il lui restait quarante-huit heures à attendre.

***

Kfar Schway appartenait au Hezbollah depuis dix-huit ans. Il avait été choisi par Wali Fatah, responsable de la branche militaire, et avait toujours obéi sans discuter. C'est lui qui, de son portable, avait donné le « top » au conducteur du Mitsubishi Canter bourré d'explosifs, lorsque la Mercedes de Rafic Hariri avait débouché en face du Saint-Georges.

Il n'en avait jamais reparlé à personne et avait même chassé de son esprit cet épisode. Le portable et la puce utilisés avaient été jetés à la mer depuis longtemps. Il n'avait jamais reçu d'ordre directement des Syriens, obéissant à son chef, Najjam Zakka, qui, lui, avait le contact avec eux.

Kfar Schway n'avait été qu'un rouage utile, même pas payé. Cela faisait partie de ses tâches ordinaires.

Un léger coup de klaxon lui fit jeter un coup d'œil dans le rétroviseur. Une voiture roulait derrière lui et lui fit un appel de phares.

Il ralentit légèrement et le véhicule, une Mercedes

assez vieille, arriva à sa hauteur. Le conducteur lui adressa un signe joyeux. Le passager baissa sa vitre et il en fit autant. Il souriait encore lorsque l'homme brandit un pistolet mitrailleur Skorpio et, à un mètre de distance, vida son chargeur sur lui.

Touché de deux balles dans la tête, et de plusieurs dans le thorax, Kfar Schway perdit instantanément le contrôle de son véhicule qui fila vers le fossé, tandis que la Mercedes accélérait.

***

Le décor était très saoudien : des tapis magnifiques, des sièges dorés rangés le long des murs, deux superbes lustres de cristal et un gigantesque portrait du roi Abdallah au-dessus du buffet.

Celui-ci, côté nourriture, était somptueux, avec un agneau de lait rôti entier, des dizaines de mézés, de quoi nourrir tout le Darfour.

Évidemment, côté boissons, c'était moins riant. Toutes les boissons « soft » du monde s'étaient donné rendez-vous là, avec deux galopant en tête : Pepsi cola et orangeade…

Il y avait déjà une vingtaine d'invités. Rien que des hommes. Le général Mourad Trabulsi arborait l'uniforme qu'il ne portait que dans les grandes occasions.

Finalement, Ray Syracuse était venu. Les Saoudiens se seraient vexés s'il ne s'était pas montré. Sultan Bin Khalid, en dichdacha, s'approcha de Malko et remarqua à voix basse.

– Vos « amis » ne sont pas là.

Mourad Trabulsi avait entendu. Il glissa aussitôt au Saoudien.

– Avec eux, on ne sait jamais, mais, un de mes

hommes vient de me dire qu'une voiture officielle était sortie de l'ambassade d'Iran il y a vingt minutes. Elle roule dans notre direction.

– Il n'y a plus qu'à prier pour qu'« Il » soit là, conclut Malko.

C'était sa dernière carte.

Les medias annonçaient que, la veille, un militant du Hezbollah avait été rafalé dans sa voiture, vraisemblablement par des Palestiniens du camp de Chatila...

Malko et Mourad Trabulsi n'en croyaient pas un mot. Le nettoyage syrien continuait.

Sultan Bin Khalid se précipita soudain vers l'entrée de la salle de réception. Trois hommes s'encadraient dans la large ouverture. Des clones : le cheveu noir, la barbe bien coupée, des costumes mal coupés, des chemises ouvertes sans cravate. Et, au revers de leur veste, un « pin » émaillé représentant un petit drapeau iranien vert et blanc.

Souriants, le regard vif. Les Salamalecs durèrent quelques minutes, puis Sultan Bin Khalid les conduisit au buffet.

Mourad Trabulsi se pencha à l'oreille de Malko.

– Il est venu ! C'est le troisième, avec la veste claire.

Ainsi, Ali Mugniyeh avait « répondu ». Le plus dur restait à faire, car il n'était pas seul.

CHAPITRE XXIII

Derrière son jus d'orange, Malko observait les invités des Saoudiens qui s'étaient regroupés par affinité. Les Iraniens rivalisaient d'amabilités pour leurs hôtes, comme s'ils étaient satisfaits de sortir de leur isolement. Le représentant syrien, à l'écart, courtisait les Britanniques.

Ali Mugniyeh, toujours flanqué d'un autre Iranien à la barbe clairsemée, discutait avec Sultan Bin Khalid, le représentant des Services Saoudiens. Celui-ci se retourna et fit signe à Ray Syracuse, en pleine discussion avec un Pakistanais. Le chef de la CIA à Beyrouth rejoignit aussitôt les deux hommes. Sultan Bin Khalid se fendit d'un sourire éblouissant.

– Notre ami me demande si vous avez le droit de lui parler. Ici, nous sommes en terrain neutre…

L'Américain esquissa un sourire un peu crispé.

– Je ne demande pas mieux, mais j'espère que *lui*, n'aura pas de problème à le faire. Son président n'a pas l'air d'aimer beaucoup les Américains.

Ali Mugniyeh sourit.

– Il ne faut pas prendre au pied de la lettre ce que disent les hommes politiques. Votre président, en ce moment, nous tend la main…

Du coup, Sultan Bin Khalid se rembrunit. Un rapprochement irano-américain ne pouvait que déplaire aux Saoudiens. Ali Mugniyeh plongeait déjà la main dans la poche de sa veste. Il en ressortit une carte de visite qu'il tendit à Ray Syracuse.

– Appelez-moi, je serai ravi de vous recevoir à l'ambassade avec notre responsable. Si cela ne vous gêne pas.

– Pourquoi pas ? fit évasivement l'Américain, en glissant la carte dans sa poche.

Peu après, les trois Iraniens s'esquivèrent discrètement. Suivis de la plupart des invités. Le jus d'orange, c'était bien, mais cela ne réchauffait pas l'atmosphère.

Mourad Trabulsi se rapprocha de Ray Syracuse et de Malko.

– Il est venu ! lança-t-il triomphalement.

– C'est vrai, reconnut Ray Syracuse, mais nous ne sommes pas plus avancés. Nous n'avons échangé que des banalités.

– Au moins, répliqua Malko, cela vous donne la possibilité de le revoir.

– S'il me prend au téléphone ! objecta Ray Syracuse. Je connais les Iraniens, ils sont fuyants comme des serpents…

– Il vous a donné son portable ?

L'Américain prit la carte d'Ali Mugniyeh dans sa poche et l'examina.

– Non, laissa-t-il tomber, il n'y a que le standard de l'ambassade et sa ligne directe.

Il s'apprêtait à remettre la carte dans sa poche quand Malko dit soudain.

– Il y a quelque chose d'écrit au verso de cette carte !

Ray Syracuse la retourna dans sa main et ils aperçurent

plusieurs noms calligraphiés d'une petite écriture fine. Dix, exactement, dont l'un était souligné en noir.

Le chef de Station semblait frappé par la foudre.

– *My God*, lança-t-il d'une voix étranglée. *He did it*[1] !

Sous le nez des Saoudiens et de ses propres amis, Ali Mugniyeh était parvenu à communiquer à la CIA l'information que trois commissions d'enquête successives n'avaient pas réussi à trouver.

La liste des « Dix petits nègres ».

Malko, après avoir examiné la carte, se tourna vers le général Trabulsi.

– Mourad, il faut trouver de toute urgence un certain Najjam Zakka. S'il est encore en vie.

C'était le nom souligné sur la liste. Qui se distinguait donc des autres pour une raison qu'ils ignoraient encore.

***

Amin Yaroun quitta le chemin de terre longeant l'autoroute de Tyr pour s'engager sur une piste s'enfonçant dans un des immenses champs de tabac du Sud Liban. Là où, pendant la guerre contre Israël, le Hezbollah avait creusé des dizaines d'abris souterrains d'où étaient tirées des roquettes, frappant le nord d'Israël. Les pieds de tabac mesuraient près de deux mètres de haut et offraient une protection parfaite.

Le jeune militant Hezbollah avait reçu l'ordre de rejoindre ce point précis, où il retrouverait son frère cadet, Ali, pour une opération secrète. Il tourna encore deux fois et rejoignit un sentier étroit, bordé de pousses de tabac, en plein milieu d'un champ. Une Mercedes était arrêtée à l'autre extrémité du sentier. Trois hommes

1. Il l'a fait.

se trouvaient devant, et, parmi eux, il reconnut son frère, Ali.

Il stoppa à son tour et sortit de sa voiture en compagnie du militant qui était venu le chercher. Il s'avança vers les responsable du secteur, la main tendue, mais ne termina pas son geste.

Il reçut un choc violent dans le dos, à la hauteur des reins et tomba à genoux. Puis un autre coup sur la nuque qui l'étourdit et il réalisa que celui qui le frappait était son copain ! Un type qu'il connaissait depuis dix ans. Le visage fermé, celui-ci leva sa batte de base-ball et l'abattit de nouveau sur Amin Yaroun.

En même temps, deux des militants avaient saisi son frère et l'avaient forçé à se mettre à genoux, lui liant les mains derrière le dos. Ensuite, ils se déchaînèrent sur lui, le frappant de toutes leurs forces avec des bâtons. Jusqu'à ce qu'il tombe à terre, le visage en sang. Pleurant et suppliant.

Toujours à genoux, Amin Yaroun cria :

– Laissez-le ! C'est mon petit frère. Il n'a rien fait !

C'est lui qui avait entraîné son frère cadet au Hezbollah, pour qu'il ait un job. Il ne comprenait pas. C'était un garçon de dix-huit ans, peu lettré, très pieux.

– Si tu ne veux pas qu'on tue ton frère, lança le chef de secteur, tu vas nous dire où se cache ce chien de Najjam Zakka. Tu le sais sûrement, tu es son meilleur ami.

– Najjam, mais je ne sais rien…

– Tu es un chien comme lui ! C'est un espion sioniste.

Comme Amin Yaroun demeurait muet, ils recommencèrent à frapper son frère, sur la tête, le dos, les reins. Partout où cela pouvait faire mal. Recroquevillé en chien de fusil, ce dernier tentait en vain d'échapper à l'avalanche de coups. Amin comprit qu'ils allaient vraiment le tuer.

– Arrêtez ! Arrêtez ! supplia-t-il.

– Où est Najjam ?

Comme il ne répondait pas assez vite, il reçut un coup qui lui fit éclater les lèvres et lui brisa la mâchoire. Il parvint quand même à articuler.

– Il se trouve chez une copine, à Djaidé.

– Le nom, l'adresse.

– Yasmina Yafit. Rue Sioufi, à côté de la station Esso.

– C'est vrai ?

– *Wahiet Allah*, oui. Maintenant laissez-le !

Pour toute réponse, il reçu un formidable coup de batte de base-ball qui le projeta à terre. Désormais, ils étaient deux pour le frapper. Lorsqu'il perdit connaissance, les autres militants étaient en train de traîner le corps de son frère jusqu'à une profonde fosse creusée sous le champ de tabac. Il sentit qu'on l'y traînait aussi et bascula en sanglotant sur le corps encore chaud de son frère. Il vivait encore lorsque les premières pelletées de terre furent jetées sur les deux corps. En une demi-heure, il n'y avait plus aucune trace du double meurtre.

– *Yallah*, fit le chef, on retourne à Beyrouth.

Les deux véhicules reprirent le chemin de l'autoroute. Retrouvant un peu plus loin Hassan Sadr, qui les attendait dans l'énorme confiserie Al Bagba, plantée au bord de l'autoroute. Il était en train de boire un expresso en dégustant un gâteau à la rose et écouta impassible le récit de ses hommes.

– Très bien, fit-il. Le Sayyed sera content de vous. Il faut demeurer vigilant : l'ennemi sioniste ne désarme jamais.

C'était vrai : quelques jours plus tôt, on avait découvert une balise électromagnétique dissimulée dans un champ de tabac, non loin de la frontière. Destinée à guider les drones israéliens qui surveillaient la zone hezbollah.

Lorsqu'on avait tenté de l'enlever, elle avait explosé, télécommandée depuis l'autre côté de la frontière.

Tous ces militants étaient persuadés d'éliminer des traîtres à la solde d'Israël.

– Ne perdons pas de temps, lança Hassan Sadr.

Il avait hâte de tirer une balle dans la tête de l'homme qui pouvait faire trembler la Syrie, pour reprendre lui-même une vie tranquille.

***

Le général Trabulsi, Ray Syracuse et Malko, accompagnés du général Wissam Al Hassan, le patron du *Maaloumat*, entrèrent en même temps dans l'immeuble de la Sûreté Générale, jadis dirigée par le général Jamil Sayed qui venait de purger quatre ans de prison pour complicité avec la Syrie dans le meurtre de Rafic Hariri.

Désormais, épurée, la « Générale » coopérait avec les FSI. Or, c'est dans ses archives qu'on trouvait les dossiers les plus complets sur les militants de tous bords. Le groupe fut reçu par une femme à lunettes qui se présenta comme la colonelle Saida. Elle avait été prévenue par le général Ashraf Rifi et ne fit aucune difficulté à les aider.

C'est Mourad Trabulsi qui mena la discussion en arabe.

– On cherche un certain Najjam Zakka, qui habitait Chiya, expliqua-t-il. Il a disparu de son domicile. Il y a peut-être ici une fiche sur lui, qui pourrait nous aider à le retrouver.

La colonelle disparut et revint quelques instants plus tard, avec une mince chemise qu'elle posa sur la table.

– Voilà tout ce qu'on a sur lui, fit-elle. Mais c'est récent.

Mourad Trabulsi ouvrit le dossier, écrit en arabe et très vite, sursauta.

– Il y a son village mais aussi le nom d'une veuve qu'il fréquente, Yasmina Yafi. Elle habite Djaidé, rue Sadoun, à côté d'une station Esso.

– Où est-ce ? demanda Malko.

– Dans la banlieue est, après Bourj Hammad. La seule zone chiite du coin.

Mourad Trabulsi nota fébrilement l'adresse et ils prirent congé. Avant de repartir, le colonel Wissam El Hassan lança à son homologue une longue phrase sur un ton menaçant.

– Qu'est-ce que vous lui avez dit ? demanda Malko.

– Que si elle communiquait cette information à qui que ce soit, elle serait arrêtée et gardée au secret pendant des années.

– On y va ! lança Malko, une fois dehors.

Les quatre véhicules – deux de l'ambassade américaine avec les « baby-sitters » et ceux des deux officiers des FSI – attendaient devant l'immeuble.

– Je vais avertir le général Rifi, qu'il m'envoie du monde, renchérit le colonel Wissam El Hassan.

En remontant dans son 4 × 4, Malko se retourna vers les « baby-sitters ».

– Il y a un imprévu. Nous allons peut-être avoir à affronter des militants armés du Hezbollah.

– *No problem*, sir, fit le responsable, nous sommes là pour vous protéger.

En sortant de l'ambassade d'Arabie Saoudite, ils avaient foncé chez les FSI, malgré l'heure tardive, rameutant par téléphone le chef du *Maaloumat*, chargé de l'enquête sur le meurtre de Rafic Hariri.

Quelques minutes plus tard, les quatre véhicules roulaient sur Dora Highway, en direction de l'est. Il faisait nuit noire et la circulation était intense.

Malko vit le 4 × 4 où se trouvait Mourad Trabulsi mettre son clignotant pour s'apprêter à tourner à droite. Ils y étaient.

***

Hassan Sadr regarda sa montre et lança d'une voix calme.

– *Yallah.*

Il était revenu du sud depuis une demi-heure à son QG. Le temps de prévenir Hassan Nasrallah, de réunir six hommes sûrs et d'attendre le coucher du soleil. Même s'il allait dans un quartier chiite, il préférait ne pas attirer l'attention. Deux motards militants en moto étaient partis en reconnaissance et les attendaient à la station Esso de Djaidé.

Le plan de Hassan Sadr était simple : enlever tous les occupants de la maison et faire ensuite le tri...

Au moment où il montait dans sa vieille Mercedes, son portable « opérationnel » sonna. C'était un des militants déjà sur place.

– Quatre véhicules viennent de s'arrêter devant la maison ! annonça-t-il. Des militaires et des étrangers.

Hassan Sadr sentit le sang se retirer de son visage.

– Il ne faut pas qu'ils pénètrent dans la maison ! Faites ce qu'il faut. Nous arrivons.

– Nous n'avons pas grand-chose, *sidi*, juste des pistolets, avança timidement son interlocuteur.

– Cela suffit ! fit sèchement Hassan Sadr. Combattez comme des martyrs, pas comme des chiens !

Trente secondes plus tard, il roulait en direction de Djaidé sur le freeway encombré. Il n'y serait pas avant une bonne demi-heure. Il chercha une parade, mais n'en trouva pas. Il préféra ne pas penser à ce qui lui arriverait si les Américains s'emparaient de Najjam Zakka.

CHAPITRE XXIV

Laissant les « baby-sitters » et le chauffeur de Mourad Trabulsi à l'extérieur, le général Al Hassan, Mourad Trabulsi et Malko frappèrent à la porte de la maison qu'on leur avait indiquée. C'est une femme qui ouvrit, enveloppée dans une abaya noire, un visage fatigué mais aux traits réguliers. Derrière, deux enfants jouaient sur un tapis avec une console de jeux. Mourad Trabulsi entama le dialogue avec la femme qui ne parlait qu'arabe.

Son visage se ferma très vite et la conversation tourna court. Mourad Trabulsi retourna vers Malko.

– Elle dit qu'il n'est pas ici, qu'elle le connaît à peine.

– Elle ment.

Cette fois, c'était le général Al Hassan qui réattaqua, et la femme sembla s'énerver. Malko comprit qu'elle les invitait à inspecter le pctit appartement. Ce fut vite fait : en dehors de la pièce principale et d'une minuscule cuisine, il n'y avait qu'une chambre et un appentis où devaient dormir les enfants.

Dépité, Mourad Trabulsi tenta de convaincre la jeune femme. Elle écoutait, sans paraître comprendre, répétant en boucle qu'il n'était pas là…

– Venez avec nous, trancha le chef du *Maaloumat*.

Il la prit par le bras et la poussa dehors. Au même moment, trois coups de feu claquèrent.

La femme s'écroula sur le trottoir et Malko aperçut deux silhouettes qui se dissimulaient dans l'abri de la station Esso. L'un d'eux se lança pour traverser, un pistolet au poing. Un feu nourri partit aussitôt du 4 × 4 de Malko. L'homme au pistolet boula et resta étendu sur la chaussée, tandis que le second disparaissait dans l'ombre de la station service.

La femme gémissait sur le trottoir. Couvert par Malko et Mourad Trabulsi, le général Wissam Al Hassan la tira à l'intérieur.

Déjà, les « baby-sitters » américains avaient sauté de leur véhicule, armés jusqu'aux dents. Quatre d'entre eux se déployèrent derrière les 4 × 4 blindés, protégeant l'entrée de la maison, tandis que les deux autres, couverts par le feu de leurs camarades, gagnaient en courant la station service.

La femme ne semblait pas gravement blessée. Le colonel Al Hassan appelait frénétiquement les FSI, tandis que Mourad Trabulsi essayait de soigner la blessée.

Soudain, Malko entendit à l'extérieur un cri terrifié.

L'homme qui s'était retranché dans la station service venait de saisir le tuyau d'une des pompes à essence et le braquait sur les deux Américains.

En un clin d'œil, ceux-ci furent aspergés d'essence. Aussitôt, le militant du Hezhollah tira un briquet de sa poche et alluma l'essence répandue à terre ! Il y eut un « plouf » sourd et une flamme, d'abord modeste, puis impressionnante courut sur le sol et enveloppa les deux agents de la CIA, les transformant instantanément en torches vivantes.

Au même moment, une Mercedes grise stoppa en face de la station service, déversant plusieurs hommes armés de Kalachnikovs, aussitôt rejoints par le militant au lance-flammes improvisé.

Pendant quelques instants, il ne se passa rien : les nouveaux venus, retranchés dans la station d'essence, observaient les agents de la CIA et les militaires des FSI qui interdisaient l'accès de la maison. Soudain, un feu violent partit de la station service, forçant les Américains à se dissimuler derrière leurs véhicules, et criblant d'impacts la porte de la maison.

Il y eut une explosion plus sourde et la traînée lumineuse d'une roquette de RPG7 traversa la rue tandis que la charge explosait contre le mur, ratant la porte de quelques centimètres.

Deux hommes surgirent, traversant la rue et se ruant en direction de la maison.

***

Le général des FSI avait tiré la blessée à l'abri d'un mur tandis que Malko et Mourad Trabulsi les rejoignaient.

– Ils sont venus faire le ménage ! souffla le général libanais. Ils vont tout faire pour nous exterminer.

C'était le retour à la période sombre où des commandos de miliciens abattaient des familles entières, enfants et animaux domestiques compris.

Malko se dit que si leurs agresseurs arrivaient à tirer une autre roquette qui explose dans la pièce, ils étaient tous morts.

Soudain, Mourad Trabulsi, en train de parler à voix basse avec la blessée, se retourna et cria :

– Il est ici ! Au sous-sol !

Mourad Trabulsi, courbé en deux, gagna la cuisine,

tira un vieux tapis, découvrant une ouverture carrée dans le plancher.

Il n'eut pas le temps d'en dire plus : des rafales les assourdirent, une autre explosion secoua les murs. C'était l'assaut final.

***

Les deux militants armés de Kalachnikovs qui avaient tenté de traverser, gisaient sur la chaussée, criblés de balles. Seulement, les munitions des « baby-sitters » s'épuisaient : ils n'avaient pas prévu de mener une bataille rangée…

Le prochain assaut risquait d'être le bon.

Soudain, un grondement sourd, accompagné d'un bruit caractéristique de chenilles, domina le fracas des armes automatiques. Quelques secondes plus tard, un vieux transport de troupes blindé M.113 de l'armée libanaise, déboucha dans la rue, s'arrêta devant la maison assiégée, et commença à tirer à la mitrailleuse lourde de 12,7 sur les hommes retranchés dans la station service.

En un clin d'œil, leur Mercedes fut en feu. Déjà, le M.113 vomissait des soldats libanais, lourdement armés, qui prirent place autour de la maison.

Sous le feu des deux mitrailleuses du M.113, les assaillants se dispersaient dans l'obscurité.

Lorsqu'un camion militaire débarqua à son tour ses troupes, le feu avait cessé.

***

La porte fut ouverte d'un coup de pied et une silhouette en uniforme s'encadra dans l'ouverture.

– Général Trabulsi, vous êtes là ? lança le nouveau venu.

Mourad Trabulsi se leva d'un bond.

– Hamid ! Je suis ici.

Un capitaine en tenue de combat pénétra dans la pièce, suivi de trois hommes aux torses bardés de cartouchières en toile.

– *Mafi maskkal*[1] ! lança l'officier des FSI. Ils sont partis.

Le général Trabulsi et Malko s'aventurèrent à l'extérieur, découvrant un M.113 en position devant la maison. En face, la station service brûlait.

Mourad Trabulsi échangea quelques mots avec le capitaine et dit :

– Les assaillants se sont repliés avec leurs morts et leurs blessés. Nous avions ordre de les laisser faire. Nous-mêmes ne pouvons rester longtemps ici : c'est un quartier chiite, cela pourrait déclencher une réaction politique violente.

Malko n'insista pas. Mourad Trabulsi était déjà en train de soulever la trappe dans le plancher, découvrant une échelle plongeant dans le sous-sol. Il appela :

– Najjam ?

Une voix répondit, hésitante ; il y eut quelques phrases échangées en arabe puis la tête d'un homme aux courts cheveux gris émergea de l'ouverture, roulant des yeux affolés. Mal vêtu, pas rasé, une barbe en désordre. Ressemblant à n'importe quel Libanais de la rue.

Le capitaine regarda nerveusement sa montre.

– Il faut y aller...

Deux infirmiers étaient en train de placer la femme sur un brancard. Entourés d'une véritable muraille

1. Pas de problème.

humaine, Malko, Mourad Trabulsi et le prisonnier s'entassèrent dans le M.113 qui émit un panache de fumée noire avant que ses chenilles n'arrachent l'asphalte. Ray Syracuse suivait dans son 4 × 4. Une voiture de pompiers venait de s'arrêter devant la station service.

Malko échangea un long regard avec Mourad Trabulsi.

– Cette fois, dit-il, je crois que nous tenons notre témoin.

– S'il veut parler… corrigea le général libanais.

***

Hassan Sadr avait regagné son QG de Borj El Brajnieh, très perturbé. Il avait perdu quatre hommes et trois autres étaient blessés, déjà transportés à l'hôpital Al Rassoul. Mais ce n'était pas le plus grave : l'intervention des FSI prouvait que Najjam Zakka était bien le maillon faible du système de défense syrien. Or, il était désormais aux mains des Américains.

Il regarda sa montre : neuf heures dix. Très vite, sa décision fut prise. Il appela le numéro habituel qui assurait un passage discret en Syrie et donna ses instructions. Cinq minutes plus tard, il roulait vers la vallée de la Bekaa.

Il valait mieux affronter les risques plutôt que de biaiser. De toutes façons, si les Syriens voulaient le tuer, ils savaient où le trouver…

***

Najjam Zakka ne semblait pas réaliser ce qui lui arrivait. On l'avait confortablement installé dans le bureau du général Al Hassan et on lui avait offert du thé, des biscuits et assuré que son amie Yasmina se trouvait désormais en sécurité.

– Tes amis du Hezbollah étaient venus te tuer, attaqua le chef du *Maaloumat*. Tu sais pourquoi ?

Najjam Zakka secoua la tête négativement, sans répondre.

– Tu te souviens de ce que tu as fait en janvier et février 2005 ? continua gentiment l'officier libanais.

Najjam Zakka marmonna.

– Je ne sais pas, c'est loin en arrière.

– Le 14 février exactement, insista l'officier des FSI. Dans la matinée.

Silence minéral.

Le colonel haussa le ton.

– Tu as téléphoné beaucoup ce matin-là. Avec un portable qui portait le numéro 03 752986. Et puis, tu as arrêté de téléphoner à 12h53. Ça ne te dit rien ?

Silence encore plus profond.

L'officier du *Maaloumat* conclut :

– Tu t'es tu parce que tu n'avais plus rien à faire… Le kamikaze au volant du Mitsubishi Canter, guidé par toi, venait de jeter sa charge d'explosifs contre la Mercedes du Premier ministre Rafic Hariri. Je suppose que tu t'es débarrassé de ton portable par la suite…

» Tu n'as pas agi ainsi de ton propre chef. Quelqu'un t'en a donné l'ordre. Je veux savoir qui.

La tête baissée, Najjam Zakka demeura silencieux.

Le général du *Maaloumat* échangea un regard avec Malko et le général Mourad Trabulsi, puis adressa un sourire bienveillant au prisonnier.

– Je ne veux pas te forcer. Tu vas réfléchir une demi-heure. Si tu veux garder ton secret, je te ferai reconduire à ton domicile – celui que tu as quitté en hâte, il y a quelques jours – et nous avertirons tes amis du Hezbollah que tu as été relâché, n'ayant pas parlé.

» Voilà, à tout à l'heure.

Ils quittèrent la pièce, laissant le prisonnier sous la garde de deux soldats.

Dans le couloir, le colonel sourit à Mourad Trabulsi.

– Il sait que s'il sort d'ici, il sera mort avant l'aube. Et probablement torturé avant. *Inch Allah*, on va voir s'il est complètement idiot ou non.

***

Hassan Sadr broyait du noir tandis que les phares de la voiture éclairaient les collines pelées qui cernaient la route, avant l'arrivée à Damas. Il se demandait soudain s'il n'avait pas commis une folie en venant se jeter dans la gueule du loup.

Les lumières de la capitale syrienne le rassurèrent un peu. Le véhicule s'arrêta devant le Shams Palace. Il eut à peine le temps de descendre : un inconnu affable s'approchait de lui.

– Abu Hassan ? Je suis chargé de vous prendre en charge.

Le chef des Opérations du Hezbollah le suivit jusqu'à une Mercedes tout neuve et les deux hommes prirent place à l'arrière. Inquiet, Hassan Sadr demanda.

– Où allons-nous ?

– Le général Amin Charabé a demandé qu'on vous conduise à sa résidence, à votre arrivée, répondit son voisin. Je pense qu'il vous gardera pour la nuit.

Hassan Sadr, connaissant les Syriens, pria pour qu'il ne le garde pas définitivement dans un trou au fond de son parc.

Le général Amin Charabé était l'officier syrien chargé

par le *Rais* Bachar El Assad de préparer la défense de la Syrie contre le Tribunal Pénal International pour le Liban, avec l'aide du cabinet d'avocats britannique Matrix Chambers.

***

Malko était fourbu nerveusement lorsqu'il débarqua au Phoenicia, rêvant à une douche, comme un chien rêve à un os. Et, en même temps, fou de joie. Il avait gagné. Grâce évidemment, à l'aide efficace de Gamra Al Shaalan Bin Saoud. Il était encore dans l'escalator lorsque son portable sonna. La voix de la princesse saoudienne était plutôt sarcastique.

– Tu es bien ingrat ! lança-t-elle. Je ne sais même pas si tu as obtenu ce que tu voulais.

– Totalement, avoua Malko. Grâce à toi.

Le ton se fit encore plus grinçant.

– Tu as probablement oublié que tu m'avais invitée à dîner pour ce soir. Maintenant que tu n'as plus rien à me demander…

– *Himmel* ! soupira Malko, c'est vrai, j'ai oublié. Je me roule à tes pieds.

– Tu ferais mieux de venir me chercher ! lança la princesse. Je suis au bar du septième. Où es-tu ?

– Dans l'escalator. Je vais prendre une douche et j'arrive.

Il venait d'entrer dans sa chambre lorsque son portable sonna à nouveau.

– Il vient d'accepter de parler, annonça Mourad Trabulsi. Ça risque de durer longtemps.

Pour la première fois, depuis très, très longtemps, Malko avait envie de chanter sous sa douche…

Lorsqu'il en sortit, il bénit Gamra de l'avoir attendu. C'était la récompense du guerrier.

***

Najjam Zakka parlait sans s'interrompre, enregistré par deux magnétophones et filmé, dans un bureau sécurisé du second étage des FSI. L'accès du couloir en avait été interdit ; c'est désormais le général Ashraf Rifi lui-même qui menait l'interrogatoire, aidé par le colonel Al Hassan, qui connaissait tous les côtés du dossier Hariri.

Le militant Hezbollah avait vite compris que, foutu pour foutu, il valait mieux être protégé. Alors, il racontait tout, depuis sa première visite au camp de Aanjar, à Assef Shahab alors proconsul des Syriens au Liban, qui lui avait confié la préparation de l'opération Hariri, en lui précisant qu'il s'agissait d'une instruction du *Rais* en personne, dont il était personnellement responsable.

Ensuite, c'est Najjam Zakka qui avait recruté le reste de l'équipe, acheté les portables et mené le travail de surveillance durant plusieurs semaines.

Un homme dans l'entourage proche de Rafic Hariri renseignait les Syriens, mais il ignorait son nom.

C'était *enfin* le témoignage qui manquait au Tribunal Pénal International pour lancer un acte d'accusation…

Depuis longtemps, les autres bureaux étaient vides, seule cette section des FSI continuait à vivre. Mourad Trabulsi ne décrochait pas. Son expérience policière lui avait appris qu'on ne lâche jamais un coupable qui a commencé à parler. Il regarda sa montre : onze heures dix. La nuit allait être longue.

***

La princesse Al Shaalan Bin Saoud avait vidé une bouteille entière de champagne quand Malko la rejoignit au bar du septième. Du Taittinger Comtes de Champagne Rosé 2003, qu'elle avalait comme du petit lait, tout en puisant avec des toasts dans une boîte de caviar de 250 grammes…

Lorsque Malko pénétra dans le bar, elle se laissa glisser de son tabouret, découvrant une grande partie de ses cuisses grâce à la fente centrale de sa robe. Une de celles que Malko lui avait choisies chez Aishi.

Il lui baisa la main et elle effleura son ventre du sien, espiègle.

– Une demi-heure de plus et je me faisais baiser par le barman ! lui glissa-t-elle. J'ai horreur d'attendre seule dans un bar. J'ai l'impression d'être une putain.

– Je suis désolé ! jura Malko.

Gamra lui jeta un regard provoquant.

– Pourquoi « désolé ». Ça m'excite. Je rêve à ce que je pourrais faire à un client pour qu'il soit *très* satisfait.

Malko commanda galamment une seconde bouteille de Comtes de Champagne Rosé et demanda.

– Où veux-tu aller dîner ?

– Nulle part ! fit la princesse saoudienne. Je n'ai plus faim.

Évidemment, après une bouteille de Taittinger et une boîte de caviar… Le regard de Gamra demeurait fixé sur Malko, avec une drôle d'expression.

– Je vais t'emmener visiter mon appartement, proposa-t-elle.

– Mais je le connais.

– L'ancien, pas le nouveau.

Elle lui désigna, de l'autre côté de l'avenue, une tour illuminée, à côté du futur « Four Seasons ».

– J'ai acheté le dernier étage, trois mille mètres

carrés, mais il n'est pas encore complètement meublé. Viens, tu vas me dire si tu aimes.

Le temps de vider la seconde bouteille de Taittinger Comtes de Champagne Rosé et de racler ce qui restait de caviar, elle glissait de son tabouret.

Un garçon était déjà là, avec une magnifique pelisse en vison, étonnante étant donné la saison.

L'escorte de Malko attendait en bas et ils prirent place dans le premier 4 × 4.

– On descend Minet El Hosn, ordonna la princesse saoudienne. C'est tout près.

Effectivement, cinq minutes plus tard, ils stoppaient devant un building à peine terminé de vingt-cinq étages. Le portier se mit pratiquement à plat ventre devant la jeune femme. L'ascenseur filait comme une fusée.

Il n'y avait pas de clef mais un contrôle d'accès magnétique.

La double porte en acajou ouverte, Malko découvrit une pièce immense, avec des baies vitrées donnant sur la mer, un sol de marbre, mais pas un seul meuble.

La vue était magnifique : on se serait cru en avion. Gamra arbora un sourire ravi.

– Ici, seul Allah est au-dessus de moi !

Cela devait flatter son ego. Malko se demandait quand même ce qu'ils allaient faire dans cette immensité totalement dépourvue de meubles.

– Il faudrait revenir lorsqu'il sera meublé, remarqua-t-il.

Le sourire gourmand de Gamra lui fit comprendre qu'elle avait une autre idée en tête.

– Non, fit-elle, on va rester un peu. Je vais te faire visiter comme si tu voulais l'acheter. J'ai une copine dans l'immobilier qui fait cela. Il paraît que c'est très excitant.

Décidément, la princesse Al Shaalan Bin Saoud aimait les jeux de rôles…

Elle laissa glisser son vison jusqu'à terre et lui lança :

– Suivez-moi, *sidi*…

Il obeit, débouchant dans ce qui aurait pu être une salle de bal, mais ce n'était qu'une chambre. Gamra l'attendait, un peu déhanchée.

– Vous aimez ?

Sans attendre la réponse, elle se dirigea vers une salle de bains pharaonique, avec un balancement des hanches propre à faire bouillir un aveugle.

Malko la rattrapa et la colla contre lui, un bras autour de sa taille. Les fesses cambrées se collèrent fugitivementà lui, puis la princesse saoudienne se dégagea.

– Laissez-moi, *sidi*, ce n'est pas bien…

C'est en entrant dans la salle de bains en marbre vert que Malko la coinça contre la porte et parvint à lui arracher sa culotte. Découvrant de longs bas noirs accrochés à un porte-jarretelles blanc. Et aussi, qu'elle était inondée.

Dans la pièce suivante, il parvint à la renverser sur une moquette blanche qu'on n'avait pas coupée depuis longtemps, vu sa hauteur, et se coucha sur elle.

Gamra écarta aussitôt largement les cuisses, son bassin vint à la rencontre de Malko, elle souffla : « Non, c'est mal » et parvint à lui échapper.

Après un périple qui les amena dans une dizaine de pièces, ils se retrouvèrent à leur point de départ. Le vison faisait une tache blanche sur le sol et la pièce n'était éclairée que par la lumière de la marina. De nouveau, Malko coinça Gamra et empoigna son sexe. La princesse saoudienne poussa un soupir étranglé et se laissa tomber à genoux, murmurant quand même.

– Laissez-moi !

Comme par hasard, elle avait roulé sur le manteau de fourrure... Malko la saisit aux hanches, la plaquant contre le vison, et releva sa robe sur ses hanches du même coup. De tout son poids, il pesa sur ses cuisses pour les écarter, faisant craquer la couture de la robe. Gamra se démenait sous lui pour lui échapper comme s'il la violait vraiment.

Bien qu'il ait sorti son sexe, il n'arrivait pas à la clouer sur le vison. Malko comprit qu'il ne lui restait qu'une chose à faire.

Brutalement, il la retourna sur le ventre et tira sur la robe, achevant de la découdre. Puis, tenant son membre presque à la verticale, il tâtonna jusqu'à se positionner sur l'ouverture chaude du sphincter. Là, il poussa de toutes ses forces.

La princesse poussa un hurlement, comme il la violait brutalement, d'un trait.

Pendant presque une minute, elle demeura immobile sous lui, clouée au vison blanc. Puis, elle commença à onduler avec lenteur, comme pour l'enfourner encore plus et murmura :

– *Ayété* ! Défonce-moi. Fort.

À chaque poussée, Malko sentait son ventre épouser les fesses cambrées de la Saoudienne et c'était une sensation inouïe. Avant qu'il ne jouisse, elle lui échappa et se retourna. Il crut qu'elle voulait continuer son jeu, mais, au contraire, elle plongea sur le membre qui sortait de ses reins et l'engouffra dans sa bouche d'un trait.

Malko ne mit pas longtemps à exploser sous sa fellation furibonde.

Gamra se redressa, les yeux brillants, et dit de sa voix un peu rauque.

– Tu vas continuer, n'est-ce pas ?

Elle rampa jusqu'à lui et le reprit dans sa bouche.

Ce n'est que deux heures plus tard, alors que Malko ne savait plus comment échapper à cette goule, que son portable sonna.

Gamra sursauta somme si un serpent l'avait piquée.

– Qu'est-ce qui t'appelle à cette heure ?

– Je l'ignore, assura Malko, mentant effrontément.

Il prit l'appel et entendit la voix de Mourad Trabulsi.

– Il a tout signé ! C'est formidable ! Nous les tenons.

Malko coupa et se tourna vers Gamra en train de se caresser, insatiable.

– C'était une bonne nouvelle, dit-il simplement.

CHAPITRE XXV

Le général Ashraf Rifi montra à Malko une liasse de documents rédigés en arabe.

– Il a tout avoué. C'est un document extraordinaire, qui met en cause, enfin, le gouvernement syrien. Assef Shahab était son représentant officiel pour le Liban.

– Pas de réaction du Hezbollah ?

– Rien. C'est la guerre, mais ils n'osent pas trop se mettre en avant.

– Où se trouve Najjam Zakka ?

– Ici. Il n'en sortira que pour gagner la Hollande où il sera incarcéré à côté des autres criminels de guerre, comme Karadic. Là-bas, il ne risque rien. Les Hollandais sont des gens sérieux.

– Et ici ?

Le général libanais eut un sourire confiant.

– Je ne pense pas que le Hezbollah se risque à attaquer nos bâtiments. Le prisonnier est au second sous-sol, sous la garde permanente de plusieurs de mes officiers, totalement sûrs.

» Personne ne sait exactement où il se trouve.

– Et comment va-t-il être acheminé en Hollande ?

– C'est le Tribunal International pour le Liban qui va

envoyer un avion spécial, un jet privé qui l'embarquera à l'aéroport pour un vol direct.

– À l'aéroport, il n'y a pas de risques ?

– À part nous, personne n'est au courant. Le plan de vol sera déposé au dernier moment et une escorte d'une centaine d'hommes l'acheminera par hélicoptère, d'ici, au tarmac qui sera gardé par nos Forces Spéciales.

» C'est la représentante au tribunal de La Haye à Beyrouth, la procureur adjointe Joumana Jassi, qui nous donnera le feu vert, quand elle l'aura reçu elle-même de là-bas. L'appareil ne restera que le temps de refaire le plein et Najjam Zakka sera amené à bord au dernier moment. On ne peux pas faire mieux…

– Vous êtes certain que le Hezbollah n'est pas au courant ? insista Malko.

– Pratiquement ! Même s'il l'était, il ne peut pas intervenir ouvertement. C'est nous qui assurons la sécurité de la zone.

– Et Assef Shahab, vous pensez qu'il est au courant ?

Le général Rifi hocha la tête affirmativement.

– Sûrement. À travers le Hezbollah. On m'a signalé que Hassan Sadr, celui qui traitait l'affaire, a disparu de Beyrouth depuis deux jours. Il a dû aller rendre compte à Damas.

– Vous croyez qu'il y a une chance que Assef Shahab change de camp ?

Le général libanais secoua la tête.

– Ça n'est jamais arrivé. Jamais les Syriens n'accepteront de l'extrader. Il est tranquille.

***

Assef Shahab savait que des choses se passaient au Liban mais le *moukhabarat* syrien ne l'avait pas mis au courant de tout et il en éprouvait une angoisse diffuse. Pourtant, la veille il avait été reçu à sa demande par le *Rais* lui-même, à qui il avait fait part de son désir de se retirer dans son village pour jouir d'une retraite bien méritée. Bachar El Assad s'était montré extrêmement chaleureux.

– La Syrie a encore besoin de toi, avait-il affirmé. Tu ne peux pas déserter ainsi. D'ailleurs, j'ai en vue une activité pour toi et j'en ai parlé à ton ami Amin Charabé. Tu sais qu'il t'apprécie beaucoup…

Rassuré, Assef Shahab était retourné profiter de sa jeune épouse qui s'ennuyait à mourir à Damas et commençait à adresser des œillades torrides aux jeunes et fringants officiers chargés de sa protection.

L'ancien proconsul syrien au Liban venait juste de revenir à son bureau, quand son téléphone sonna.

– La secrétaire du général Amin Charabé sur la deux, annonça sa secrétaire.

– Le général vous attend à midi, annonça la secrétaire. Pour une séance de travail, suivie d'un déjeuner.

– Je serai là, assura Assef Shahab.

Il prit sa serviette, appela sa femme pour lui dire qu'il ne déjeunerait pas avec elle et se dirigea vers l'ascenseur. En bas, à côté de sa voiture, se trouvait la Mercedes blindée du général Amin Charabé et il s'y installa avec volupté, grignotant un fruit confit pendant le trajet.

Celui-ci ne fut pas long, la propriété du général Charabé se trouvant non loin du palais présidentiel. On l'attendait sur le perron. Un officier en civil qui le salua respectueusement.

– Le général vous attend dans la salle de réunion, au premier étage, annonça-t-il. Je vous y emmène.

Tout était luxueux, fonctionnel, avec des lustres et des tapis. Désert aussi.

L'officier ouvrit une porte de trois mètres de haut et s'effaça pour laisser entrer Assef Shahab. Ce dernier aperçut une table tout en longueur avec une pile de dossiers au fond.

– Le général va vous rejoindre, lança l'officier en civil, avant de refermer la porte.

Assef Shahab fit un pas vers la table, passant entre deux lourds rideaux de velours vert encadrant le double battant. Il perçut un vague froissement de tissu, mais ne vit pas l'homme dissimulé derrière le rideau qui, à bout touchant, lui tira une balle de 357 Magnum dans la tête, juste derrière l'oreille gauche. Le projectile ressortit presque entre les deux yeux, lui arrachant une partie du visage.

***

Le visage sombre, Mourad Trabulsi tendit à Malko un journal arabe. La photo d'un moustachu au visage énergique occupait quatre colonnes.

– C'est « Techine » le grand quotidien syrien, annonça l'officier libanais. La photo, c'est Assef Shahab. Je vous lis le début de l'article :

« Le général Assef Shahab, responsable du Grand Damas, 59 ans, un des plus fidèles serviteurs de la nation, a mis fin à ses jours hier, en se suicidant avec son arme de service. Sa femme a déclaré que, depuis quelque temps, il manifestait des signes de dépression. Le *Rais* assistera à ses funérailles prévues demain... »

– Ils n'ont pas perdu de temps ! soupira le général libanais.

– Ils aiment bien les « suicides »...

Malko était accablé.

– On a travaillé pour rien ?

– Non, corrigea le Libanais, il nous reste le témoin principal, Najjam Zakka. De toutes façons, Assef Shahab n'aurait pas coopéré avec le Tribunal. Il aurait même nié. En somme, sa mort renforce notre accusation.

– Quand Najjam Zakka prend-il l'avion ?

– Je ne sais pas. C'est la représentante du Tribunal International à Beyrouth qui s'occupe des détails d'horaire. Les FSI seront prévenues au dernier moment. Je pense que cela sera pour demain.

Le portable de Malko sonna. C'était Ray Syracuse.

– Les enfoirés n'ont pas perdu de temps ! lança-t-il. Pour qu'ils liquident Shahab, c'est qu'ils ont vraiment peur. Nous irons tous demain à l'aéroport. Je vais avoir la confirmation du vol par notre Station d'Amsterdam.

***

Un soleil radieux inondait les pistes de l'aéroport de Beyrouth. Celui-ci se trouvait en état de siège, des détachements des FSI en bloquant tous les accès et filtrant soigneusement les visiteurs. Le tarmac était, lui aussi, quadrillé par les hommes du général Rifi, appuyés de trois blindés légers. Deux 4×4 blindés de la CIA stationnaient près du Falcon 900 qui venait de se poser, en provenance d'Amsterdam et s'apprêtait à repartir. Un camion-citerne était en train de le ravitailler et des mécaniciens s'affairaient autour de l'appareil.

Il était onze heures trente.

– Les voilà ! lança Ray Syracuse.

Un convoi de plusieurs véhicules militaires venait de pénétrer sur le tarmac, sirènes et gyrophares, précédé de deux motards. Le général Ashraf Rifi descendit du premier véhicule et lança à Malko et à l'Américain.

– Le décollage est prévu dans vingt minutes. Nous allons le faire monter à bord maintenant et rester sur place.

Un des fourgons s'approcha du jet et sa porte latérale coulissa. Un homme descendit, avec des lunettes noires, engoncé dans un gilet pare-balles, encadré par deux montagnes de chair. Le transfert se fit tellement vite qu'on eut l'impression qu'il ne touchait pas terre.

À peine dans l'appareil, en compagnie de deux agents de la CIA, la porte fut refermée.

Les réacteurs tournaient déjà. Malko sentait son cœur battre plus vite. Finalement, il avait réussi à décrypter la liste Hariri... Au prix de quelques morts, plus ou moins innocents.

Le sifflement des deux réacteurs du Falcon 900 lui fit lever la tête. Un mécanicien venait de retirer les cales sous ses roues et il commençait à s'ébranler tout doucement. Deux véhicules des FSI l'escortèrent jusqu'au début de la piste d'envol, rejoignant ceux qui s'y trouvaient déjà.

Le Falcon prit alors de la vitesse et s'éleva dans le ciel à un angle impressionnant. À côté de Malko, Ray Syracuse poussa une sorte de soupir étranglé.

– *For Christ's sake*, je ne voudrais pas avoir une affaire comme cela tous les ans...

Le Falcon n'était plus qu'un point dans le ciel. Les troupes des FSI se retiraient. Ray Syracuse prit le bras de Malko.

– Venez, je vous offre le champagne au Phoenicia. Vous l'avez bien mérité.

***

La voluptueuse Gamra, presque décente dans une robe bleue descendant au genou, fixait Malko avec l'air d'un chat qui se prépare à dévorer une souris. Sa fringale sexuelle était décidément sans limite. Malko l'avait galamment invitée à ce pot de la victoire, pour la remercier de son intervention. Provocante, elle n'arrêtait pas de croiser et décroiser ses longues jambes, en lorgnant vers un des officiers de sécurité. Un beau brun avec une tête d'acteur. Au moment où Ray Syracuse versait le fond de la bouteille de Taittinger Brut, son portable sonna.

Malko le vit se décomposer. Il posa l'appareil et annonça d'une voix blanche.

– Le Falcon a disparu des radars, vingt minutes après son décollage. On lance des recherches.

– C'est peut-être une panne ! voulut croire Malko, la bouche sèche.

L'Américain était déjà au téléphone, appelant le Central Command de la Flotte US en Méditerranée. Mourad Trabulsi avait le visage couleur cendres. Lui aussi téléphonait. La princesse saoudienne demanda.

– Que se passe-t-il ?

– Rien encore, répondit Malko avec un sourire forçé.

***

Joumana Jassi gara sa voiture à l'entrée du village de Chtaura et en sortit, avec un sac de voyage. Elle n'eut pas loin à aller. Deux hommes émergèrent d'une Audi et l'un prit le gros sac, le jetant dans le coffre. La procureur adjointe Joumana Jassi prit place à l'arrière et le véhicule, en plaques syriennes, démarra aussitôt. Vingt minutes plus tard, il franchissait la frontière, par la route réservée aux passages « spéciaux ». Comme ils ralentissaient, le passager de l'avant se retourna avec un sourire.

– Tout va bien !

– Tout va bien, assura la procureure adjointe, correspondante du Tribunal International pour le Liban.

Sans cesser de sourire, l'homme prit un pistolet posé sur son siège et tira trois balles dans la tête de la procureure adjointe, sans que le véhicule ralentisse.

***

– Très probablement une bombe à déclenchement anémométrique, fit sombrement Ray Syracuse. Elle s'est déclenchée lorsque le Falcon a atteint son altitude de croisière.

– Qui a pu la placer dans l'avion ?

– Sûrement un des mécaniciens. On est en train de les interroger. L'un d'eux est membre du PPS. Personne ne nous l'avait dit...

– Comment les Syriens ont-ils appris les modalités du transfert ?

Le chef de Station de la CIA eut un sourire amer.

– La procureure adjointe correspondante du tribunal Pénal International a disparu de son bureau... Seulement, maintenant, seulement, la Sûreté Générale nous apprend qu'elle était cataloguée comme agent syrien, depuis longtemps.

Malko n'en croyait pas ses oreilles.

Autrement dit, les Syriens savaient *en temps réel*, ce qui se préparait contre eux.

Il regarda le soleil qui inondait Beyrouth. On se serait cru à Cannes ou à Miami. À quelques détails près...

Cet ouvrage a été imprimé en France par

CPI
Bussière

à Saint-Amand-Montrond (Cher)
en décembre 2009

Mise en pages : Bussière

ÉDITIONS GÉRARD DE VILLIERS
14, rue Léonce Reynaud - 75116 Paris
Tél. : 01-40-70-95-57

— N° d'imp. 91840. —
Dépôt légal : janvier 2010.